九丹自暴新加坡緋聞

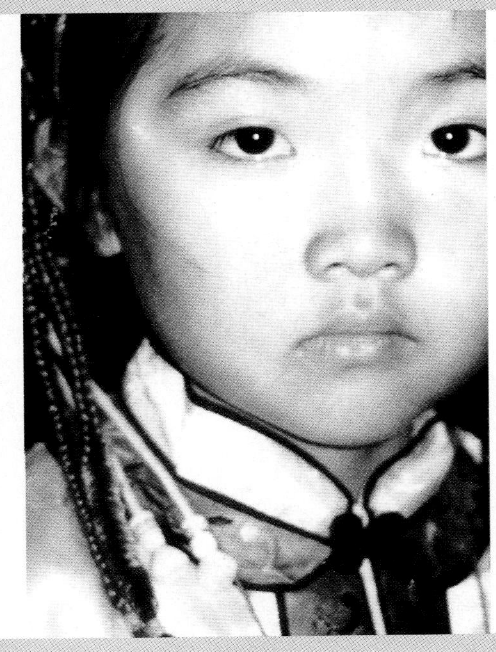

我的童年
攝於江蘇老家

新加坡情人

Singapore Lover

攝於上海

九丹自暴新加坡緋聞

攝於北京王府井

新加坡情人

Singapore Lover

攝於新加坡

九丹自暴新加坡緋聞

攝於北京火車站

新加坡情人

Singapore Lover

攝於北京王府井

九丹自暴新加坡緋聞

攝於北京

新加坡情人

Singapore Lover

九丹◎著

想念小愛

本來我希望在此書的扉頁上加上「謹把此書獻給我的好朋友小愛」，可是小愛現在正在新加坡一所大學裡當老師，如果把這本書獻給她，那麼她會接受這樣一個現實嗎？她會高興別人提起過去的這段歷史嗎？想來想去，這本書還是不能獻給她，那麼把這本書獻給誰呢？獻給我自己？也覺得這樣太自戀了一些，於是，這本書就誰也不獻了，要獻的話，謹把此書獻給那些還仍然在新加坡海邊上飛翔的漫無邊際的烏鴉吧。

前兩天，突然接到新加坡朋友的電話，說你怎麼得罪小愛了？你在你的《烏鴉》裡面好像沒有特別明顯地提小愛啊，可她莫名其妙地對你這部作品罵得那麼厲害？我當時聽了這話也有點吃驚，因爲我對小愛抱著那麼大的關心和關懷。

他說小愛說，九丹根本不配做一個作家，她最多僅僅是一個隱私愛好者罷吧，一個對於別人的隱私抱著特殊興趣的這麼一個愛好者罷了；九丹表面上看起來一副高貴的樣子，不愛說話，實際上最糟的就是她這種女人，最壞的也是她這種女人；你跟九丹根本就不能多說話，不知什麼時候你就進入了她的筆

下，幸虧我小愛還沒有把自己眞正的話告訴過她，我僅僅是跟她說了一些別人的事。而且九丹根本就不會寫小說，在她的小說裡面，女人都是妓女，她怎麼能夠做這種無理的判斷呢？她憑什麼說從中國去新加坡的女人都是小龍女呢？其實去新加坡的中國女人是完全不一樣的，女人本身就有千差萬別，她們在國內不一樣，她們在國外就更不一樣，九丹不公平。

當朋友把小愛的話告訴我以後，我那天一晚上都沒睡好，我又想到了小愛的那雙委屈的眼睛，我又想到了小愛的所珍愛的那張照片，直到現在這個照片裡的男人究竟是誰，我都覺得是個謎，但我想，小愛跟這個男人一定有愛情，一定有很深的愛情。

小愛，當我回想起那張照片時，我覺得你是一個在戀愛中的女人，在戀愛中的女人多麼幸福啊，我希望你永遠這樣下去，小愛，你在新加坡好好工作吧，小龍女不是你，而是我；小愛，我知道女人們確實千差萬別，女人和女人絕對不一樣，我不只一次地想對你說，讓光明的女人由你來做，就讓別人罵九丹是個妓女吧！

九丹

目錄

第一部　新加坡情人

有一個身體慢慢靠過來，他先握住我的手，然後把我整個抱在懷裡。我便在他的懷裡哭泣著。他的溫熱的胸膛起伏很厲害，一邊用手把我的臉淚抹去，一會兒，他慢慢地把我移向牆邊。

第一章　我的情人眼淚

三年前的一個秋日上午，我拎著去時拎過的那只紅皮箱從新加坡又回到了北京。這只皮箱是我一九九五年在北京賽特商場裡買來的，價格兩千多元，具體是多少我已經記不清了，現在它就在我的書房裡。不過有一個情節使我想多說兩句，在新加坡當我拎著這只紅色的皮箱從端木太太（我的房東）家出來時，皮箱的把手壞了，我那個有點上了年紀的情人幾乎是把它抱進了他的車裡。

後來又修好了。在新加坡機場我辦了托運手續，我情人說手拎著多好啊，一下飛機就可以走了，不用等待，可是在這個世上我早已學會了什麼也不相信，何況是一只曾經出過毛病的皮箱呢。當我兩手空空望著我的情人時，我們幾乎是在同一時間握住對方的手哭起來。對於這個男友的身分，在新加坡民間有過種種猜測，有人說那是從英國回新加坡的鋼琴教授，有人說那是走路極其緩慢的富翁——服裝設計師，也有人說就是那個平日滿口黃腔的新加坡前國會議員。我在這裡無意洗清上述三個男人，總之，有那麼一個男人曾經與我一起流過眼淚。

我的情人皮膚呈棕色，他是一個在義大利出生的新加坡男人，接受的是英國教育，二十歲回新加

坡，所以無論是說中文還是英文都有別於道地的新加坡人。確實無論是年齡還是長相他都是一個出色的新加坡男人。新加坡男人像是新加坡水果，讓人口若生津。榴連、紅毛丹、蓮霧、山竹自不必說，即使是蘋果、梨子也都和國內到處都是的蘋果、梨子有差別。我曾經和小愛走在一個水果街上，小愛雙眼裡飄出一種傷感情緒。這傷感情緒就落在那顆顆生鮮的水果上。她說中國的水果像是夜總會的女人那麼不可愛，而新加坡的水果則是仙女下凡，讓人可望不可及。

說到這，小愛大聲笑了。我默默望著小愛，又默默望著水果，心想國內的水果和新加坡的水果眞有那麼不同嗎？小愛說，實話跟你說，我來新加坡大半年了，還沒吃過一個蘋果呢，太貴了。

她回頭又補充一句：「也就是我還沒碰到一個對路的男朋友呢。」

她就這樣把水果和男人聯到了一起。我知道她所說的「對路」指的是什麼，「對路」是指那些有錢又肯花錢的新加坡男人，「不對路」就是只請你去小販中心吃碗魚丸卻又動不動要跟你上床的男人。有了「對路」的男朋友，你就不用那麼沉重地盯著水果攤上的水果發呆了，你想吃什麼就買什麼，對待它們一如男人對待夜總會裡的小姐。

我問小愛在生活中除了想得到水果還想得到什麼。小愛說，什麼也不想，只希望有個新加坡男人看上我，喜歡我。

雖然這話說得輕描淡寫，但是我們都知道這是很難的。那天我買了山竹和紅毛丹，送給了小愛。小

愛不好意思接受，但我更塞給了她。

在我遇到我的情人之前，曾與一個大學教授周旋過。他是端木太太的「麻友」，是很多年前從香港來的。這個人長得英俊高大，很漂亮，即使老了，那也完全稱得上是個美男子。不過光是外表美的男人不怎麼能討女人的歡心。在一起談談話是可以的，但是要約會卻是另外一回事了。何況他還是端木太太多年前的情人。但是這個男人有一個很明顯的特徵，就是打麻將每打必輸，賭場失意，情場應該有戰績。

端木太太是我在新加坡的第二個房東，住在珍珠苑，很胖，無兒無女，一直單身。她的「麻友」約了我許多次，但我一次也未給他機會，他又找小愛，小愛也明白得很。當時小愛和我一起住在端木太太家，另外還有一個女孩叫小查，是從瀋陽來的。小查是一個短髮、青春亮麗的女孩，她比我和小愛都小一些，二十一歲，每次打麻將，端木太太都讓她坐自己身邊，說是小查可以爲她帶來好運。

「小查是處女，這點可以從額頭上看出來的，小查的額頭放光，而她們都有些晦暗，尤其是小愛。」端木太太說。

小查在一旁咯咯大笑。端木太太的情人連忙說，有道理，有道理。

他的名字叫本。有一天他約我去東海岸吃飯，我去了，因爲我實在是盛情難卻。不過，我對男人是把握得很準的，我就知道跟他在一起純粹是浪費時間。一個大學教授有什麼能耐呢？即使是新加坡的大

學教授也沒有給女人錢的習慣，他們以爲他們有知識、有文化，跟那些生意人不同。

他說話很謹慎，點菜也很謹慎。一邊吃飯的時候，一邊他就試探我對性的態度，看我支支吾吾，又說性是我們最美好的事情。我想，他一開始就跟我談性的問題，因爲在他看來，性可是生活中唯一頭等重要而且神聖的事。我問他爲什麼不去找小查，小查是處女。

「那麼你呢？」他問。

我說我不是。

「那也不要緊。」他安慰道。

說著，他把那充滿了愛意的目光掃向我，再輕輕地從我臉上移至緩緩起伏的胸部。

「實際上你的身體長得很美，很美的女人應該很開放才是。」

「爲什麼？」

「可以向男人展示自己的美。」

我低著頭聽著，一會我對他說：「如果你有一個和我差不多大的女兒，女兒如果又碰見一個像你這樣的男人，你會怎麼辦？」

他愣住了。

「可是我沒有女兒。」

後來我遇到了我的情人。那天是在文華酒店的COFFEEHL HOUSE裡，陰暗的光線使我看不清他的臉。我是在一個朋友的推薦下向他的公司求職的，他有一間不算小的公司，在中國有很多業務。那天我帶了很多關於自己的資料，甚至裡面還夾著我當時在新加坡《聯合早報》上發表的一篇散文，題目叫《文明女人》。他讀著裡面的片斷：「我沒有一張固定的床，也沒有一個固定的窗口讓我遙望天上的白雲……」他笑了，大聲地笑起來，他說他也沒有一張固定的床。說完便溫情地望著我，臨走，他就給了我一個一千塊坡幣的紅包。我想，這樣的男人是對路的，是小愛渴求的。

但是我不知道我是不是瞭解過他，是不是愛過他，當小愛去找他並跟他有了一夜之歡時，我突然覺得我必須離開新加坡。

我們的淚水灑落在新加坡機場的水晶地面上，在這之前或之後這水晶地面肯定也有無數其他人的眼淚，我知道不一定顆顆都是眞誠的，裡面甚至充滿了虛情假意，但畢竟是經過釀製從眼睛裡流出來的。所以至今當我回想那個男人的眼淚時，我心裡充滿著感激，我們雖然不是演員，但生活讓我們無師自通地學會了表演。我們在這樣的表演中彼此慰藉著對方。

當時我不知道還有兩個男人目睹了我和他的「生死離別」（稍後的章節裡我會再次提到他們）。在通過海關時，坐在高高檯子上的年經的移民官用英文問了我句什麼，我沒有聽清楚便露出一臉的迷茫，只

聽他改用中文說，在新加坡究竟幹什麼去了，一問三不知。

那是個相貌醜陋的年輕人。但我卻畏畏縮縮地看著他。我抹去眼淚，心想我身後的情人是不是在心裡重重地舒出一口氣：「終於把她送走了？」

這個男人肯定又去找另外的女人了，這「另外的女人」在我還沒有離開新加坡前他就看上過一個。那不是小愛，是另一個女人，一個有夫之婦，是從中國某醫院去的一個大夫，是個高個、長得有些古典、衣著極其樸素的女人。她的名字叫虹，她不漂亮，但不防礙他經常把我們約在一起吃飯、喝下午茶。在《烏鴉》裡，我曾有過這樣的話：「我不知道我混在他那些眾多的女人裡到底是怎麼回事。每每他和她們歡聲笑語時，我都強作歡顏，或是在他的汽車裡，或是和他們走向某一酒店用餐的路上，或是和他們談笑的某一瞬間，每次我的眼睛空洞迷茫，我身體裡就擠滿了一千多條毒蟲，在吞噬著——我只想躲到那裡去大哭一場——」。

這段話正是我那段時間的眞實寫照。我也知道虹在他的生活裡和我一樣也將流星一逝，但是她的笑容她的婉約的姿態在那時對我是極大的傷害。我常常在夢裡，走到他們面前，我對他說：「請不要這樣去侮辱一個愛你的女人，好吧，我們永不再見。」

然後把錢摔在他的臉上，走出他的公寓。

我沒能這樣做，一是因爲我確實需要有人提供生活來源，二是因爲每當我沉著臉時，他總是向我露出討好的表情。有時，當著她的面，我溫情地握住他的手。每當這時，他都迴避了。於是，我的自尊心又受到一擊，如果有其他男人在場，我就向其他男人拋媚眼，主動跟他們說話，並且發出嬌媚的笑聲。男人們縱情地望著我，被這樣的一個中國女人的笑聲感染，他們只知道這種笑聲的獨特，卻不知道這正是我內心蒼涼和無助的哭泣。

夢中的反擊就跟夢淫一樣，我一次也沒能在頭腦清楚的白天實現過。

我的自白

有人把《烏鴉》斥之爲「無恥」的經典，那麼今天的這份自白也將是同樣「無恥」的自白。當《烏鴉》這本書在新加坡發行時，首先痛罵這本書的便是那個古典的有著婉約儀態的中國大夫。她在電話中向他責問：「爲什麼九丹寫出這樣丟盡了中國女人臉的書？」

他從新加坡向北京我的寓所中打了無數電話。他一再表示別人的褒貶與我們之間的感情無關。

說這話是在他還沒看《烏鴉》之前。第二天他買了十本，給他的朋友一人發了一本。我說你就別看了，他說一定要看，因爲是你寫的，現在全新加坡人談論的就是你，我得要看看我的九丹爲什麼會這麼地成功。

說著他開心地笑了。

隔了兩天他又打電話來，我知道是他打來的。我盯著那電話卻不敢接，只覺那鈴聲一聲比一聲憤懣，一聲比一聲淒厲，一聲比一聲高亢，像一條荒野裡的狗，在絕望地狂吠。我知道那正是他心靈的寫照。

我在逃避著。他每天都打，直到第四天，再聽那電話鈴聲卻是一隻受了傷的動物的呻吟。

我小心地拿起電話。他哀哀地叫了聲：「九丹。」

聲音低沉而抑鬱，那像是秋天裡的衰敗的枯草。

他又咳嗽了一下，亮了亮嗓子，終於問道：

「裡面的私炎是誰？」

我說是我虛構的一個朋友。

「柳是誰？」

「也是我虛構的。」

停了停，他又問：

「那麼我和你之間的故事，裡面有沒有？」

我說這是小說。

「小說就能這樣寫嗎？你居然讓海倫為了那五百塊錢又去跟私炎睡覺，你不覺得你是個沒有自尊心的人嗎？我所認識的九丹是這樣的嗎？我眞不相信這竟是你寫的。」

我無語以答。末了，他又問：「你寫這本書是因爲你的生活拮据嗎？如果是缺錢，我不是給你了？」

我放下電話，心情不能平靜。那時我並不知道這是他給我的最後一個電話，我不知道他會在《烏鴉》面前，在新加坡的集體的罵聲中怯懦。

關於錢

確實，在那個沒有冬天但是異常寒冷的新加坡，這個男人不僅用他的溫和的手撫摸了我，也用他的錢溫暖了我。在成千上百個去到新加坡的中國女人中，我是王者，我沒有去夜總會，也沒有淪落爲家庭教師。我坐在長長的「勞斯萊斯」中，看著在路邊正瑟瑟發抖行走的其他中國女留學生們，她們的眼神是飢渴的、貪婪的。而我的是安定的、滿足的，本來我就和她們不一樣。因爲在出國前我搞了充滿政治性的電視專題片，這樣使我有機會採訪並接觸了在今天看來不那麼重要可是當時卻是地位顯赫的商人和政客。我跟他們成了非常好的朋友。

這使我一到新加坡就和別的女人不一樣。

但我也是痛苦的。我的痛苦他知道，但是他無法將目光從那個女人並不美的臉上移開，她的膚色是黑的，眼下有著零星的褐色斑點，上嘴唇有點厚，五官也搭配得不甚和諧。為了討她的歡心，他擔保將她的丈夫和孩子接來新加坡旅遊，為了討我的歡心，他把更多的錢給我。他知道我的痛苦是可以用錢買走的。

在和他認識時，我曾明確地對他說：

「我不要你的錢，我只是需要你幫幫我，讓我在新加坡也像在國內一樣當一個記者，或者是一個老師，以後我們就可以像朋友一樣相待，你請我吃飯儘可以來這些大飯店，我也可以請你吃飯，可能去一般的小餐廳，花很少的錢，也許我做的職業掙的錢不是太多，但是那樣我的心情愉快，因為我覺得和你的關係是平等的。

聽了我的話，他像往常一樣平和地笑著，末了，他說：「其實你找工作我也很想幫你，可是你是從中國來的一個女人，我得去跟別人說，費口舌，這樣讓我很被動。可我給你錢是我個人的事，更不會使我在周圍人的心目中，感覺到我一天到晚僅僅是跟你們中國女孩泡在一起。」

「那麼我在新加坡就找不到工作了？我也可以去當一個記者，你說，我前兩天在《聯合早報》上發表過的那篇散文，你們不是都覺得很好嗎？我所寫的詩歌他們不是看過嗎？難道說他們可以去當一個文字編輯或是一個記者，我就不能當嗎？」

「你這樣的女孩想要在這裡獲得就業准證並不是很容易，你要通過很多東西，再說你的外語也不見得非常好，你在國內要是念外語系那就好了，其實你們這些女孩讀大學時眞傻，還讀這個系那個系，如果想要到國外工作，一開始就應該直接進外語系。她什麼不學都可以，她只要把外語學好了就行了。誰需要你們中國的女孩曾經寫過很多文章或者說讀過很多中國的書？當然一般意義上是需要的，但當你找工作的時候，我願意你念的是外語系。否則你到新加坡那還需要學語言啊，進語言學校啊，你一到新加坡就可以直接到國立大學讀碩士了，這不就很好嗎？」

我不知道再跟他說什麼，但從此不談工作的事。

他每天要上班，工作，打理公司裡的事務，還要維持他的家庭，然後奔走於我和那個女人之間。他帶我去商場，帶我去酒店，帶我去看電影，不過每一次他都要給他的太太先打個電話，然後轉頭問我問他爲什麼會給她打電話，看我迷惑的樣子他就笑了，他說我是看她現在在那裡，這樣就不至於碰到一起

了。說完哈哈大笑。

周末，他陪虹去一個俱樂部打網球，而他卻說他是跟他的太太一起去。他過去從不打網球，但是為了那個女人，買了球拍。還買了兩套白色的網球服。他穿著那短褲和短衫，戴著一頂長舌網球帽，手拎著球拍還一邊哼著曲子就走了，那樣子活像一隻剛學會走路的公鴨子。他哼的曲子到現在我還記得，那是那一年正在新加坡流行的《北京一夜》。可是每一次，這曲子都像是一條憂鬱的長蛇慢慢游進我的身體。

我不知道在新加坡打網球為什麼要帶球拍，那裡的俱樂部不提供球拍嗎？他們究竟是在那裡打，打一次花多少錢，花多長時間，這些我都無從知道，也不打聽。有一次三人又一起吃飯，那個女人操著自己右胳膊抱怨說酸極了。「不過，即使如此，我還是願意去打網球，因為顯得有生命力。」

他裝著沒聽見在小心地喝湯。但是為了這句話，他不得不在夜間給我打來電話，傾訴他的柔情。

我離開新加坡也正是他們不再見面的時候。我和他在新加坡機場淚眼擁著時想，他是不是在為自己哭泣？

因為兩個女人都傷透了他的心。

通過海關我一次也沒回頭，長長通道裡，我知道背後有那個男人的目光。事實上我的悽楚的背影使他在三個月之後突然來到北京。

飛機上的兩個青年

離開新加坡那天，我穿的是一件黃花絲長裙，外披一同樣黃色的披肩。我抱著兩臂獨自前行時，有兩個青年一高一矮跟在我身旁，一同默默走著。我感覺他們頻頻看我。我低著頭在他們不注意時抹去臉上的淚痕。

在飛機上他們坐在我的前排，六個多小時的長途使人疲倦也使人無聊。我已不記得是誰先跟我搭上了話，很快我就知道他們是畫家，去新加坡參加了東南亞畫展，矮的是四川的，高的是雲南的。我也跟他們說我在新加坡實在是不想待了，想回來寫小說。他們很敬佩我的想法，覺得我是個非常了不起的女人，放著一個好好的新加坡不待卻要回中國來。他們又問了我在新加坡如果要租一間租房區的房間得花多少錢，我說我不知道，因爲在新加坡期間我所接觸的都是上流社會裡的人。

最後那句話使他們兩眼放光。兩人都給我遞來了名片。四川的青年說：「我的名字你一定要記住，總有一天會響遍全中國的。」

我對他也說了同樣的話。後來下了飛機，在北京由他作東，在一個小飯館裡請了一桌飯，在座的還有接我的妹妹。席間，不知爲什麼，這兩個無名畫家開始競相誇張在新加坡參加畫展時的輝煌戰果：一

幅畫突然賣到三十萬人民幣，但出於對藝術的熱愛和良知，他們一一放棄了金錢。

說著說著，其中來自四川的把三十萬又抬高到了五十萬，那個雲南人絲毫不甘落後，說自己的畫賣到了六十萬。

我說：「你們這樣是可貴的，說不定你們的畫能進博物館。」

他們都不說話了，低下頭吃飯。一會那個四川青年說道：

「不過你放著個新加坡不待硬要回來寫小說，說不定中國的文聯主席也會等著你來當。」

我一聽笑了。

在和妹妹回去的路上，妹妹說：「他們眞像是從《國王的新衣》裡走出來的兩個紡織工匠。」

我說我是女工匠。

這之後他們給我打了無數次的電話，我一聽是他們的聲音就把電話掛下了。我不知道爲什麼會那麼不願意和他們來往。一次在北京飛往成都的飛機上，看到一本航空雜誌，上面有那個四川青年的畫，因爲對於作畫方面的不瞭解，我不知道他是不是實現了他的理想：「他的名字響遍全中國。」

我爲什麼要寫他們，是因爲他們親眼目睹我在新加坡機場的情景，從而也讓我相信這確實不是在寫小說。

寫《烏鴉》時我並沒有刻意去揭中國女人在海外的隱私。我不承認是隱私，是因爲中國女人在海外

的尋求與掙扎是衆所周知。當那個古典女人想把她丈夫和孩子接到新加坡時，曾給他打來電話。他正在開車，電話用的是免提，對話如下：

女：「我的女兒很可愛的，她再見不到我，就不認識我了。」

男：「是嗎？那她長得像誰，像不像我？」

女：「像。」

然後是一聲嬌嗔的笑。

我也跟著笑了。而我的笑聲有些複雜。我想她的那一聲「像」和隨後發出的笑聲也是複雜的，如今當我回想這一切時，我就是不明白她爲什麼覺得一部《烏鴉》丟盡了中國人的臉。她在說那聲「像」時，心裡所想的是什麼？

在金錢和臉面前，那一個更加重要？我的耳邊又一次想起他責問我的那句話：「你爲什麼讓海倫爲了五百塊錢去跟私炎睡覺？」

這是個深刻的問題。我不會草草地在這裡下什麼結論，在我以後的小說裡將會對此有更進一步的探討。

小愛與那張照片

從網路上看到某美女作家和一個男作家的對話。他們提到了上海女人，說是只有上海女人才是通體光鮮、高貴無比，只有她們才是「寶貝」。

不知道爲什麼世上竟有這樣讓人反感的對話。我在想，上海女人是不是中國女人中的一種？中國女人果然有那麼愉快那麼高貴嗎？實際上，她們所處的很尷尬很嚴酷的環境使她們比世界任何一個地方的女人都多一份心機。她們在家裡得面對貧窮，在中學裡得被無盡的考試折磨，在大學裡八個人一個宿舍，她們從小得跟我們這類在六〇年代末七〇年代初期出生的女人們一樣，打開電視受著國外好生活的刺激，她們果然有那麼得意嗎？由她們所塑造的中國女人果然眞的是中國女人嗎？

在我到達端木太太家的當天，就注意一個叫小愛的女孩，她的年齡跟我差不多。她在端木太太家一看就是一個小受氣包，大家對她的態度也不是太恭敬，而她自己也從來顯得很壓抑。每次打麻將時，端木太太都讓她給他們沏茶送水切蛋糕。

在我到達她家的一個星期之後的晚上，小愛沒有回來。我問端木太太是不是應該等小愛回來才睡覺。端木太太說她已經走了，我問她去了那。端木太太說，你不要關心她那種人，即使都是從中國來的，但你們也是不同的女孩子，你不要去管她。

和我在一起的小查，一聽這話，就發出吃吃的笑聲。她是滿族人，是皇室的後代，全名叫查序。她父親是國內的一個大官，母親是一個部的司長。所以端木太太管小查爲「小冬瓜」。

我故作天眞地點點頭，也和小查一樣發出笑聲。一閃身小查進了自己的房間。端木太太像往常一樣地翻她的電話本。

她說：「明天中午你陪著我出去吃飯，但是我們去那家呢？」

這時電視裡正放著新加坡交響樂團正在開的音樂會。端木太太看了一眼後，說：「你看這個指揮，他在世界上有點影響，可是他今晚發揮得不太好，可能是他的心情不好。」

我當時在想，指揮的心情不好，我的心情也不好。端木太太又說：

「你看他的這個交響樂團，就是奏柴可夫斯基的交響樂奏得不是太理想。可能東方人很難理解一種眞正意義上的俄國精神。」

我對端木太太說：「那也不一定啊，我們非常喜歡托爾斯泰的作品，也非常喜歡肖洛霍夫的《靜靜的頓河》，我們還喜歡列賓的油畫，也喜歡俄羅斯的偉大詩人，比如涅合拉赫索夫和普希金，憑什麼東方人或者是中國人就理解不了柴可夫斯基呢？」

端木太太當時由於我的這麼一問，她先是一驚，然後就笑了，她說，原來我把你看得更簡單了，好了，你去學習功課吧，我要打電話了。

我回到房間，突然我在想，小愛去了那呢？於是我把小愛的房間輕輕打開，想進去看一看，在我進去的時候，端木太太打電話的聲音傳過來……

聽了端木太太的話，我把門重新關上，退出來。原來端木太太是這樣跟男人說話的。難道說等我五十多歲六十多歲時，想跟男人一起吃吃飯，還需要這樣嗎？於是一種莫名的悲哀襲上我的心頭。我當時就發誓：「如果我能活到六十歲，要麼不跟男人一起吃飯，即使是吃飯的話，也一定要跟那些與我有過深厚交往的男人吃飯，否則跟男人吃飯從開始就累。」

晚上我覺得端木太太睡了，我突然想到了小愛，突然想到我剛到達的那一天，小愛在看電視時，因為隨便換了一個頻道，端木太太是那麼不高興。那一天明明是小查把餐桌上的一個銀質的花瓶碰倒了，端木太太卻偏要小愛扶起來。小愛的動作有些遲疑，端木太太便在一旁數落她。

我又一次想到了小愛的那張臉和那雙深深憂鬱的迷茫的眼睛，那種眼神在我之後回到了北京，在關於希望工程那個巨大廣告畫上的一個女孩的眼神裡又碰到一次。

這時，我估計端木太太睡了，小查也睡了，便躡手躡腳地又一次來到小愛的房間。

房間裡只是一些簡單的家具。除此之外什麼也沒有。

地上有一張男人的照片，我把它撿了起來，背後什麼也沒寫，僅僅寫著一九九七年八月五日。不知道為什麼我突然想到這張照片可能對小愛還是有作用的，她說不定會回來拿照片，於是我又匆匆返回自

己的房間裡。

我仔細看了看照片裡的男人，這個男人是一個知識分子的樣子，很儒雅，他戴著的白色眼鏡後面透出一種溫和的甚至於智慧的光芒。憑著我當過幾年記者的本能，我知道這種男人不是那種攻擊性很強的男人。可是這個男人的照片爲什麼會留在這呢？我想如果以後還見到小愛的話，我眞是應該問一問。

幾天以後，小愛來了，那時正好端木太太沒有在家，小查也去上課了。我拉開門一看，是小愛，很高興，我說：「你進來吧。」

她說我不進去。

我說端木太太現在不在家。

「那我也不進去。」她說。

「那你回來幹什麼？」

她說你看到了一張照片了嗎？

我故意問是你的照片嗎？

小愛的臉紅了，她說是一個男人的照片。我說你就進來吧。

她還是在猶豫，於是我把她拉了進來。

小愛還是像往常一樣換了鞋，跟著我進了我的房間。我拿出了那張照片。小愛卻有點惱，說：

「明明知道我要的就是這張照片，你剛才為什麼故意裝得什麼也不知道呢？」

我的臉紅了，只聽小愛說：

「我一直覺得你是個誠實的女孩，挺好的女孩，比小查好多了，可是我今天發現你跟她一樣愛撒謊。」

我臉更紅了，我說：

「小愛，對不起，你剛走的那天我就到了你的房間，因為我突然覺得你在外面可能很可憐，你會睡在什麼地方呢？當時我就在想，你會有一張屬於你的床嗎？」

我因為說了這話，小愛不再生氣了。她看了看我，說：「女人那有一張屬於自己的床呢？你真傻，把照片給我吧。」

我把照片給了她，她看了照片鬆了口氣。我說一九九七年八月五日，這是一個什麼日子？

小愛笑了笑說：「那是我大學畢業的日子。」

「你大學畢業的日子跟這個男人有什麼關係呢？」

「我不告訴你。我走了，九丹，謝謝你幫我把這個照片收好，即使是你撒了謊，但我覺得你的心眼也可能會比其他人好。如果是其他人看了這張照片，我真可能會把這張照片撕了。」

之後我跟小愛之間發生了許多事。但她到底也沒有對我說起她跟這個男人究竟是什麼關係，這個男

人構成了我此生的一個謎。

那天我和小愛一起去水果街，她貪婪地望著水果的眼神觸動了我。以後當我回到北京，我看到滿街都飄浮著水果的香味時，我都想起小愛說的那番話。

在離開新加坡之前，我曾參加中國駐新加坡大使館的國慶宴會，有一個非常戲劇性的場面使我終生難忘。宴會中一個中國女孩在一新加坡男人的帶領下，認識了幾乎所有宴會中的男人。這個女人穿著一身黑色的絲質花裙，臉上塗著淡淡的粉脂，兩眼中卻露出又飢又渴的光芒。再一看竟是小愛。

在那個國慶宴會上，她轉瞬站我的男友面前。那一刻，她確實是漂亮的，燈火打在她的臉上，印出她的柔情的笑。他直直地面對她，不知所措，不過，很快地他習慣性地從口袋裡掏出自己的名片遞過去。她正要對他說什麼，剛好這時我走了過來。我用手挽著他的胳膊向別處走去。

我知道我的這個動作是殘酷的。在當時我並沒有想起這樣一個場景：天又下起雨來了，地上的那群烏鴉驀地飛散，飛得高高的，爭相躲到屋簷下面去，那裡既安全又溫暖。許多隻找到了自己的落腳處，身子一動不動，還有許多隻依然裸露在大雨裡。有的掙扎著向上飛，也飛到那個屋簷下，可是剛剛落在那裡，先到的同伴們便用嘴巴把它們啄走。那些後到的只有哀傷著在雨中盤旋，拍打著淋濕的翅膀……

這是我見到的一個眞實的場面。我一邊站在窗口看，一邊感歎著鳥類和人是多麼相似，都得要面臨生存的種種殘酷。

後來小愛找了我的情人。我的情人意志薄弱，他們產生了一夜情。這使我鬱鬱寡歡了整整一個夏天。我經常獨自在房間裡放聲大哭。我動不動就哭，但那次的痛哭給我的身心造成了很大的損害。最後我去找了小愛。

不過那是我快要離開新加坡的時候。

虹

我和我的情人在新加坡機場告別回到北京後，他決定來看我是在我向他表達「永不相見」的那個晚上。「永不相見」的意思就是「馬上要見」，他不知道，他以爲我眞的要跟他一刀兩斷。

在一些簽名上，我曾經給讀者寫下這樣的話：「別相信女人的眼淚。」看到年紀稍大的男人我就不這樣給他們留言，因爲經歷已經讓他們懂得女人的眼淚究竟意味著什麼。

但是對於年紀輕血氣方剛的少男或男大學生們，無論我留給他們一些怎樣的忠告，他們該怎麼相信還怎麼相信，他們沒法不爲女人的淚水感動，這其中包括那位年紀已不太輕的我的新加坡男友。

我問他爲什麼要到北京來，他說在新加坡機場上，你一直走，一直走，看著你的背影我很難過。

實際上我想問的是，他是不是還見過那個愛打網球的女人虹。我不知道他們之間是不是眞的沒有發

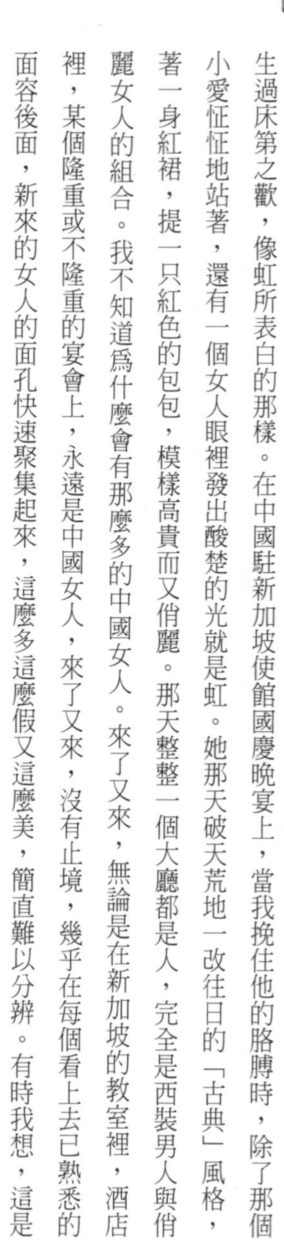

生過床第之歡，像虹所表白的那樣。在中國駐新加坡使館國慶晚宴上，當我挽住他的胳膊時，除了那個小愛怔怔地站著，還有一個女人眼裡發出酸楚的光就是虹。她那天破天荒地一改往日的「古典」風格，著一身紅裙，提一只紅色的包包，模樣高貴而又俏麗。那天整整一個大廳都是人，完全是西裝男人與俏麗女人的組合。我不知道爲什麼會有那麼多的中國女人。來了又來，無論是在新加坡的教室裡，酒店裡，某個隆重或不隆重的宴會上，永遠是中國女人，來了又來，沒有止境，幾乎在每個看上去已熟悉的面容後面，新來的女人的面孔快速聚集起來，這麼多這麼假又這麼美，簡直難以分辨。有時我想，這是不是意味著一次集體死亡或集體飛蛾撲火？

她們在一堆西裝中穿插著，臉上流溢著光彩飛揚的笑容。然而那著一套紅裙的女人，等待著她的情人對我的唾棄。

她沒有耐心等著這一天，於是沉不住氣地以那紅裙的模樣奔向了新加坡的色情場所。

把小愛甩在身後之後，我主動放開了他。因爲他的眼睛在尋覓她，他不想讓她看到我正挽著他。我放開他的胳膊，在一旁與他一起遛達著。我也完全可以找別的男人，然而我深知這當中沒有一個新加坡男人還會比他善良。別看他們整天穿西裝打領帶，他們常常是把你約在一個小販中心請你吃一頓速食，僅僅如此。錢是不可以給中國女人的，因爲中國女人沒錢，才變得可愛和溫柔，因爲沒錢，新加坡男人才有可能輕輕鬆鬆地把她們占有。

我只有怯怯地跟著我的男友向那個女人走去。

瑪格麗特・杜拉在《情人》中，母親問女兒：「你是因爲錢才去找他的嗎？」那個十六歲的女兒點點頭，說：「是的。」

十六歲的女兒已經很老了。

我給一個讀者曾留這樣的言：「在中國，沒有一個女人是年輕的。」

讀者不解，問爲什麼。

我沉默著應付著下一個讀者，沒有作答，但我心裡一直在說：「中國女人沒有做孩子的時間，中國女人沒有童年，她們像雨中的烏鴉一樣，不得不過早面臨著嚴酷的現實。」

那個男人到北京看我是帶著錢來的。

但即使是爲了錢，也不能否認瑪格麗特・杜拉壯烈的愛情。實際上，現實生活中，物質與愛情並不是以一對矛盾形態存在著，某種程度上這兩者合二爲一。

然而那時的我，胸膛裡滿載的是對他的恨。我是讓男人感到害怕的女人。我只想以愛的方式折磨他，摧毀他。

聖誕夜裡的那個男人

他是一九九九年的元旦來到北京的，在這一個星期之前，正是聖誕夜。那天我實在沒有地方去，便叫了一輛車來到長安街。行走到輝煌的長安街上，我突然發現北京的路比過去寬了，樓比以前高了，我爲什麼非要在新加坡過一輩子？我爲什麼要對周圍的朋友講說我還要回到新加坡？我爲什麼非得離開北京？

不斷有朋友打我手機邀請我和他們一起狂歡過聖誕夜，我奇怪，這樣一個沒有基督教的地方，怎麼會有眞正的聖誕節呢？

由此我想到了他和他的那些女人，他們在新加坡正在做什麼？

那天晚上，我在長安街徘徊很久，大約十二點時，我拐進了西單。在西單北大街有一家餐館燈火通明，外面有很大的聖誕樹。看著裡面的燈火，我更加想念起新加坡來，想著那個輝煌的地方所帶給人的夢想和在夢想中的溫暖。當我這樣想的時候，北京的黑夜卻是這樣寒冷。然而從這個餐館裡發出了如同熱浪般一陣陣浪漫的香味。這麼晚了，他們爲什麼不回家？

這時音樂聲傳進來，我推門進去，看見坐在櫃檯裡面的是個中年男人，他抬起頭驚愕地看著我，我說我是顧客，這對一個餐館而言是理所當然的事，而你爲什麼會這樣驚愕？他一聽笑了，說他在等他的

情人。我說那我在這裡不會妨礙你吧。他沖了兩杯咖啡，於是我們倆邊喝邊聊。我甚至跟他提到了小愛和虹，我留下了悲愴的淚水。

那天我們聊得很晚，幾乎天快亮了，他的情人都沒有來。我起身告辭，他要了我的手機號碼。差不多有一個月的時間，我一次也沒接到他打給我的電話。這也是我希望的。

關於這個男人，在這本書的下一章裡，他以一個黑色風衣的形象又出現了。

當時我那悲愴的淚水不僅僅因爲我的嫉妒。有一次我的新加坡情人單獨領著我去吃魚翅，我們在蜿蜒伸到大海裡的餐廳吃的飯。這個餐廳的魚翅在新加坡鼎鼎有名。我不知道他爲什麼自己親自開車，沒帶司機，也沒有那個端莊的愛打網球的女人。

我記得那天太陽從窗口射進來投在這泊在海面上的飯店裡。飯店裡的人很多，吵雜的聲音宛如輕輕湧起的海浪拍打著堤岸。我們相對而坐，默默地吃著魚翅。但在那段時間我吃什麼都無動於衷，我特別像是懷孕初期的女人，再好的東西都不覺得香，爲著這一天，我覺得自己特別可怕，我到底要什麼？

我吃了一半就吃不下了，而我對面的男人盯著我問：「你知道她爲什麼沒來？」

我搖搖頭，放下筷子。「你怎麼不吃完呢？不喜歡嗎？」

我困惑地向他笑了笑。只聽他又說：

「她昨天在夜總會裡被發現了，現在她所就職的醫院要處置她。」

我大驚失色，只見他也漲紅了臉。

「她託別人讓我找人幫忙，我怎麼能出面幫她這個忙？可是我就不知道她為什麼會偷著去夜總會，你們跟我在一起時，不是連魚翅連飽魚都吃不下嗎？」

他又悶悶地盯著窗外，陽光在海面上閃爍，彷彿有成群的細長的銀魚在載歌載舞。我把目光從他臉上移到桌面上，心想，也許以後再也沒人和我爭風吃醋了。

我輕輕地呼出一口氣，這下真的好了，我幾乎要高興得笑出聲來，一想，她的丈夫和孩子不是明天就要來了嗎？

我這樣問他，他沉默不語，一會又拿起筷子吃著桌上剩的涼菜。末了，他說：「她現在正在接受醫院審查，或者你去接他們吧？」

「我？我怎麼像他們交代她現在正在那裡？而且這樣你覺得妥當嗎？」

我有些憤慨，因為他還是要幫她，但除了聽他的話，我別無選擇。

項鍊

在她丈夫和孩子離開新加坡之後，她在一個晚上突然要見我，那天她從隨身帶來的包裡取出一個銀

色的項鍊，說送給我。

我不知道她為什麼要送我這份禮物。我一邊猜度她的用意，一邊欣賞項鍊的藝術性。那是一個散發出白色光芒的模糊的女人人體。我問這是從那來的？虹說是她在泰國買的。她說只花了約合人民幣五塊錢，她又咯咯地笑出了聲。

我說是你送的，我一定會珍藏的，回到北京時，我把它轉送給了妹妹，妹妹歡喜不得，她說太漂亮了，那像是五塊錢的呀，如果不知道一定以為它價值連城呢。

很快這條項鍊被她家的小保母偷走了。

我時時想起那隱隱發射著耀眼光彩的白項鍊，我不知道是不是應該對她心存感激。如今她是不是還在新加坡？是不是生活得很好？但我知道還沒等我離開新加坡，那個男人的目光便不再在她的身上流連了。

儘管她現在也摻和在了對《烏鴉》的罵聲中，但是對於那條項鍊的記憶一直隱隱地閃著光。

她的丈夫和孩子到達新加坡機場時，我沒有去接。

我一直生病，發高燒，不知道自己是不是有意迴避，但是那天我沒法從床上起身。我給他打了電話，他說他會另行安排。

後來我不知事情是怎麼解決的，總之在丈夫和孩子走之前他們還是見上面了，他們只聽說她去馬來

西亞有重要的事情要辦，所以耽擱了。

在她出來之前，我的情人請他們吃飯，桌上還有許多別的人。「丈夫」英俊高大，那個香港男人，端木太太的情人年輕時大概就這樣吧？虹的丈夫是一個地產公司的辦公室主任。我的情人叫了許多菜，每道菜都是他親手先夾給他的。而這個男人酷愛抽煙，一根接一根，弄得整個餐廳煙氣薰天。女兒剛滿六歲，怯怯地在她父親身邊坐著。我的情人給了她一個鼓鼓的紅包，我不知道裡面有多少錢。

整個飯桌上，大家談笑風生，談上海，談北京，還談紐約和倫敦。那個男人漸漸地講起了自己的公司，公司裡的豪華住宅。他說他特別希望在妻子回到中國之前，也訂一套那兒的房子，把首款付了就行。他又說，其實他自己每月掙不了多少錢，全靠她，到新加坡來當醫生比在國內不知好多少倍。

就在那個餐廳裡，我們又唱了卡拉OK。我的情人唱了好幾首歌，《祝你平安》、《心戀》、《梅》，那個男人也唱了幾首，其中一首是《九月九》，當唱到那一句「他鄉沒有烈酒，沒有問候」時，他把詞改成了「他鄉也有烈酒，也有問候」。

我們在一旁聽了想笑。那個「女兒」已不怕生了，歡笑著跑來跑去，我們挨個地抱她親她，問她想不想媽媽，她說想，不過她再兩天就見著媽媽了。

那件事情是怎麼解決的，我不知道。大家都在迴避提這件事。我的情人也不告訴我。以後，每次他

和我在一起，他都興趣盎然，許多人在一起時他也不覺少了一個人。

她送我項鍊的那個晚上，她先給我打了個電話，她約我在阿波羅大酒店的大廳裡見面，並讓我立即就去。我已經上床睡覺了，可是聽著她哀求的聲音，也不知道她發生了什麼事。

如今當我再回憶那個晚上時，首先想到的是我那麼不情願的心情。我氣憤地在臉上化上了淡妝，穿了一件白色的短袖連衣裙，匆匆下樓去。

在電梯間，看見一個短髮新加坡女人。她的目光在我身上流連片刻，便以藐視的口吻輕輕地發出「噓」的聲音。我的心情更加鬱悶了，她的臉上明顯在說，你們打扮得這樣漂亮，不是跟我們搶老公又是幹什麼的呢？

在《烏鴉》新加坡中文版裡的後記裡，我這樣寫到：

新加坡的女人們，你們不要去責怪中國的這些女孩去和你們爭老公。她們和你們爭老公，不僅僅是因爲中國窮而新加坡富，不僅僅是因爲你們是一個治理嚴明的國家，因此你們的國土每一寸土地都很乾淨，不僅僅是因爲你們那兒有一種自由貿易的氛圍，她們很多在當時買不著的手提包、衣服、皮鞋在你們那兒都能買著，還不僅僅是因爲你們那兒的那些男人除了會說中國話以外還會說英語。都不是這樣的，她們去新加坡，有時候是盲目的，她們覺得那兒有亮光，她們就像是飛蛾撲火一樣地衝過去了，如果說你要去責怪一個女人在你毫無防備的情況下去跟你爭奪老公，你要是想責怪她的話，就去責怪一個

去撲火的飛蛾吧。

因為飛蛾實實在在是沒有考慮到自己的力量的，它是軟弱的，它是渺小的，中國女人和你們比也是渺小的，因為她們沒有你們和你們老公共同生活的基礎，共同撫育的孩子，以及共同創下的基業，因此你們應該自信一些。這些從外地來的女孩真的撼動不了你們的任何東西，你們該打麻將就打麻將吧，你們該化妝就好好化妝吧，你們該演戲就演戲吧，你們該存私房錢就存私房錢吧，因為中國女孩永遠不是你們的對手。

因此我成為全體新加坡女人的敵人。我相信她們的仇恨是真心的。

那個晚上我在阿波羅飯店的大廳裡看到虹。她穿著那天在宴會上穿過的紅裙，領口處看得見高高聳起的胸部。在她身邊依然是那個紅包。聽著她的訴說時，我就在想：她居然在這裡做吧女，做吧女是人人都做得的嗎？

果真她對我說，她的嘗試真是失敗，因為沒有男人看上她，今晚整整五個小時了，卻沒有人走上前來。我只有自己為自己買了一杯酒，你也想喝點嗎？喝什麼？

只見她在臉上抹了厚厚的粉，黑黑的眼睛，眼角描得長長的，襯著兩條黑黑的假睫毛。頭髮也用染髮劑染成了金黃色的，乍一看，像是誰家養的寵物。

她那麼困倦地把身子埋在沙發裡，對我笑了又笑，說：「你看，你一進來就有很多男人看你。」

確實有男人看我，眼神是輕挑的。這使我有些惱怒：「你爲什麼要打扮成這樣，還到這種地方來？」

「他給你錢，卻不給我錢。你看他給我女兒的紅包也才五百塊。」

「你怎麼跟我比？」

「怎麼就不可以？我不是跟你一樣在陪他嗎？」

我漲紅了臉。她的臉也紅了，做出一副豁出去的樣子。

「是因爲你長得比我漂亮比我美比我年輕？可是也有比我長得更差的女人，她們在這做得很好，我不服氣。」

「我不是這個意思，我是說你是有工作的，而我沒有。」

「我那點工資算什麼？再省吃儉用，每月也只能省出個幾百塊錢，好歹也出了個國，兩年後回去什麼都沒有，還累個死，還不如在國內待著呢。」

看我不說話，她又說道：「你看你的運氣眞是好，一來就能住上端木太太的家，沒有一點背景的人是住不進去的。」

「也不一定，你看小愛，哦，對了，她是我的一個同學，也在語言學校。」

「那個有點病弱的，個頭有些矮的，頭髮有些直直的那個？」

我被她的形容逗笑了，我說你說得一點也沒錯——一說話還有些臉紅的那個。

「我認識她，我們在一起吃過飯。」

「我們？」

「對啊，我們三個，只是你換成了小愛。」

我的臉上掠過一陣陰影。她看我不說話，便笑著說：

「其實我們都是擺設，他只喜歡你一個。」

「那又爲什麼約小愛的時候要避開我？」

我再次漲紅了臉，她也沉默了。半晌她說：

「對於新加坡的男人，你根本就沒有必要在乎，他們總是吃了碗裡的看著鍋裡的，只要在乎他們的錢就夠了。在國內你不是有許多大老闆在資助你嗎？這都讓我羨慕死了。」

「這有什麼羨慕的？我不過是剛巧做了一個合適的項目罷了。」

誰的錢是乾淨的？誰的錢是髒的？

這時又有好幾個女人坐過來，她們都熟悉地跟虹打著招呼。我對她們看了又看。她們也看著我問虹是不是新來的。虹笑了，搖了搖頭。我們的談話繼續，她說：

「不過我常常想，你從他們那裡搞來的錢是乾淨的，我在夜總會搞來的錢是髒的。」

「我覺得都一樣，都是從男人那搞來的。你在這，是從男人這裡搞錢，我在國內，國內的朋友也都是男人，他們之所以幫助我，就是因爲我是個女人。」

她拉住我的手說：

「我就知道我們之間是可以有話說的。你能這樣說話，我聽了心裡眞是高興，但是我覺得這兩種錢還是不一樣，她們的錢是乾淨的，而我到這兒來的錢是髒的。」

我笑了。

「你是個醫生，從醫學的角度，你應該知道什麼是乾淨的，什麼是髒的。」

她很長時間的沉默，我說走吧，這麼晚了，回去吧。

她抬起頭來，望著我說：

「你覺得我這人髒嗎？有時候我覺得我這人挺髒的，他就是這樣看我的，過去我在他面前裝得跟天使一樣，其實我早就在做夜總會了。要不是發生了那件事，你們誰也不會知道我在做這種工作。」

「其實當你說到你髒的時候，我就覺得你一點也不髒了。」

「那那些人髒？」她問。

我想了想，說：

「只有隨隨便便說別人髒的女人，自己才是眞的髒。」

「那你覺得小愛髒嗎？那天她在他面前笑得比天使還乾淨呢。」

我低下頭心裡一陣難過。我說我不知道。

「我非常感激你，現在大家都知道我做夜總會，大家都離我遠遠的，可你今晚還來了。」她說。

一會，我站起身，也把她從沙發上拉起來。我說：「我們走吧，這麼晚了，我也回去，你也回去吧。說句眞心話，不知你愛不愛聽？」

「說吧。」

「你做妓女已經不夠格了，你還是應該當你的醫生。」

虹的眼睛裡掠過一陣陰影。像是鳥兒飛翔的影子，只一會就沒有了。她笑起來說：

「九丹，我看你也不太夠格了。你又沒有就業准證。在新加坡沒著沒落的，還是早點回去吧。不能等著他來把你拋棄。」

見我沒有說話，她從她的包裡掏出一條白色的項鍊。說留個紀念。

我手裡拿著那條項鍊，心想，她是想讓我給她把他「騰」出來。

在新加坡的夜色中，虹大聲對我說：「啊，新加坡男人是我們的寶貝。」

她向前走了幾步，又拉住我的手說：

「九丹，你知道我和他之間有沒有發生過床上的關係？」

她見我不說話，便自己回答道：「沒有，一次也沒有。」

我不知道她說的是眞的還是假的。

那時候沒有《烏鴉》，只有《漂泊女人》。我回北京三個月後，他決定來看我，那是一九九九年的元旦。

那天，在通往首都機場的路上，由於一路塞車，使我未能按時到達出口處。我穿著一見長長的棕色的風衣，我的頭髮被風吹得有點凌亂。因爲遲到，下了車我便狂奔起來，許多人注視著我，以爲我是一個瘋女人。剛剛站定，他從我後面擁了擁我。他說：「我第一個出來的，你爲什麼沒有看到我，害我到處找你。」

他穿著一件帶絨絨的上衣，一看就是英國或是法國的名牌。他的脖子上圍著一條很長的墨綠色的圍巾，腳上卻穿著一雙皮鞋，他說他穿了兩雙絲襪還是冷。他的臉因爲激動而通紅，他問：「如果沒有找到我，你怎麼辦？」

我說我會一直待在機場裡不回去。我說這話是眞心的，他清楚地感覺到這句話的情意。爲了這句話，我們一到酒店，他就從隨身的提箱裡拿出一疊錢來。

這是麗都假日酒店，夕陽穿過窗口染紅了房間。暖氣非常足，使我愉快地脫了衣服，他坐上床沿上盯著我，問：「你變了，你怎麼這麼胖？」

「北京風好，水好，人好。」

說完，我向他笑起來，神情有些詭秘，而他卻又注視著別處，我想肯定是「人好」使他若有所思。他在心裡是這樣感嘆的：「那個男人見了豐腴的女人不動心啊？」他清楚地回憶起我在新加坡是怎麼向別的男人賣弄風情的。他一定還記得我臉上那楚楚動人的笑容。《烏鴉》在新加坡刮起一陣旋風時，《聯合晚報》登過這樣一篇文章〈九丹富女人味，騷在骨子裡〉。文章中說：「九丹是一個非常女性化的女人，是女人中的女人，談話的聲音嬌滴滴，很嗲很嗲；九丹的裝扮並不很前衛暴露，平日的打扮其實也不怎樣。不過，她很騷，而她的騷是從骨子裡透出來的；九丹一見到男人就頭低低的，一副好像很害羞的樣子，不過她卻喜歡用眼睛斜斜兜兜地去瞄男人；九丹是一個很有男人緣的女人，也相信很多男人會喜歡九丹這類型的女子。九丹算不上一名美女，身材也不那麼動人，不過，她卻擁有一種魅力；九丹……」

我不知道他看了這篇文章會有什麼想法，他會不會想起在麗都某個房間，夕陽橫陳在那裸體上的模樣。我記得他當時盯著我的眼神中夾雜著些許的無奈，我想問問虹怎麼樣，還有小愛。

我們開始做愛，不斷變換著姿勢。正在我呻吟時，他突然停了下來，說：不做了。

我的心裡頓時充滿了一種羞辱。做愛是兩個人都同意的事，停止做愛也應當由兩個人共同決定。但他卻絕然穿上衣服，坐到了一張沙發上，又拿出一盒煙開始抽。

我也迅速從床上坐起來，發覺更加凌亂不堪，臉上的妝也是東一塊，西一塊，我清楚地感覺血液在皮膚裡流動。我裸著身子進到浴室，坐在馬桶上久久不起來。這時我想到了小愛。

讓我來再次說說小愛吧。

小愛

在那個中國駐新大使館的國慶晚宴上（我又一次提到了這個國慶晚宴），有著數不盡的中國女人的臉。我想說的是就在那一天，我的男友拿了一張名片給小愛，上面有他的office號碼和手機號碼。

我不知道這種懷疑是從那來的，或許那雙飢渴的眼睛便是證據，或許僅僅因爲那晚虹跟我說過的話。每當他的手機響了，我便悄悄觀察他的表情，看他是不是壓低聲音或者只輕笑一下，有時他乾脆拿著手機避開我，去別處。我憂鬱地望著空中的某一點，心想，既然生活這樣悲哀，爲什麼我非要跑到新加坡來？在國內，在來新加坡之前，我不是也那麼絕望地愛過一個不只一個女人的男人嗎？那麼在中國絕望還不夠，還要在新加坡繼續絕望下去不成？

在中國的這個男人，我們無數次在街上廝打。什麼樣的場景都能成爲廝打的理由。一次，我們在無錫採訪，在路上看見一個小男孩，於是我問：「你的孩子比他高，還是比他矮？」

「高」，他說，「因爲他媽媽高，所以他也矮不了。」

他說這話時，下巴微微上揚，表情冷漠，於是我說：

「他媽媽高，你怎麼不去找她呀？」

「我是要去找她，我沒說我不去找她，你聽我說過不去找她的話嗎？那怕只言片語。」

我的眼淚奪框而出。我摀住臉朝相反的方向跑開去。

當我跑不動剛要停下時，身後有一隻胳膊突然圍住我的脖子，向牆角處拽去，然後兩人廝打起來。

這只是我日常生活中的一個細節，我們沒法不分手。分手之後，我來到了新加坡。

有一天我確知小愛和我的新加坡情人曾經縱情做愛過，他們至少有過一夜。

我和他有一個固定的寓所，那個寓所的所有提議都是按我個人的喜好布置的，從客廳到臥室，從書房到洗手間我都是那麼熟悉。

那個星期日早晨，外面的空氣溫馨、愜意，天空中飄著朵朵美麗的雲彩。我跟著他一道，在寓所裡，像平日那樣，我們急著把窗子先打開讓風在家裡吹吹，然後才關窗子開空調，可是那一天他卻說不用開窗直接開空調，我嗅了嗅，家裡的空氣確實也很新鮮，甚至還飄浮著殘留下的香水氣息。

那天窗外的景色眞好，我走進臥室，卻發現床上的臥具和我幾天前離開時不太一樣，兩個枕頭放的位置互換了，然後我又進洗手間，看那裡的沐浴乳是不是少了許多，確實少了許多。當時進我腦海的第

一個女人就是小愛。

小愛的頭髮是染過的淡淡的棕色，並且帶著彎曲，我毫不費力地從掛在裕缸前的大浴巾上找到了幾根，我看著它們，眞像是看到了一場可怕的夢。

我打開水龍頭，把那幾根頭髮沖走，心裡感到那麼地失望。

我像往常那樣跟他做愛，微弱的陽光從低垂的窗幔射進屋內。我該跟他說什麼呢？說你不許跟小愛睡覺？可是我有權力對他說這句話嗎？

我只有閉著眼睛在他身下呻吟，這聲音是充滿著感傷的。我不能不說倒楣的日子就這樣來臨，像新加坡滿天的繁星沒有開始也沒有結束。

但是我一定要找小愛，我要問她個清楚。當我的情人向我俯下臉時，我突然想，小愛是不是也像我一樣直視他的眼睛？小愛輕聲呻吟，還是大聲尖叫？小愛長得什麼樣？小愛裸體的模樣美不美，至此，確實，我對小愛一無所知。

那些天我時時進入一種小說的氛圍中。我總想著自己將怎樣抽小愛的耳光。但是我找不到她。在語言學校裡，我是上午班，她是下午班，雖然在一個教室，但如果預先沒有設計，是難以見到的。我的情人常常把他的朋友和我叫到一起吃飯。因爲胸中的鬱悶，席間，我會當著衆人的面，對我的情人說：

「晚上你別找我了，我一個人去看電影。」

如果他正在笑，那麼這笑會像是小孩從滑梯上一下滑下來，但僅僅是短短一瞬，他重又談笑風生。但是不過三分鐘他准保向我低語：「晚上不要一個人去了。明天我陪你去看，OK？」

我順從地點點頭。我知道他怕放我一個人出去，怕我在路上或在一個什麼場所邂逅上什麼人。他生平是最怕看電影的，但都願意爲我而看。

我以這樣的方式一次次折磨他。

後來我覺得還是不過癮，我去了一個過去認識的某個男人的公司裡上班。但只去了一個星期，因爲時間確實挪不開，我沒法向他交待每天的這段時間究竟在那。

在那個公司裡，我做他們的中文策劃，我每天坐在辦公桌上形同擺設，因爲文件早有人幫你策劃好了，所有的計畫是那麼無懈可擊。在我辦公桌的前方是一塊巨大的棕色玻璃，玻璃後是那個別人稱爲老闆的人。他們的玻璃做得很缺德，裡面看得見外面，外面看不見裡面。

老闆姓王，我喊他王先生。經常在工作中接到他的電話，說他在下面的酒店裡的酒吧等著呢。

我慌慌張張地走進咖啡廳，我怕遇見某個熟人，怕有一些話傳到那個男人的耳中，我不知道跟這個王先生繼續下去會是什麼結果。我儘量躲在陰暗的光線裡和他進行著曖昧的談話，我不知道這個男人出

手能否大方，從他的話語中聽不到任何承諾，或就業准證或婚姻或金錢。他握住了我的手，我心想手是可以給他觸摸的，沒什麼損失。這一星期中，我和他每天都這樣手握著手。

坐半小時或一個小時，然後又回辦公室。每次酒吧裡的男歌手一看見我，就開始唱《卡薩布蘭卡》，因爲我特意點過一次，他就以爲我每天都想聽。最後，王先生送了我一瓶CD香水，香水的外包裝很好，又被禮品店精心地包裝過，開始我不知道那是什麼，但從他非常謹慎的神情來看，我想也許是一隻勞力士手錶吧？那要坡幣五千多塊呢。

我回到家，拆開一看是一瓶CD香水。我決定不再這樣躲躲藏藏地上班了。我連那一星期的工錢也沒要。

跟定一個人就跟到底吧，雖然他和小愛睡了覺。但是我要找小愛。

那天我進了兩次學校，一次是自己上課，一次等小愛下課。我已跟我的情人說過，晚間我將與一個女同學去看電影，那時正在放《鐵達尼號》。

趁小愛上課的空檔我去買了電影票，見了電影票，我想小愛恐怕不會拒絕我，但是我想錯了。

小愛驚詫我在教室門前等她。我又一眼看到了那滿頭淡褐色的彎曲的長髮。我低下頭從包裡掏出兩張電影票。我說是七點鐘的，就在大華戲院，我想看完之後我們會在那裡喝一杯，好好暢談一下，然後

我要打她一耳光，讓她知道她傷害了我，我不能打他，卻能打她。

小愛卻抱怨我，不僅浪費了她的時間，也浪費了我自己的錢。

「鐵達尼號？關你什麼事？又關我什麼事？這樣愚蠢的電影離我太遙遠，我肯定不能陪你，你還是找他來吧。」

說完她甩頭就走。這樣我不得不把稍後一點的談話放到前面來。電影看不看沒有關係。

我們就站在教室門前的走廊上，其他同學都走光了，暮色已經來臨，我說：

「你跟我是朋友，你明明知道你在特別委屈和壓抑的時候，我是特別關心你的，那麼你爲什麼還要跟我的男朋友去睡。」

小愛吃驚我的問話，她的臉突然紅了起來。她大概才明白我爲什麼要來見她。她說：「他是你的男朋友嗎？他都已經五十多歲了，而你才二十多歲，他是你的男朋友嗎？」

「在新加坡的這種情況下，他就是我的男朋友。」

好一會她沒有說話，而只是看了看自己腕上的錶。只聽她說：

「你眞是忘了男朋友這三個字的眞實涵義。既然忘了它的眞實涵義，那麼我跟他睡一睡也沒有什麼了不起。」

我突然哭了。

「可是他的的確確很愛我，我能感覺到他對我的愛，他有老婆，他有孩子，他有事業，但是起碼我跟他接觸以後，在他生命中最重要的女人就是我，就是我九丹。」

「那他爲什麼還和別的女人在一起？」

「他和別的女人即使在一起，但是他對於她們和對於我也是不一樣的。」

小愛笑了，她說：「九丹，看來你還眞是一個單純的女孩，有什麼不一樣呢？難道是這一切有差別嗎？」

「小愛，像我們這樣的人當然跟她們有差別，我們和夜總會的女孩有差別，我們和那些職業妓女也有差別。」

小愛顯得十分吃驚地望著我，對我說：

「九丹，難道說你還不認爲你自己不是一個妓女嗎？」

我說：「在男人和女人的關係中只要有了愛情，就不能算是妓女和嫖客的關係，它只要有了深深的感情。」

小愛又笑，她說：

「那好吧，整個世界上就是你九丹一個女人不是妓女，我小愛是妓女，虹是妓女，夜總會的人是妓女，我所說到的其他的人都是妓女，好了，你就原諒一個妓女和你的男朋友睡了一覺，我最多是個妓

女，而你是他深愛的女朋友啊，女朋友這個詞多麼不一樣啊。因爲女朋友這個詞你應該把『中國的』三個字去掉，應該變成『新加坡』才好，或者是『英國的』最好，因爲你的外語比我還好。你在大學裡還好好學了外語，我在大學裡光顧著談戀愛，沒有好好學外語，因此從這個意義上講，你應該說你是一個英國的，或者是美國的，或者你是一個純種得英國紳士的後代而且又做了他的女朋友那該多好。」

小愛說完走了，我的腦子又一次變得一片空白。我沒有打她。

那天晚上，我躺在床上，腦子裡一次又一次地流動著妓女，妓女，妓女，嫖客，嫖客，嫖客，金錢，金錢，金錢，道德，道德，道德……直到天亮了，我拉開窗簾，看著新加坡的太陽，那個時候，我突然感覺到在太陽的正中央也寫著兩個字：妓女。

送別

在北京我也沒有朋友，很多朋友包括我在新加坡之前的情人都以爲我還在新加坡。我也不敢跟他聯繫，對於我的失敗，我想在這個世界上只有他會跟我一樣難過。但是我和他的聯繫已經不可以用「難過」或「理解」來維持了。

我不知道應該帶著他在北京的那些地方去玩，像故宮、頤和園一些旅遊勝地他早就去過了。我把他

帶到了公主墳，他跟著我走在塵土飛揚的公路上，穿越了無數類似民工的行人，他的嘴裡邊不斷說著「糟糕」兩個字。

我們又開始逛城鄉貿易中心。一上賣衣服的二樓迎面便是一個農村女人穿著內褲在試衣服，兩條腿光光的。他看了我一眼，笑了。

我們又在路邊的一個水果攤上買了一個哈密瓜，哈密瓜很大，也很便宜，但是一點也不甜。我們勉強吃了幾片之後，只好回了酒店。

在房間裡，他穿著一套白色的絲質睡衣，手裡是電視遙控器。我們除了看電視沒有什麼可做的，好像也沒有什麼可談的。在機場見面的一剎那的感動已沒有了。我把他的衣服一件件疊好，以便他第二天一拎箱子就走。

我坐在床上，心情卻是那麼沮喪。在我離開新加坡回北京的前一晚，我也是這樣的沮喪。那晚在夜裡十二點我從房間裡走出來去參加虹的一個朋友的舞會。

在屬於沉睡的深夜，去參加一個陌生的PARTY，這是一種寂寞到無可奈何的舉動，虹說，你很少參加這種舞會，去看一看吧，反正那麼晚他也回家睡覺了。

那是一個美國人辦的PARTY，地點設在自己的公寓內。裡面聚滿了年輕的男男女女，居然還有樂隊。一個小夥子背著吉他在輕輕吟唱，我不知道他是馬來西亞人，還是從印尼來的。他的聲音就像衰敗的花架，讓人產生沒落的感覺。這感覺在今夜很合適。主人的個子很高，有著捲曲的黃頭髮。一見他我就說我是虹的朋友。他立即伸出兩臂輕輕擁著我，一邊用流利的中國話說，只要來，我們就不分彼此。

他在我臉上輕輕吻了一下。我揚起頭向他微微笑起來。一個眼睛漆黑的日本女孩立即走過來。她看了看我，隨即緊緊挽住美國人的胳膊，猶如一個獵人在看守她的獵物。

侍者端來了酒，我隨手拿了一杯，邊走邊喝。我沒有看見虹。裡面的人大都是站著的，不時發出女人只有在夜裡才有的笑聲，像微細的玻璃碎片。在新加坡，這些來自各個國家的孤單男女從各個角落流竄到酒吧夜總會和各種各樣的**PARTY**，他們總把這些地方當作哭泣的地方，表面上他們都是在笑、在抽煙、在調侃、在說下流笑話。

身邊一個男人在看我，我轉過頭來。他看到我手中的空酒杯，問要不要再來一杯，我說不要。她問要不要抽一支煙，我本來不抽煙，但是他既然這樣問了，我便點點頭。他幫我點火。他說他有女朋友，是從西安來的，但是今晚要會一個遠道而來的男人。他說他也是像我剛才一樣孤單地走進來的，面容好委屈。我說一個人沒什麼，這好過兩個人，兩個人隨時隨地在一起是無法忍受的。他又問我能不能明天約我。我說我明天就離開新加坡了。說到這樣的問題，我有些乏力，於是離開他坐到屋角橘黃色的沙發上。對面的樂手還在唱著，他的眼睛半睜半閉。煙霧和各式各樣的噪音繚繞整場，男人的目光和女人的目光彼此照射著，像一對對出沒在草叢中的野兔。

一個不像是侍者的男人，給我端來了一杯酒，我一口全喝光了。他說他是從法國來的，現在在新加坡的一所銀行裡任職。我突然抬起頭，難道是那個男人？但是光線太暗。他又問我有沒有結婚，我說沒有。他問我要不要來點吃的，我轉頭一看，後面的方桌子上全是蛋糕。我站起身，正當我向那兒走去時，那個閉著眼睛的樂手突然向我笑了，猶如剛剛睡醒的某類動物，露出燦爛的門齒。我正要回應時，燈滅了。

一片漆黑中，有人哈哈笑，大聲用馬來語說了句什麼，立即有幾個人跟著一起笑，還沒等我反應過來，感覺有什麼落在頭髮上，不知是誰在噴彩膠。我用手摸去，這時臉上又突然有什麼黏糊的東西，我感覺是蛋糕。有人在狂叫。我把砸在臉上的蛋糕一點點放進嘴裡。望著黑暗中混亂的男女，我突然哭了起來。

有一個身體慢慢靠過來，他先握住我的手，然後把我整個抱在懷裡。我便在他的懷裡哭泣著。他的溫熱的胸膛起伏得很厲害，一邊用手把我的眼淚抹去。一會兒，他慢慢地把我移向牆壁。

他開始狂熱地吻我，陌生的兩唇間飄盪著火焰。

我像一隻雛鳥仰著臉，急切地從他的身體裡吸取一種類似雲彩的東西。我知道這是有毒的，但是在這一刻我像一朵盛開的花朵。

來到新加坡的這兩年裡，我從沒有像這樣綻放過，在這黑暗的午夜。

PARTY終於散了。回去的路上，我在想和我接吻的究竟是那一個男人。也許這不重要。

那麼重要的是什麼呢？

在機場裡，我們沒有像上次在新加坡機場那樣兩人還都哭一哭，這次就免了，兩人都省點勁。

在機場門口，一個十歲的小賣花姑娘捧著一大把玫瑰走來。我買了一束，並且遞給他，我希望他帶著這束玫瑰回到新加坡。

他卻生氣了，問我爲什麼要買花。

我說送給你。

他說他不喜歡。

我不知道他爲什麼會這樣，便也沉下臉生氣了，扭過頭不理他。我心裡想我還未給誰買過花。僵持了一會，他突然跟我說，這次金融危機傷了他的元氣，他已經虧損了一千多萬了。

「也許這次是最後一次給你錢，你要節約著一點一點用。」

我低著頭，半晌，我說你不能丟下我不管。

「你要我怎樣？」他問。

我突然哭了，淚水模糊了我的雙眼。本來我不打算哭的，可是裝哭容易，要裝不哭是多麼地難。我握住他的大手，把它貼在我的臉上，一會這隻手慢慢地被抽走了。在那混雜的人群中，轉瞬之間，他便

消失了。

我忘了把花給他帶走。我急切地跑上前來，但我再見不著他了，一位女檢票員擋住了我。我把臉埋在花香裡，在那一刻，我悄悄發誓，我一定還要回到新加坡，即使不去新加坡，也要去英國、去美國，我無論如何也不能被遺棄在北京。

我不知道兩年後因爲《烏鴉》，九丹的名字在新加坡家喻戶曉。人人唾罵我，新加坡人說我醜化了新加坡，中國說我醜化了中國人。我沒有醜化誰，如果有罪，那麼罪過在於我沒撒謊。不用說是面對文學，即使是面對媒體，面對記者的詰問，我也是原原本本地回答著。

記者：「當初到新加坡來的時候是帶著怎樣的期待？」

九丹：「想要瞭解新加坡，想要瞭解國外的生活，另一個就是想遠遠地離開中國，還有就是很希望在新加坡獲得一張簽證，這樣我可以在新加坡待下去，也可以不待下去，就是有更大的選擇權和自由權了，可以到其他國家去。」

記者：「你嘗試了兩年，是失望而歸？」

九丹：「我沒有辦法不回來，我是沒有選擇的。」

記者：「你是否會再做第二次嘗試？」

九丹：「如果能讓我到新加坡，我的理想還是沒有變。」

記者：「如果有新加坡男人追求你，你會接受嗎？」

九丹：「那要看怎樣的男士了。我覺得他首先在精神上必須是高貴的，一個能夠挖掘自己內心骯髒、罪惡的人，無論是男人或女人，這樣的人都是高貴的。」

……

（摘自新加坡《新明日報》）

重讀這些回答，不禁又一次感動於自己的坦誠。因爲說了那麼多謊話的我很少有這份坦誠，其實在這行裡是更應該撒點謊的。但是無論怎樣，當我寫完這一章節時，新加坡我是決定不去了，美國、英國也不打算去了，因爲那曾灑落在異國的眼淚已永遠存留了下來，九丹這個名字也像正在滑翔的烏鴉一樣低低地穿過人們的唾罵和責難，飛向一片火光之中。

我的新加坡情人，我們都沒有力量超越「烏鴉」緊緊擁抱在一起，你的背景混雜在人群中永遠消失了，只有遺落在我手上的鮮花一直爲你唱著你愛唱的歌，再見，我的愛人；祝你平安；意難忘；心戀；北京一夜，一朵小花；冬戀；五星紅旗，迎風飄揚……

第二章　我的女人

「老練」

我這一生確實說了很多謊話，但是我還沒有對媒體學會撒謊。不知道爲什麼在這個問題上我那麼固執地堅守自己的坦白。也許我是這樣覺得：過去撒謊只是面對一個人或少數人，而面對媒體就是面對大衆，而大衆不是那麼好騙的，騙得了今天，騙不了明天。

兩月前，我在香港簽名售書，某晚和上海的某些文人在一起吃飯。末了他們問我對美女作家的看法，我說：她或過去的王安憶、陳染、鐵凝等其實都是一丘之貉，她們僅僅在作品中向人炫耀自己的乳房很美，皮膚很白，她們製造的都是一個個假女人，她們在把那個假的私處露給別人看。

過後，他們說，整個席間九丹一句話不說，顯得既文靜又柔弱，可是突然頭上就長出了角，使人覺出她的「稚嫩」和「不老練」。

在他們認爲，「老練」的回答是：我不知道，我不看他們的作品。文壇中人都是這樣回答的。

我不知道以後我會不會眞的這樣「老練」起來，但起碼現在我拒絕「老練」，也拒絕文壇。在《南方周末》、《中華讀書報》或是別的媒體上，我曾對當下的女作家們提出了嚴厲的批評。很多人不同意我的意見，也有很多人同意我的意見，但都不免爲我捏一把冷汗：以後還想在文壇怎麼混？

其實，我根本就不是你們所謂文壇中的人，只有王安憶才是文壇中的人，只有陳染、衛慧、張潔、張抗抗、池莉她們才是文壇裡的人。如果要以作品來區分的話，瑪格麗特．杜拉不是文壇中的人，林白有一半不算是文壇中的人，棉棉也不能算是文壇裡的人，方方也有一大部分不是文壇裡的人，而鐵凝、畢淑敏這些統統都是文壇裡的人。

首先我爲我永遠不是文壇裡的人而驕傲，我爲我不是中國作家協會會員而驕傲，我爲我能夠在北京活下去而驕傲，我爲我自己沒有等待著中國作家協會或是中國文聯的下屬機構爲我發工資而驕傲，我爲我始終是以女人的方式去表達女人的心靈而驕傲，我爲我那麼深深地愛著郁達夫以及他的精神和很多作品而驕傲。

但是我最最爲我不是文壇的人而驕傲。

小姐

寫《烏鴉》是在新加坡情人走之後。

新加坡情人走之後，有一天，我接到一個電話，是那個聖誕夜深時依然亮著燈的餐館的老闆打來的。那時已經是一月底了，我幾乎完全把他忘記了。

再一次見面是在北京飯店的咖啡廳裡。我發現他已微微謝頂，步伐中顯現出一副老態。他說他四十歲，我覺得他在瞞歲數。

他穿了一件皮風衣，高高的個子，帥還是蠻帥的，他說他和他的情人分手了，不過又喜歡上別的女人，而且不只一個。

我笑了，我喜歡男人的坦白，我告訴他我的情人也走了，不知道他會不會回來，不過即使他再次來到北京，也最多只是兩三天，他還得走，而且給我留下的錢不能解決我的問題。

他問我爲什麼總想著錢呢？

我說我不知道。

他開始描繪他的房子，那是靠近賽特的一所公寓，裝修非常豪華。但他所想的只是如何享受上天賜予我們的空氣、鮮花和陽光。前天晚上他看中了一個姑娘，這個姑娘雖然在夜總會，但完全同意他的看

法。在他的敘述中，他皮膚黑黑的，眼睛很小，但非常漂亮，他一見她就喜歡上了她。然後他在夜總會的門外等了她兩個小時，因爲她有別的客人。

我喝著冒著熱氣的咖啡，心想，高談之後我們會不會在長安街上走一走？如果他提出去他的居所，我是答應還是不答應？無可否認，通過那聖誕夜的長談，通過他此刻的坦誠，我是有點喜歡他的，而他眼睛裡的孤獨也不時地落在我的帽簷上。那時候我就喜歡戴帽子了。我不抽煙，因爲我有隱性氣管炎。他也不抽煙。

他的聲音像一隻鳥雀不斷跳躍著。那天晚上他把那個小姐帶到他的寓所。他們做愛。但是那小姐沒有跟他要錢。

「其實這樣的小姐的價錢是很貴的，一晚上至少要一千至一千五百元，但是她感覺很好，因爲我也給她帶去了享受。」

「不過，第二天她給我打電話，我卻沒有興趣了，我沒有再去找她。」

我低頭，卻清晰地聽到了來自那「小姐」的哭泣聲，我說她陪了你一晚上，你至少得給她五百塊。

「我們在一起的感覺很好啊，不存在錢的問題。」

「感覺好又爲什麼不去找她，你是怕她跟你要錢。」

「你爲什麼要心疼那些女人呢？這些人壞著呢，沒一個是好的。」

「那也不能一分錢不給。」我執意地說道。

他沉默了。

「其實從一開始，從你跨進餐廳的第一步起，我就感覺你是什麼樣的女人了。」她抬起頭對我說。

我站起身走了。我沒有想到是這樣的結局。

我是什麼樣的女人我不知道，在別人看來，也許是高貴的，也許是卑賤的，我也無法給自己下什麼評判。不過我能清楚的就是——我是女人，不管前面加上什麼樣的定語。

我是女人

我是女人，我長得和男人不一樣，這是有目共睹的。

而女人和女人長得是一樣的，她們都有「一個中心，兩個基本點」。我以此爲根本，寫了《烏鴉》。

我在開篇中這樣寫道：我的烏鴉，我充滿眷戀的烏鴉，你們可曾想過，我也是你們當中的一個，還有我那些可愛的女人。

「那些可愛的女人」卻深深地憤怒了：我們是鳳凰，你才是烏鴉。

女人的辱，女人的罪，女人的傷在《烏鴉》中暴露無遺，可是連我們女人自己都不正視都不關心這

些辱、這些罪、這些傷，還指望男人的關懷嗎？我眞希望在這個世界上只有我一個女人是烏鴉，所有的悲劇僅僅是我個人的悲劇，我也希望我的身體是畸形的，我有兩個「中心」，或一個「中心」也沒有。然而可悲的是我和她們一樣，她們也和我一樣。

不過爲了讓她們更好地生存下來，我容忍她們的辱罵。但作爲一個女性作家，有責任對我們的社會進行反思。在這反思的過程中，我沒有著其他女人或其他女作家那樣自視其爲鳳凰而把除自己以外的女人比作烏鴉，在這反思的過程中，我也不太好意思去批判她們。

我實在沒有什麼權力去批判她們，難道說我比她們更高明、更博大、更有文化嗎？也許我和某個女人在一起時，我發現我比她們多會一些英文單字，多懂一些文學史或更懂得欣賞一些古典音樂，難道說我在擁有這一切時，就可以批判她們嗎？難道讓我在小說中描寫了她們，就有權力去批判她們嗎？

在長沙接受湖南衛視採訪時，有記者問：「那麼，你作品背後的眼睛是什麼？」

我對他說。那是弱者與弱者之間的悲憫，我們有了一件新衣服，心裡又在想著另外的衣服。難道說現在傳說中的兩線歌星她們的生活有困難嗎？她們已經很優越卻又爲什麼跟那些大老闆？

一個女人有著非凡的能力，她不靠取悅上司就能升職，另一個女人她很軟弱。由此我們就能證明一個女人是乾淨的，而另外一個女人是骯髒的？難道說在這個世界上存在著柴契爾夫人，同時又存在貝隆夫人，我們就有權力把所有骯髒往有罪跡的後者身上去潑酒，而對於那些表面上光彩照人的女人不加分

析地去歌頌去讚嘆？不，這不是一個叫九丹的作家所能幹出來的，更何況貝隆夫人是個成功的女人。

《烏鴉》的著眼點只是在普通得不能再普通的女人身上，你們說我一竿子打翻一船人也好，說我寫的女人跟你們不一樣也好，這是你們的事情。我所寫的女人前面沒有任何定語，它就是兩個字「女人」。

但我希望有一天，很多女人站在我面前說：九丹，我們眞的從你的書裡發現了我們自己的影子。

儘管這些女人從來沒有賣過淫。

姐姐，請不要為我感到羞愧

在我故鄉的城市裡，大街小巷都充滿了《烏鴉》，就像是在新加坡一樣，一夜之間《烏鴉》鋪天蓋地而來。有一天我姐姐打來電話，言詞中表達出了爲這樣一個妹妹寫出了《烏鴉》而感到羞愧和無奈。

當年姐姐爲我能走進大城市能成爲一個很不錯的記者並能去新加坡而感到驕傲，她常常對周圍朋友談及這個妹妹，在她的眼中這個妹妹幾乎是一個神話。可是今天當我寫了《烏鴉》之後，這個神話破滅了。她覺得這是一種恥辱，她不能讓別人知道她的妹妹寫出了這樣的「妓女文學」，不管作品裡面主角的經歷是不是她的妹妹，她都覺得無限地丟人，於是她千方百計地掩蓋這個事情。近一個月來，她每天

進辦公室的第一件事情就是把有關《烏鴉》或有關我的報導的報紙趕快藏起來。或者撕掉，或者塞進抽屜裡，生怕別人看到。

然而《烏鴉》擋也擋不住地在那個城市裡盤旋起來。許多朋友都看到了。這使姐姐感到難過，她深深地爲這件事情感到羞愧和丟人。她不知怎麼樣才能不讓別人發現寫《烏鴉》的就是她的妹妹。

今天我要說，我愛我的姐姐，我一點也不願意讓她爲我丟人，從寫《漂泊女人》到寫《烏鴉》，從我提筆始，我就覺得我在爲我的姐姐爭光，因爲她的這個妹妹不是一般意義上搞點文學，不是一般意義上當什麼美女作家，從來不是這樣的。她是想寫出最好的作品，她是覺得中國自有當代文學的那一天起，就一直存在著巨大的空白，而這個空白需要有人去非常認眞非常嚴肅地塡補，許許多多的女作家都沒有做到，或者是她們沒有想著去做到，或者說她們害怕去做到，然而今天她的這個妹妹做到了。

但是姐姐不理解，她爲這個妹妹感到羞恥，感到絕望，感到無可奈何，而她也沒有力量去遮遮掩掩，去藏住這樣一件事。她不能讓所有的書店書攤撤下這本叫《烏鴉》的書，她也不能一本一本去撕掉這個妹妹的照片。可是我在此時此刻多麼想對姐姐說：請不要爲我難過，請不要爲有這麼個妹妹覺得羞愧，你應該比任何時候爲有這樣一個妹妹感到驕傲，因爲這個妹妹必須這樣寫下去。她這樣寫了，並且一步一步做得那麼好，那麼具有一種品格在裡面，我是說在這個妹妹的作品裡面。

姐姐，你傷心，我也傷心。你傷心是因爲你有一個寫出《烏鴉》的妹妹，我傷心是因爲我那麼愛

你，你卻不知道，我與我的作品裡面是這樣具有一種人文主義的精神，這樣具有一種關愛，具有一種憐憫的精神而你卻不理解。可你還是我的親姐姐，我爲這個事情感到傷心。也許到了我們都走進了墳墓的那一天，當我們共同的孫女們外孫女們，當她們長大她們懂事她們開始讀我的作品時，那個時候她們會說我們祖上還有這麼偉大的女性。她那麼誠實，她的作品把女人的內心寫得那麼複雜、那麼全面，她們的擔心、她們的害怕、她們在睡不著覺、她們在勉強笑一笑、她們在使鬼點子、她們在小小得意、她們在哭泣的時候，竟然跟我們這麼相似。

姐姐，也許我們只有把我們之間的理解和溝通放在未來了，那麼我們不能不說這是我們姐妹共同的悲哀，也是我們這個時代的悲哀。

姐姐，請不要爲我感到羞愧。

那個冬天的最後一場雪

在北京我有一間不能算小的居所。小區很安靜，綠草大片大片地覆蓋著，即使在冬天也是這樣的景色，說是草籽是從美國引進的，耐寒。當那個冬天的最後一場雪落下時，我開始創作《烏鴉》。

我知道「烏鴉」的飛臨也像那場雪一樣，輕輕地，悄悄地，一夜之間貼滿了我的窗。它們鳴叫著，

靈活地掛閃著翅膀，隔著玻璃向我張望。那些日子我就沉浸在它們時而淒涼而溫暖的叫聲中。

在此期間我看了日本人拍的片子《燕尾碟》和美國人拍的《逃離維斯加拉斯》、《天與地之間》，我還在我一個好朋友的推薦下，幾乎重讀了所有十九世紀的文學作品。

那段時間我還看了由瑪丹娜演的《阿根廷，別為我哭泣》。當我聽到瑪丹娜唱到這一句「我曾和你們一樣卑賤，我和你們一樣渴望成為大人物時」，我就哭了。我的哭聲被窗外的「烏鴉」聽見了，於是它們跟著我一起哭，我不僅為我的失敗，它們也不僅為它們的失敗。

如果小查看見，小查也會哭泣。

第三章 小查的情人

這個短髮女孩

小愛走後，在端木太太家，我和小查成了很好的朋友。她在國內做著大官的爸爸居然在一個月內來看了她五次，有兩次是帶著她媽媽一起來的。每次來都給端木太太帶禮物，還請她吃飯，這使端木太太更加縱容了小查的嬌生慣養的性格。

端木太太對小查好得不能再好，吃每頓飯都對她問長問短，然後要從自己的房間裡拿出很多小玩意，比如手鍊腳鍊任小查挑選。還要在一旁誇小查眼睛長得好，鼻子生得漂亮，大腿性感。

一個新加坡男人喜歡小查，叫瑞奇，長得很細緻，那是端木太太的遠房姪兒。端木本來有一個女朋友是新加坡人，但是當在端木太太家看到小查後便不禁心猿意馬起來。他請小查去聖淘沙，去動物園，去克拉碼頭。也不知什麼緣故，小查總把我抓去當電燈泡。每當我迷路搞不清方向時，他們就商量著說，把我送到阿波羅飯店吧。

阿波羅飯店就是虹曾在那兒當吧女的飯店，那兒有很多從中國來的女孩子。不知爲什麼我對他們這樣的玩笑是那麼不滿，儘管是玩笑。我想下一次一定不跟他們出來了。

有一次在學校裡，當小愛跟我閒聊起小查時，小愛說她之所以搬走，更多的原因是因爲小查。小愛和小查共用一個洗手間，只要是小愛剛剛用過這個洗手間，小查一定要在裡面擦很長時間，並一定要把剛剛用過的捲紙再撕去長長一大截；同樣大家用茶壺，如果是小愛的手剛剛摸過，她就會用餐巾紙包著然後再去抓。每次說到這裡時，小愛就問我：

「你說小查爲什麼會對我這樣，難道說我在她眼裡就眞的那麼髒嗎？」

我勸慰她道，你就當沒看見就是了。

小愛說：「如果有一天我當了慈禧太后，我就把她的胳膊、腿全剁斷，然後把她抓進一個缸裡，就像我小時候看的《火燒圓明園》電影裡慈禧太后時對那貴妃幹的事一樣。」

小愛又告訴我，小查在國內有兩年都沒有考上大學，這次來新加坡學語言然後再去英國。小查上的語言學校是學費很貴的那種，那是英國人在新加坡開的一所私人貴族大學。

小查有了孩子

小查經常到我的房間來坐，經常請我抽一支SOBARANI牌子的煙，這是倫敦產的，但卻是從中國來的，她的爸爸的手下人經常給她帶，她也把這種國內帶來的倫敦煙給她的男朋友瑞奇抽。

小查的父母又一次來新加坡時，也和瑞奇見了面，看瑞奇的開公司的，駕的是一輛「寶馬」車，於是也不提小查去英國讀書的事。他們更多的是在考慮怎樣讓女兒和這個新加坡男人成婚的事情。

他們的關係在快速發展。一天，小查在我的房間裡坐到半夜，她說她和瑞奇已經什麼都做了。不過，她挺爲自己不是處女感到有點慚愧，在國內上高中時，她曾把自己的處女膜交給了她的一個班上的男同學。

「他一直和端木太太一樣以爲我什麼人都沒接觸過。不過當發現我不是處女時，他也沒有怪我。」

有一天小查又到我的房間裡來，她說她懷孕了。我對她說，那你趕快去找瑞奇啊，讓他帶你去醫院不就行了。

她說這事還不能告訴瑞奇，不是他的。

「那是誰的？」

小查臉紅了。

她沒有告訴我是誰的。只聽她說：

「九丹，我覺得你這人挺溫和的，是個好人，這種事情我只告訴你一個人，我連我爸我媽都不告訴，告訴的話丟死人了。我告訴你吧，反正是來端木太太家打麻將的其中一個。有一天晚上我睡著了，他進來，當我們發生那種關係時，不知怎麼的，我也沒喊沒叫。」

小查說她脖子上現在戴的一條項鍊就是那個人送來的。

「我本來不要，可是他說這項鍊在新加坡早就買不到了，即使在英國也沒有賣的。」

我不知這人究竟是誰，但不好意思追根到底。來端木太太家打麻將的人很多，我看不出那個跟小查的關係特別親密，不過從那有了年代的項鍊來看，這人恐怕不是年輕人，而是上了年紀的。

後來小查讓我陪她去一家叫"MELIA"的私人醫院。去的路和回的路，小查都在跟我談她的爸爸，並且不時發出銀鈴般的笑聲。我望著小愛，眞是羨慕她有這樣一個好爸爸。

她的男朋友瑞奇也經常送她禮物，如果是吃的，小查就與我分享，如果是穿的，小查也一定要我試給她看看。

小查的耳光

端木太太去了歐洲，家裡就剩我和小查。她這樣放心把家交給我們，是因爲她認爲我和小查在國內都是屬於貴族階層，有著很好的教養。可是小查的父親好長時間不來了。慢慢地小查變得憂心忡忡起來，那種銀鈴般的笑聲也少了。

當我知道她爸爸被抓媽媽被審的消息幾乎嚇呆了。小查說，現在國內反腐敗很厲害，說是他們有不少是不明財產，就連她在新加坡上語言學校的事情也是她爸爸罪名中的一項。小查說到這兒時就哭。末了她說：

「我爸爸是世界上最好的爸爸，心地善良，有能力，而且特別愛我媽，也特別愛我，因爲我長得跟我媽幾乎一模一樣。他們這樣對我爸我媽，特別不公平，我爸爸沒有罪。」

我說：「小查，那你爸爸的錢是從那來的呢？」

「他自己掙的。」

「他怎麼掙的？」

小查看了我一眼，就又哭了起來。她說：

「在新加坡這麼長時間，我都瞧不起別人，就覺得跟你在一起談話的時候，你默默地聽著我說話，

而眼神裡沒有絲毫對我的不滿和嫉妒，我就特別地喜歡你。可是你今天這麼問我，看起來你對我也有很多不滿。」

我連忙說：「沒有的，沒有的，任何人都覺得自己的爸爸是一個好爸爸，這也沒有什麼錯誤。」

「我不喜歡你老是說這種冷靜的話。你覺得你爸爸好不好？」

我說：「也好，我爸爸也是世界上最好的爸爸。」

「這個事情現在誰都不知道，我就跟你說說。」

我上前握住她有些冰涼的手，說：「你最好別告訴別人，端木太太要知道了，她就不會對你這樣好了。」

「眞的嗎？我爸爸給她送了那麼多東西，她會對我好的。」

「那也別告訴她，也別讓瑞奇知道。」我說。

「瑞奇這邊應該沒問題，我覺得我們還是有感情的。等一下他要請我去吃飯，我們一起去吧。」

我說：「不用了，因爲我也要會我的情人。」

我的情人那時已經發生了和小愛的事情，但我沒有把它告訴小查，按照小查的性格，即使我不去打小愛，小查也會幫我打小愛的。

但是最終小查卻打了我。

我挨了她一個重重的耳光。她打得那麼狠，以至我今天在回想時，我的臉還在隱隱作痛。

端木太太從歐洲旅行回來後，沒幾天她就知道小查家出事了。小查的父親的名聲在國內實在是大，平日也仗義疏財，在香港和新加坡都有朋友。對此事報導的首先是香港的報紙，不久，新加坡也傳開來。

端木太太對小查開始掉臉了。那天她只有兩張音樂會的票，依照往日的習慣，她總是帶小查一起去，只有在小查沒空的情況下，她才帶我去。可是那天她問都不問，就把小查留在家裡了。

那天一起去的還有瑞奇。瑞奇居然沒有跟小查在一起，這使我心裡產生了疑惑。音樂會結束時，端木太太突然問我，小查是不是在新加坡做過墮胎手術。

瑞奇就在旁邊默默等待著我的回答。我說我不知道。但我心想，這下小查肯定完了。她們是怎麼知道的？

又過了兩天，那天是星期六，我沒有課，不用早起。但是小查在外面敲門。我去開門讓她進來。卻發現她的臉色是那麼不好，於是我想開口問她怎麼了，卻不料迎頭是她煽來的一巴掌。

她那隻手彷彿集聚了她的所有仇恨，在我印象中我一生中還沒有人打得我這麼狠。我眼淚一下流了出來，好一會我才恢復感覺，我問她：「你憑什麼打我？」

在我這樣問的時候，我的眼淚還是止不住地流。

「我爲什麼打你，你心裡應該很清楚。」

我說我不清楚。

「你知道。」

「我不知道。」

「你當然知道。」小查把聲音提高了。

這時，端木太太把門拉開了。

「怎麼了，你們說話的聲音那麼高。」

我和小查都不吭氣。

「我沒有聽見九丹在吵，就聽見小查的聲音，你們以爲這是在你們自己的家呢？跟個潑婦似的，年紀輕輕的一個女孩，家庭出身和背景都不錯，可是跟你們中國掃大街的一樣，連夜總會當三陪女的都不如，你們憑什麼在我家吵？」

聽了這話，小查哭了。她說：「端木姨……」

「你不要叫我端木姨，難怪你在中國考不上大學，難怪在新加坡也不好好地學習，像你這樣的還想去英國讀書呢，作夢去吧，你呀，還是好好檢點一下自己的行爲，好好注意一下你自己的修養，還是好

好地學一下像個淑女一樣活著，別動不動抽什麼倫敦煙，什麼SOBARANI的牌子，那是妓女才抽的煙……不管你昨天有錢，今天沒錢，還是明天成爲窮人，人都應該懂得自愛，人都應該懂得自尊，人都永遠應該是有自己的貞操的，而根本不應該像你這樣地張著嗓子在說話，你以爲你在唱歌呢？就你那樣沒有一點音樂感覺的人，連五音都不全，還怎麼唱歌啊。」

端木太太說完把門「砰」地關上了。

小查又哭了。這時我突然明白了什麼，問：「你打我，是因爲懷疑我把所有的一切都告訴了端木太太的，是嗎？」

小查哭著看看我。我說我沒有。

「誰信呢？」她說，「他們不但知道我爸爸的事情，連我去醫院墮胎都知道，這事情我只告訴過你，還有就是那個人……」

「如果我把這事告訴了瑞奇或是端木太太，那就讓我回到北京，下了飛機，走上北京的馬路時就讓汽車撞死我。」

我那時已經萌生要回北京的念頭。

「你不要給自己發這麼毒的誓，你這樣發誓我心裡也不舒服。」

「那麼請你以後不要把任何事都告訴我，我不再當你的垃圾桶了。但是有一點，你不要打我，我沒

有把事情告訴端木太太他們，因爲這樣我也沒有任何好處，如果僅僅是處於一種好玩或惡作劇的心理，那我九丹這個人平常你就能發現，我沒有開這種玩笑的習慣。」

說完我就出去了。

「痛打落水狗」

那天新加坡的天氣有些陰，天上的雲是灰的。我隨便地走在一條大街上，看看來來往往的車輛，看著密集的新加坡人，便突然在想，小查這一巴掌爲什麼會落在我的臉上，她是因爲打不起新加坡人，所以她只能打一個中國人。

當想到這裡時，我覺得我的臉比剛才更疼了。時隔多年的今天，當我寫到這裡時，我仍然忍不住去摸我那張臉。

我在大街上走了半天，也沒意思，便去找了我的情人。我們在一起吃了飯，還看了電影，他也看出我的臉有點紅，問怎麼了，我說自己不小心碰了一下。

回到端木太太的家，我發誓從此以後再也不理小查了，或者也去狠狠地還她一個耳光。她憑什麼打我啊？我也不怕兩個女人會像兩隻母狗，兩隻雌性的鳥或兩隻蟲子互相掐起來。

端木太太正在客廳裡打電話呢。我從她的面前走過，她看著我，然而我直接走到小查的房間裡去。小查卻沒有在。

當我從小查房裡出來時，端木太太電話已經打完了，端木太太看著我說，上午她怎麼了？

我說我不知道她怎麼了。

「她是不是打你了，你的臉那麼紅。」

「她打了我一巴掌，但我也不知是什麼原因。」

「她憑什麼打你？」

我默默地坐在她對面的沙發上。

「那你應該打她才對呀，你看她，到新加坡才這麼一段時間，以爲自己交了新加坡的男朋友，她就上天了。我認識的人，誰不比她有錢啊，她跑到這裡來大吵大鬧，她算什麼東西？」

我只要用手摸了摸臉。

「還疼不疼？」端木太太問道，說著從旁邊的一個櫃子裡拿出一種軟膏，空中立即飄浮出薄荷的味道。

我說沒事，已不疼了，但她執意地擦在我的臉上。端木太太說：「你知道嗎？她不僅隨便跟人家睡覺，她爸爸媽媽在中國也出事了，出了大事。」

我故作不知問出什麼事。

「我聽人說她爸爸貪污腐敗，搞了國家二千多萬，因爲她爸爸這種事，有很多人都跟著倒楣，其中還牽涉到外省的一個副省長。我跟你說的是大事，以後小查也別住在我家了，我得把她趕走。人好好地憑著自己的能力去掙錢，這比什麼都強，爲什麼要貪污，爲什麼要腐敗？這不公平，中國有多少人吃不上飯的人呀。所以我眞是希望大陸有更多的監督機構。」

她看了看我，忽然又說：

「其實小查剛來時我就覺得她有問題，她一個小女孩憑什麼有錢？憑什麼住到我的家？當年你是記者採訪，你叔叔跟別人是至交，這種關係我們可以理解。像她這種情況，我當時就覺得有問題，她的爸爸又不是什麼做生意的，只是我不說而已。可是這個小查，今後你還是別理她。」

待她說完，我說：

「端木太太，我覺得小查現在看來還是很可憐的……」

「你還是不要可憐她，」端木太太打斷我說，「魯迅不是說過嗎？要痛打落水狗。我就是要痛打這隻落水狗。行了，你那個一巴掌之仇，回頭我幫你報。」

端木太太大概說累了，回房間了。我有些失落地一個人待在大廳裡，心想小查什麼時候回來？外面早就下起雨來了，刷刷的聲音打得窗玻璃直響。

這時電話鈴響了。

恰恰是小查的母親打來的。我說小查剛出去了，你有什麼事我可以轉告嗎？

「你是九丹嗎？」

我說是的。

「哦，」她母親說，「以後我們恐怕去不了新加坡了，但是我們特別感激你對小查的照顧，小查經常說起你，說你人非常好，她有什麼心煩事都跟你說。不過我們現在出了點事，請你勸勸她，凡事要想開些，你們是同齡人，你說的話比我更有用些。」

這時，端木太太走到我旁邊問是誰。我用手把話筒捂上對她說是小查的媽媽。端木太太立即說，她還有錢打電話啊？然後重重地嘆了口氣。

電話那頭不再說什麼了，我懷疑她聽到了端木太太的話。

不過，那一天，小查沒有回來。

我站起身望著窗外的大雨，並不知道小查永遠不回來了。

直到今天我也沒有小查的消息。我從新加坡回到北京之後，也多次通過端木太太或其他新加坡朋友打聽小查的下落，但都不知道。小查，現在如果說你還在，你要能看見我寫的這本書，希望你能跟我聯繫。你那一巴掌，雖然我還記得，但我一點也不想責怪你。我們在一起，或許我幫不了你許多，但是在

一起聊聊天彼此在心裡會愉快一些的。

在我回北京的前兩個月，我從端木太太家搬了出來去了另一個房東家。

有一天晚上，我和一個朋友在"CITYHALL"的一個露天咖啡館裡坐著。咖啡館裡燈紅酒綠，映照著來來往往的行人。行人中我看見一張熟悉的面孔。

這是七月的天氣，整個新加坡像個蒸籠，一點兒風都沒有。我盯著那面孔，一邊回憶，我在那兒見過他呢？

我坐在椅子上殫精竭慮，眼看著那人越走越遠，忽然想起這正是小查曾經的男友，於是我熱切地跑過去，在他後面喚他的名字。

瑞奇轉過頭看了我一下，露出詫異的目光。我問：「小查，你見過她嗎？她現在那？」

聽我提起小查，他突然認出我是誰。他不自然地笑了笑，然後朝他身邊的一個同樣年紀很輕的女孩望去。我這才發現還有一個女孩與他同行。這女孩個頭不僅比我高，也比他高，足足有一米八〇的樣子，臉蛋也很漂亮，戴一草帽，披著個大紅披肩，估計是個MODLE。

瑞奇說他也不知道小查，他跟她也沒有聯繫。

那些天裡，我常常莫名其妙地關心起當地的報紙《聯合早報》。一打開報紙，我首先要看的是上面有沒有說在那兒發現個無名女屍或者誰又自殺身亡這類事情。

第四章 愛，究竟是幾個人的

那個叫本的男人

確實我在新加坡見識過很多男人，有的是我的朋友，有的是我的女伴所認識的。他們像是空中的雨，常常在你毫無防備的時候來臨，好在有人是一直帶著雨傘的。帶著雨傘的人總是顯得很從容，「雨」始終在外面。我是不是屬於帶「傘」的那一個，我至今無法說清。只是當我的情人和其他女人在一起時，我總是顯得那麼孤立。我的眼睛望著窗外，耳畔聽著他們一點也不幽默的笑話，便在瞬間陷入一種無比的憂傷之中，而這時總有一些不明事理的女孩問我：「九丹，你怎麼了？」

然後大家都朝我看來，我喃喃道：「可能天快要下雨了。」

我決定從端木太太家搬出來。

本來沒有這樣一個明確的想法。一天，端木太太還像以前那樣拿出電話號碼本，不斷地給她的朋友

打電話。不一會就出去吃飯了。

下午放學回來，端木太太還沒有回來。當我溫習功課時，門鈴響了。我打開門一看是那個經常來打麻將的端木太太的情人大學教授本。

我把他請在客廳的沙發上。本穿了一件紅格T恤衫。他看我光笑，我不知道他是不是又要跟我說起性的問題。看我表情有些冷淡，他便從T恤的口袋裡，掏出一個什麼東西，說是要送給我。我說我不需要，他說沒事，你拿著吧。

我拿過來一看，是個項鍊。我全身有觸電的感覺。我想到了小查脖子上曾戴過的那個項鍊。

我說：「這是不是在新加坡沒有賣的？連在英國都沒有賣的？」

他的臉紅了。

「你把這樣的禮物送給小查，送給小愛，終於你又送給我了。」

他笑起來。

「怎麼樣？今天端木太太不在，我們在一起好好說話。」

「你知道小查也不在了嗎？」

「我知道。我知道現在房裡就剩你一個人，所以才故意來的。」

他慢慢走過來，我說：

「那麼，你也故意地走吧。」

他遲疑了一下，又說道：

「唉，我給你的這個小禮物你收下吧，這也是我的一片心意。」

「這樣貴重的東西我可不敢收。」

我這樣說的時候，明顯地記得虹送給我的跟這一模一樣的項鍊，一個閃著銀光的模糊的女人人體。這時他走到沙發的旁邊，抓住我的手，熱切地凝望著我，要把我往他的懷裡拉，不知爲什麼，我在這一刻卻笑了起來，我覺得這事非常好玩，非常可笑，也非常殘酷。也有一種說不出的讓人想哭又哭不出來的東西。我問：「你當初勾引小查或勾引其他女人用的就是這個辦法嗎？」

他說：「你說話不要這難聽。」

「這項鍊我的一個朋友也送過我一條，她告訴我那是她從泰國的地攤上買來的，才五塊錢。」

「這……」

這時端木太太進來了，然後本就像是雙腿裝著彈簧一樣彈到了客廳中間。

我卻坐在沙發上一動沒動，然後端木太太看看我又看看他，說本來說好要到他們家吃飯也不知爲什麼那麼不湊巧，五點鐘要開飯了，四點五十他們家的老太爺就死了。你說我留著跟他們一起吃飯呢還是跟他們一起去奔喪呢，想想飯也沒法吃，喪也不要奔了。還是回來了。

她盯著本說：「你怎麼現在在這呢？」

「看看你在不在。」本說。

端木太太的目光在我身上掃掃，又在他身上掃掃。我還是平靜地坐著，動也沒動。

這時電話鈴響了。是我的情人打來的。他問我在幹什麼，是不是一起去打網球？自從虹在他的生活中消失之後，他就一直要找我打網球。我說現在我的第一件事是需要搬家。

他問爲什麼，我說：

「我必須搬出去。」

這時端木太太像明白了什麼似的，她在一旁問：「你是要從我們家搬出去嗎？」

我的情人在電話裡說：

「先吃飯吧，邊吃邊說搬家的事情。」

放下電話，只覺客廳裡空氣異常悶。

「女人的希望在男人身上」

端木太太走過來說：「你是想從這裡搬出去嗎？不是住得挺好的嘛。」

我說：「是我在這住得挺好的，還是你一個月能收到八百塊錢的房租挺好的？」

端木太太說：「你也別這樣說，其實我對你還是挺不錯的，對不對？」

「可是你身邊的這個男人，他剛才要送小禮物。我不接受他的小禮物。我也不願意讓你像仇恨小査那樣來仇恨我。但是我也覺得應該告訴你這個事情，他給我的禮物我沒有接受，儘管那個禮物才值個幾塊錢。我確實想離開這。」

端木太太看看他，問：「你眞是這麼做了？」

他的臉紅了，他說：「她胡說。她一直想勾引我，可是我才不喜歡她呢。」

端木太太猛地拿起桌上的茶杯就往他臉上砸過去，茶杯不偏不倚地落在了他的臉上。茶杯落在地上，茶杯碎了，眼看著他的額上有一個包慢慢地突起，從那黃皮膚的臉上變得緊張了，像一顆過了時的水果紅毛丹。

我對端木太太說：「我今天晚上還回來，我明天才拿東西走。」

「你現在就把東西拿走吧。」不料端木太太這樣說道。

我說好。於是我到房間裡收拾東西。

終於我也要走了。當我拎著箱子站在客廳裡時，本已經不在了。端木太太一個人坐在沙發上。當走到門口時，端木太太突然走過來，抓住我的手，說：「不要把這事告訴他。本這個人的身上儘管有很多毛病，但是我跟他是許多年的關係，我不願意這個醜聞讓全城人知道。還有，其實你住到我們家，你還是有好處的。今天你跟這個情人好，明天這個情人就有可能甩掉你，可是你在我這，我是會經常介紹男朋友給你認識的，所以你這輩子不要恨我。」

她說這話時眼睛一直盯著我，我覺得我從未離她這樣近過。那張塗了光豔的口紅的嘴唇懸在我眼睛的上方，我甚至都看見了裡面的牙。

「你這輩子起碼因爲一個原因，我給你不斷地介紹新加坡的男人，再有什麼使你不開心的事情，你都不應該恨我。你們這些中國來的女人也包括本地的新加坡女人，不知道有沒有想過這樣的事情，你們的希望在男人身上。」

聽了最後一句，我緊緊握住端木太太的手，對她說：

「實際上我一輩子都捨不得你，即時你什麼都沒有爲我做，就因爲你端木太太說了這句話，我都會感激你。因爲你跟我所聽的這句話，比我碰過的任何女人在談男人時都說的深刻得多，而且你的話也不

多。」

說完我就走了。

我的情人開著車來了。

到了樓下他看我拿著皮箱，就下車幫我一起拿。

我那紅色的皮箱就是這時壞的。衣服散了一地。他乾脆抱著它一直抱到車裡。

在餐廳裡，他問：「你怎麼突然不願意住她家了？什麼原因呢？她家條件還比較好，這麼好的區域，第九區，和李光耀一個區，你都不願意住，而且端木太太她怕我，她會對你好的。」

「我就是不願意住。」我說。

看我這樣固執，他想了想，掏出手機，說：「這樣吧，我給張生打個電話，你就住他們家去吧。」

他打完電話，說：「搞定了，張生本來不希望你住他們家，最近他跟太太關係不太好，他也不知道怎麼了，像我吧，在跟你好，但是家庭搞得好好的。可是張生瘋了，他一天到晚就跟那個中國女孩在一起，他就是不回家。」

「沒錯，你天天都回家，你比張生要好。」我說。

他有點明白似的知道了我話裡的意思，他笑了一笑說：「吃飯吃飯。」

晚上十點鐘我們到了一個「紅山」的組屋區。

「錶帶子」——PROSTITUTE

來開門的是張生的太太，叫麗莎。大約四十出頭。皮膚有些黑，眉毛高挑，乍一看，長得還是很端莊。她看看我，又看看我的情人，然後表情很冷淡地對我說：進來吧。

我的情人開玩笑地說：「我每月要給你付八百塊錢呢，你也不請我進來喝上一杯茶？」

然而這個女人連看也沒有看他，仍然對我說：「你是進來還是走？」

我的情人把手上的箱子交給我。

「這樣吧，你先在這住著吧，明天等我電話。」

他的話剛結束，麗莎就砰地把門關上了。

我站在屋裡有點不知所措，麗莎說你進你的房間吧，你的房間旁邊有洗手間，也有淋浴，你要想洗澡你就在那洗澡，你要想睡覺就睡覺，要不想睡，裡面有電視。

我說好。我站在房間裡，看看裡面的陳設。房中間是一張鋪著潔白床單的床，靠窗邊是白色的組合衣櫃，櫃上還放有一張照片。上面有一個大約二十幾歲的女人，背景是倫敦的皇家音樂學院。這大概是

麗莎年輕的時候，她的長髮被風吹得飛在腦後。而今天的她，眼眉鼻和照片上判若兩人，衰老原來是這麼可怕的事情。一個女人應該活過三十歲，活過三十歲她就應該自殺，而我屈指一算，我離三十還有兩年的時間。

這時，我的門吱地開了。有「嘿嘿」的笑聲傳來。門縫裡伸出一張小女孩的臉。

我把門拉開。這是個約有八歲的小孩。她問：「你是從那裡來的？」

她的聲音是那麼甜，眞像是天使的聲音。

我說我是從中國來的。她說：「那我就不喜歡你的。」

「爲什麼？爲什麼我一說從中國來的你就不喜歡了？」

「我媽說中國女人都是錶帶子。」她說：「手錶的錶，就是錶帶子。」

「什麼錶帶子？」我蹲下身去。

她笑開了。

「就是那種不好的人。」

我正想問什麼，只聽她又說：「你是中國女人，你不住在你家，你到我家來幹什麼？」

望著她天眞的表情，我一時不知怎麼回答，反問她幾歲了。

她還問：「你到我家來幹什麼？」

我說：「那麼晚你還不睡覺？」

「你到我家來幹什麼？」

我說：「我到你家來睡覺。」

「你沒有自己的家嗎？你到我家來睡覺？」

「沒有。」

「你爲什麼沒有自己的家？」她問。

我心裡一陣煩躁，這小孩眞難纏。

我說：「因爲我到新加坡來還沒掙上錢買上房子，所以就到你們家。」

「那你爲什麼要住到我們家？」

「因爲你媽媽需要錢，我住到你家我要付給你媽媽八百塊錢。」

小女孩總算明白了我爲什麼要住她們家的道理。這時麗莎在喊：「愛米，愛米，你上這來幹什麼，趕快回你的房睡覺。」

愛米總算跑去自己的房間。麗莎穿了一套紅色睡衣，出來問我說：「她在跟你說什麼？」

「她說中國女人都是錶帶子，我不知道什麼是錶帶子。她還問我爲什麼要住到你們家。」

麗莎的臉色似乎變得暖和了一些。她說：「小孩子不懂事，別聽她瞎說。」

晚上我睡在床上，不知爲什麼我覺得這比在端木太太家還要讓人感到難受和壓抑。

深夜的麗莎　深夜的探戈

麗莎的家很大，很安靜，平時連電話也沒有。愛米在上一年級，每天由麗莎自己接送。一天晚上，待把愛米在房裡安頓好，麗莎走到我正坐著的沙發旁，突然對我說：

「你有沒有覺得我們家特別安靜？」

「是的。」我回答道。

「你有沒有發現只要家裡的男人不在家裡，再有多少人都顯得特別安靜？」

「我沒有結過婚，所以很難有這種體會。」

她說：「一個家庭裡的人再多，那個男人只要沒有在，那等於說沒有人；一個家庭人再少，只要這個男人在，他跟你在一起，這個家庭永遠都是滿滿的。」

我當時覺得心裡楞了一下：原來一直認爲新加坡女人比較簡單，缺乏哲理，可是這幾天裡有兩個新加坡女人跟我說了兩個哲理了。

麗莎又問我：「你喝咖啡嗎？我家有從英國帶回來的咖啡。」

我說我不想喝，我已累了。

她說那你就喝些葡萄酒吧，紅葡萄酒，很好喝的，我說我也不喝，她說喝吧，這個屋子太安靜了，我們倆碰碰杯，可能會使這個屋子顯得稍微喧鬧一些。

我們坐在餐桌前，麗莎拿了兩個酒杯，拿了一瓶葡萄酒。她分別給兩個杯子倒了一些說：「來，碰杯！」

在我端起酒杯還沒有反應過來時，她突然就把酒杯朝我的酒杯碰過來，發出很響很清脆的聲音。這個時候，愛米打開房門，探出頭來，先是嘿嘿地笑，然後說PROSTITURE, PROSTITURE。

我這下知道她那晚所說的錶帶子是什麼意思了，是婊子的意思。只聽麗莎說：「愛米，趕快睡，不要瞎說，不要把這樣難聽的詞說出來。」

然後麗莎很快把自己的那杯酒喝完了，她又給自己倒上，喝到第三杯的時候，麗莎說：

「張生這兩年總是一出去就不回來，他在淡賓尼可能又買了房子了，本來我們家可以住到更好的地方，他這兩年掙了不少錢，我以爲錢多了的時候就是我們家走遠的時候。沒想到我現在過的是這種日子，我有些老了，我已經四十八歲了，我沒有辦法讓別的男人接觸自己的內心，幾年前我還在工作著，我在香港在馬來西亞在英國都工作過，本來以爲他掙的錢挺多的了，就不用我再出去工作，便辭了職回來帶這個小女兒。兩個大女兒都已經在英國讀書了。可是現在是這樣子，你說，我的好日子是不是被你

們中國女人破壞了？」

我有些吃驚，她就這樣談到了這個問題，我不知怎麼回答。只聽她繼續說道：

「我也知道，男人當他想到要找別的女人時是不管不顧的，可是爲什麼在幾年前他就不出去拈花惹草，而這幾年他開始不斷地做這件事情，並且連家都不要了？我想來想去還是因爲你們中國女人太便宜太賤了，我先生是個捨不得花錢的人，談戀愛的時候他送我的最大禮物就是一支口紅，而這支口紅還是從台灣地攤上買來的。可是他不斷地掙錢，從我們家沒有房子到有房子，從義順搬到紅山，本來我們家還要搬到更好的地方，可是他現在變了……我知道我不能用國籍來評論這個問題，可是你們中國女人眞是太便宜太賤了。」

我問道：「我每月出八百塊錢住到你家來，這個價錢你覺得還合適嗎？」

「當然，根據我們家的這個位置和品味，你還算是多出了一百塊錢。應該說我是滿意的。」

我又說：「那麼中國女人太便宜了，太賤了，你反反覆覆跟我說這種話，你說這話有什麼目的呢？」

「我也不是有什麼目的，我只是見到一個人就跟他們這樣說。我今晚跟你說的時候，我甚至都忘了你也是個中國女人。」

她想了想又說：「你再喝一點酒。」

的。」

我說我不喝了。

她說：「實際上我也知道我說的不對，不夠客觀，因爲中國女人和中國女人是不一樣的，是有差別的。」

我說：「有什麼差別？她們都一樣。」

麗莎吃驚地看了看我，「你爲什麼認爲她們都一樣呢？」

我說：「我認爲不光是中國女人都一樣，而且女人都一樣。不論是新加坡女人還是中國女人還是英國女人，還是美國、法國的女人，女人都是一樣的。」

她又看了看我，問爲什麼？

我說不爲什麼，就因爲她們長得有和男人不一樣的東西。麗莎聽我說完這話，哈哈地笑起來。

「那天那個男人把你送進來的時候，我還在想這個中國女人有沒有文化，現在看起來，你跟我在一起說話說得這麼直率，你還是有文化的。」

我說我想睡覺了，你繼續喝吧。

挨打

麗莎也有幾個好朋友，是新加坡女人，她們經常坐在一起感嘆的就是，這是個笑貧不笑娼的年代，她們說爲什麼有些中國女人爲了追求美好的生活而出賣自己？面對這樣一群利用自己的身體作賤她們的靈魂來換取金錢和一張新加坡居住證的女人，她們眞是無話可說。

於是她們喝酒。

有一天，因爲我的情人，我在房間哭了整整一個下午。當時麗莎和她的女兒在外面購物。晚上回來之後，她看見我蜷曲在她家的客廳裡，對我說：

「九丹，我今天想通了，只要他每月回來把錢放在家裡就行了，不管他在外面養了多少女人。在這個世界上，錢還是最重要的，沒有錢，我的女兒怎麼辦？我怎麼辦？」

她挨著我坐著，女兒在她的胳膊上睡著了。

我笑了，問她是怎麼了。

「說實話，我心裡雖然恨你們，但是我應該首先恨的是自己的丈夫。可是我現在連他也不恨了，我覺得他也挺可憐的。」

我望著她。只聽她又說道：

「我今天看見他了，他和那個女人也在逛商場，那個女人確實漂亮，你想想人家如果不是看上他的錢憑什麼跟他在一起？」

她重重地嘆了一口氣，又說：「人各有志，何必強求呢。我之所以可憐他，是因爲知道他確實也沒有太多的錢，也難爲他了，新加坡的經濟不太好，可是他每月還是把那麼多錢放在家裡。你要知道，我們新加坡眞是很辛苦，無論是男人還是女人都很辛苦。」

麗莎整天喝酒。有一天她又對我說她恨死張生了，是他把她這一生給毀了。她本來可以在英國不回來，就是因爲他她才又回到新加坡，可是她現在得到什麼？

就在這個下午，她去了張生的辦公樓，當時張生正在局裡開董事會。麗莎便當著董事長的面，上去給了張生一個耳光。

張生晚上回到家裡就開始打麗莎。開始我心想：這下好了，終於有一天，一個新加坡開始打一個新加坡女人了，應該狠狠打，新加坡女人也該打，今天總算看到不是一個中國女人在挨打而是一個新加坡女人在挨打。

可是當張生，一個看起來那麼文質彬彬的男人，用拳頭打在自己太太乳房上時候，我終於忍不住地去拉架。張生卻把我推開，又狠狠地一腳踢上麗莎的小腹，我一下子就過去擋在他和麗莎之間。我推著他說：「女人的這個肚子一踢就會踢壞的，她的這個肚子曾裝過你的三個女兒，她的這個肚子曾給你帶

來多少溫暖，你今天就忍心這樣踢她，女人的肚子是軟弱的。」

張生說她有可能把他的前途給砸了。正在張生又要揚起胳膊打麗莎時，從愛米的房間裡猛地傳來尖叫聲。愛米把剛才的一幕，從頭看到了尾。

張生看了看愛米，然後氣急敗壞地從家裡走了出去。

麗莎蓬著頭髮坐在地上大哭著。

小愛等待花開

小愛在一個雨後的黃昏找到了我。看到她對我翹首盼望的樣子，我在想她跟我的男朋友有過曖昧之情，我是不是還應該對她像過去那麼好呢？我不知道。

可以說我是慌慌張張地站在她的面前，我不夠從容是因爲我沒法做到大器而把那件事忘掉。她說去逛街，我說好。然後我們踏進一個鞋店。

有一雙黑色高跟皮鞋使小愛的眼睛放出貪婪之光。她拿在手上看了又看，鞋底上寫著價錢，八十七元坡幣，而在這鞋架的旁邊有一推打了折的鞋。小愛看了我一眼就笑了。只見她拎著那雙皮鞋，讓它混進了打折的堆裡拎出來拿出付款。

小愛告訴收款小姐說，這雙是從那裡拿來的，也打了折的。

收款小姐面帶笑容，嘴上說好，但一會她便從電腦裡看出這有破綻。

我和小愛走出商場，心裡都有些喪氣。

我說那雙鞋眞是很合適你，太合適了。

「可惜買不起，太貴了，八十七塊坡幣也就是人民幣五百了。」

天色已晚，我和小愛隨便坐在一個商場的休息廳裡。

周圍是吵吵嚷嚷的人群。透過窗戶還能感受到燈火輝煌的氣息。那種氣息更加使人感傷。小愛說：

「你知道今天我爲什麼找你嗎？」

我說我不知道。

「我遇到了一個人，這是我盼望已久的男人，我在新加坡所有的事情他都能幫我。我要交好運了，九丹，我能留在新加坡了。」

她握住我的手。

「我願意把這樣的事第一個告訴你。」

「祝你好運，小愛。」我說。

「不過昨天發生一件不太好的事情。我昨天因爲要見這個男人，所以偷了我的房東太太的一條裙

子，本來我打算等我回來時再悄悄地放回去，可是沒想到當我回來時她也在家裡，爲這件事她差點沒有把我趕走。」

「那你爲什麼不跟她借呢？」我說。

「她不肯借呢，這樣弄得我多沒面子，可是到最後卻更……不過總算過去了，也沒什麼，只是想想有些害怕。」

她不說話了，從我的手中抽出她的手。

「九丹，你看今天剛剛在商場我都在想能不能偷偷地占個小便宜，把那雙鞋偷樑換柱地買下來。你說是不是我教育非常差，所以太卑賤？」

「你也別說那麼多。」我摟了摟小愛的肩膀。

「可是我就想了那麼多。最讓我難過的是跟你的男朋友有那一檔子事，我開始沒想那麼多，到後來在你找過我之後，我發現你對他確實是有感情的。我眞是很卑賤。」

「這說明你一點也不卑賤，因爲你還能想那麼多，有多少人幹了類似的事情他們連想都不想。」

小愛又把手放在我手裡，轉過頭來，跟我面對面。她說：

「九丹，你眞實地回答我一個問題，如果是你到了這種地步，沒有太多的錢去買一條漂亮的裙子，或者是這個男朋友很重要的話，你會不會悄悄地偷出房東的裙子然後又悄悄地還回去？」

我想了想，便說：

「也許我也會。如果我覺得確實是我沒有別的辦法，而且如果這個男人對我眞的那麼重要。」

小愛猛地抱住了我，在我的臉上使勁親了一下。在那一刻，我突然產生了一種擔心，在她看著我的眼神裡，女人的同性戀傾向是不是在這裡略微有點表示？

我們從商場走了出來，四周清風陣陣，芳香四溢，月亮在蔚藍色的天空飄著。小愛牽著我的手，不禁感嘆著：「如果世界上有一種花叫胡姬花，那麼請爲我們開放吧，因爲我們用青春和生命澆灌過你，無論我們是不是小龍女，我們和你都無法分開了。」

小愛說完等著我的回應，而我望著她閃亮的眼睛，只是從鼻子裡哼出一聲冷笑。

烏鴉「涅蝨」

在我將要爲《新加坡情人》最後一句話打上句號時，我的電話鈴聲卻震盪著我在北京的居所。我不太高興有人會這麼早給我打電話。有許多素不相識的男人給我打電話、約會，我很高興他們看了《烏鴉》和《漂泊女人》，我很期望他們眞的看懂了它們。但是我不太高興的是，他們總是跟我談夜總會和夜總會裡的小姐，他們會隨隨便便地把「妓女」兩個字說出口，也許這是這個時代最時尚的一個詞了。

不過我有一個最大的好處是善於傾聽。最可笑的是有一次一個新加坡男人給我打電話，說他在北京認識了一個妓女，這個妓女儘管跟別人生了孩子，但是他還是負責她每月的生活費。他的意思是說他不嫌棄妓女，他對妓女是善良的。

後來只要聽到是他打來的電話，我就盡快想法放下電話。

這次我拿起電話，裡面傳來一個女人的聲音。她的聲音很低沉。她問你是九丹小姐嗎？我遲疑地應答著，心中在辨別這到底是不是我所熟悉的一個女人。我問：你是那位？

我說我確實是九丹。

於是她就哭了。她的哭聲很低沉。她說我看到你寫的《烏鴉》了，我現在是在讀第三遍，每讀一遍我就要哭。雖然我不像海倫那樣使勁跟男人要錢，但是我的命運比她要悲慘。

九丹小姐，我想跟你說說我的心裡話，你願意聽嗎？我說你說吧。

我是浙江人，今年三十三歲，跟你一樣大，我注意過你的簡歷，你跟我一樣都是一九六八年生的，可是現在是你的輝煌期，而我已經無路可走了，就在給你打電話之前，我還在考慮我是不是應該活著，不過，我真的不想活了……（哭）。

我跟了一個男人，可是他現在不要我了，我本來有家還有兒子，爲了他我放棄了這一切，跟他到北京來。在去之前，我跟他說過，如果沒有你我在北京是活不下去的。他說你放心好了，在北京有我一口吃的，就有你一口吃的。可是他現在不再要我了。

說起來你可能會笑話我，我跟我老公結婚是別人介紹的，我不曾對他有過感情，有了兒子之後，就更是只過日子了，你也知道現在下崗的特別多，我和我老公都沒什麼文化，也沒有技術，都在幾年前就在家裡待著。老公又愛賭，把家裡僅有的彩電和冰箱都輸光了，那還都是結婚時買的，最後他把房子也輸光了。

就是在這樣一個絕望的時候，我跟這個男人認識了。

這個男人長相一般，也沒有什麼特別的地方，但他是一個非常老實和本分的人，對我是掏心掏肺的，就這樣我愛上了他。他當時得了性病，也傳染給了我，於是我向銀行貸了一萬五千元，說是拿出來做生意，但其中有幾千塊是用來看病的。

我跟他一起去了醫院，是我花的這筆錢。但是我沒有告訴他這是我貸款來的錢，我不告訴他，是因爲我太愛他了。

後來我跟他一起到了北京，我就在西三環邊上租了一間房，還在靠近的一個商場裡租了一個櫃檯賣服裝。服裝生意不好做，所以我的日子過得一直很節儉。但是我不是個很看重錢的那種女人，我只要他

愛我，跟我在一起。有時他沒空，很忙，那麼我只需要一個電話，不能每天打，那麼一個星期打一次也行。我從來沒讓他爲我花過一分錢。兩年來，我只是爲他著想，從我自己的攤位上我拿了好多衣服送給他，他的公司需要員工交風險擔保費，是我給了他，五千塊。我還是那種很大度的女人，他就說過我是個挑不出毛病的人，細心，溫柔，爲別人著想……他說他還希望我自私一點，也爲自己想想，可是跟他在一起我是不想自己的。

前一個月，我又得了性病，還是他傳染給我的。我知道他又在外面嫖，我曾責問過他幾句，爲什麼要找不乾淨的女人。他不吭氣。後來他乾脆不來了，我打電話給他，他說話呑呑吐吐。我說我確實很大度，但是我要知道答案，你現在對我冷淡，是不是外面又有了女人，或者是不是我那裡做得不好，讓你不滿意，我只要你跟我講清楚，你講清楚了，我就放下電話，我再怎麼下賤，但我不會纏你。可是他就是不說話。我跟他說過去我們剛認識的時候，不是你一直給我打電話嗎？我從不主動給你打電話，即使現在你不要我了，你只要說明，這個電話就是我們最後的通話，可是他還是不吭氣。

他已不再打電話來了，倒是家鄉的那個男人也就是我前老公給我打電話，叫我給孩子錢，我說孩子的學費是我交，零食錢是我出，身上的衣服都是我買的，難道你連給孩子一口飯吃都不行嗎？你這樣還叫男人嗎？

我心裡太苦了。說實話，我在擺攤位在去進貨時，有很多男人對我一見傾心，其中有一個是服裝店的業務經理，他對我很好，願意給我錢，幫我周轉資金，可是我就不願意接納他。感情這個事情應該跟錢沒有關係，我是那種可以爲愛情去死的人。我不要他的錢，不僅不要，還想爲他花錢，想爲他付出我所有。他過去也曾對我發過誓，說今生今世只有我才是他的女人，他要我跟他結婚生子，現在我還記得這些話。可是我知道，他不再來了，你說難道在這世上我就不能去相信一個人嗎？我眞的不能相信嗎？

我是很少看長篇小說的，上初中的時候我僅看過瓊瑤的小說。前幾天我看完了你的《烏鴉》，還有你的《漂泊女人》，看瓊瑤的書是爲瓊瑤哭泣，看你的書是爲自己哭泣。你在書裡寫了一些可憐的女人。我一邊看，一邊想，你也是一個可憐的女人，我一定要找到你，可憐的女人會跟可憐的女人有話講。於是我打電話給出版社，可是他們怎麼也不告訴我。他們說要替九丹小姐保密她的電話號碼。我打了好幾次他們都不肯，後來我就懇求他們，我說我是個命運悲慘的女人，請讓我跟她說一番眞心話吧。他們這才給了我，所以，九丹小姐，你能不能不責怪他們把你的號碼給了我？

我不僅是個命運悲慘的女人，還是個想死的女人。我身上有病，你知道的，就是他傳染給我的性病，他什麼都沒有給我留下，只給我留下了這個病。所有的人都不知道我有這個病，我今天是第一次把這件事告訴別人，我心裡還有點跳呢……我怕別人瞧不起我，嫌棄我。九丹小姐，我今天告訴了你，你會嫌棄我嗎？連我自己也覺得自己低人一等，挺下賤的，眞的，即使別人不知道我有病，但我在心裡上也不敢跟別人接近，因爲我有病啊。就在他最後一次來電話時我說我這個病怎麼辦，他說你不是有錢

嗎，你自己去醫院看吧。

我沒錢，我現在住在的是一間平房，三百塊錢一個月，現在是冬天了，沒有暖氣，房子裡就是一些臉盆什麼的生活必需品。我每天不敢回家，我不敢自己一個人待在寒冷的房子裡。昨晚一覺醒來，我就在想這兩年我是不是做了一個夢，一個可怕的夢？我是不是像一個懸在半空中的蜘蛛，就要掉下來的？

九丹小姐，我身上的病也不想看了，我想死，想掉下去，我不要再懸在那了……（哭泣）可是我還有一點求生的欲望就是希望他能回心轉意，希望他再度回到我身邊，我想老天不該對我這麼殘忍吧？我爲他幾乎是付出了我的所有，你說男人信不得嗎？一次也信不得嗎？不是也有很多幸福美滿的愛情的嗎？……（哭泣）我就想問他個清楚，就是判我死罪，我也得要知道我罪在那……

之後是她長久的哭泣。等她不哭了，我對她說：你的罪是因爲沒有跟他要錢。

她聽我這麼說，忽又感動地說：九丹小姐，等我病看好了，我可不可以去看你？

整個談話就在這時結束的，快的就像一盞燈的熄滅。在她問了我這一句之後，我「嗯」了一聲，便放下了電話。

結束語

結束了我的自白，我看見「烏鴉」在拍著翅膀「涅槃」。

「涅槃」是一個美好而神聖的詞，它象徵著行將就木的東西在更生，象徵著太陽要重新升起。然而在這個世界上，只有鳳凰才能涅槃，烏鴉怎能涅槃呢？

善良的世人，請原諒這隻也要涅槃的烏鴉吧，因爲它所遭受的唾棄、承受的苦難比誰都多，據《聖經》記載，大地之所以有了光明，正是因爲長期生活在黑暗裡的烏鴉對於亮光的渴望和嚮往。所以此刻，我們就容忍這隻滿載著黑色與渴望的烏鴉飛向光明、飛向溫暖、飛向那一片火吧。

當然，我所說的「烏鴉」不僅僅指烏鴉這種生物，也不僅僅指《烏鴉》這本書，而主要是指被誤解了的被唾棄了的被人嗤之以鼻的那樣一些女性，我認爲其中是包括我自己本人的。

但是許許多多的女性尤其是知識女性並不承認自己身上的弱點。謹以《烏鴉》和《新加坡情人》向這些明明知道自己是「烏鴉」卻又處處把《烏鴉》損毀得什麼也不是的女人挑戰，同時也向那些天天離不開「烏鴉」卻又時時攻擊《烏鴉》的男性知識分子挑戰。

「烏鴉」黑黑暗暗地向我飛來。在這個黑暗裡面，我突然想到了當年有一個人寫過的一句詩：「黑夜給了我黑色的眼睛，我卻用它尋找光明。」

第二部 《烏鴉》涅槃

一反中國人普遍對新加坡抱有的「花園城市」的美好印象，九丹成為了一隻烏鴉，用刺耳的聲調，告訴我們不為人知的中國新移民眼中的新加坡生活。

筆下的灰色遮蓋了新加坡的陽光。

第五章 「烏鴉」突襲新加坡

「烏雲」遮蓋了新加坡的陽光

世界書展放飛一隻「烏鴉」

西元二○○一年——進入二十一世紀的第一年。

二○○一年是個痛苦的年代，痛苦的年代只有事件，沒有文學。尤其對於新加坡這樣的一個國家。在這樣的年代裡這樣的國土上，生存的現實早已不再給文學提供任何機會。

然而，二○○一年六月，一件無疑是新加坡最大的文化新聞，也是新加坡最大的社會新聞發生了。

這是一聲「烏鴉」的尖叫，它劃破了新加坡的上空。

一切都是從二○○一年五月中旬的新加坡「世界書展」開始的。

悶熱的空氣盤旋在新加坡的上空，久久揮散不去，就如同新加坡上空飛翔的成群的烏鴉，無法趕走一樣。它們像往常一樣飛進飛出，誰也不知道在它們生活的這個國度裡，一本以它們的名字爲題的長篇

小說《烏鴉》正在熱賣之中，並高居該書展的排行榜首。

不斷有消息從「世界書展」傳出，「本屆書展最引人注目的是一本名爲《烏鴉》的書……」，「《烏鴉》三天內賣出六百冊……」，「《烏鴉》四天內突破一千冊……」，「《烏鴉》告急……」

新加坡人從陸陸續續的報導中漸漸生出一股好奇心來，《烏鴉》到底是一部什麼樣的書？

據報紙介紹，這部副標題爲「一群中國女子的新加坡夢」的《烏鴉》，講述的是一群中國女學生在新加坡騙錢、騙男人、當情婦，最後又淪爲夜總會的妓女以致於殺人的故事。該書封面是一張作家九丹的臉部特寫照片，眼睛往下微微低著，臉部兩旁的長髮似瀑布般地披瀉下來，這幅以黑色作爲背景的封面總體給人以一種悽楚而悲涼的感覺。

彷彿在一夜之間，就是這本由新加坡玲子傳媒私人有限公司出版、定價爲十五坡幣的《烏鴉》在新加坡旋風般地捲起了一場風暴，一時間洛陽紙貴。

刺耳的「實話」，你想聽嗎？

這場風波首先是由媒體捲起的。

五月三十一日，一篇發表在《新明日報》署名「微風」的文章〈實話，總是傷人的！〉拉開了「烏鴉風波」的序幕，全文如下：

1. 實話，總是傷人的！

看完了中國女作家九丹以其在新加坡的生活爲素材，所寫的《烏鴉》一書，不禁被其以新加坡這「花園城市」爲背景，展開的一幅新中國移民的「他人即地獄」的沉重生活場景而壓得喘不過氣來。

眞的，實話，總是傷人的。

一反中國人普遍對新加坡抱有的「花園城市」的美好印象，九丹成爲了一隻烏鴉，用刺耳的聲調，告訴我們不爲人知的中國新移民眼中的新加坡的生活。

她一開卷就以曾經轟動新加坡的「小龍女」事件鋪開，講述了王瑤、芬等一批大陸女性爲了在新加坡生存並取得長期居留權，不擇手段，勾心鬥角，甚至出賣肉體的悲哀歷程。但故事的主角最後得到的只是疲憊的身心，和烙印在身上的漂泊痕跡。

她的文章中不乏大膽的性描寫，又不缺少敏銳細膩的心理勾畫，筆調詭異也寫實得有點殘酷，筆下的灰色遮蓋了新加坡的陽光。

讓人感到不舒服的是，整本書中描寫的新加坡對一群中國移民的生存環境是嚴酷冰冷的，她們孤獨無依，沒有高尚的生活目標，只是爲了一份冰冷的長期居留權而扭曲自己。

小說以《烏鴉》爲名，象徵著這一群外來的女性角色，在新加坡如同遷徙來的烏鴉一般，不討當地

人喜歡，但頑強掙扎求存，力求繁衍的故事。

讓人感到最芒刺在背的，是在書中，性成爲了這群女子謀生求存，贏得男性歡心的一種手段。作者把新加坡描繪成了在以金錢爲上帝的男性主導社會，女性，特別是遷徙來的單身女性，還是要靠性來籠絡男人過體面的生活。

九丹是江蘇揚州人，畢業於中國新聞學院，一九九五年留學新加坡，在本地學習和生活五年之後，於二〇〇〇年回國。

她談到《烏鴉》時說：「《烏鴉》正是一本關於罪惡的書，一本關於女性知識分子的罪惡的書，是一本與任何女人所寫的不同的書。」

外來移民問題一向是新加坡的「私處」，非常敏感，而且具有爆炸性。從新加坡的角度來看，雖然《烏鴉》只是透過一群中國「留學生」的眼睛來探討新留學生，但也挖開了新加坡「嚴刑峻法」、「花園城市」之外的另一面。

傷人的實話，你想不想聽？

四天後，《聯合晚報》也發表鄒文學的文章——〈我們應勇於接受批評〉。

2. 我們應勇於接受批評

這本書顯然一反中國人常對新加坡的讚美，用刺耳的聲音，告訴了我們某些中國新移民眼中的新加坡。新加坡的花園城市外衣底下，原來還隱藏著不少污穢的人性。我想，像許多大都市一樣，新加坡絕非淨土是不容爭議的。《烏鴉》反映的故事背景仍是有跡可尋的。

外國人出書指出我們新加坡人和新加坡社會具有醜惡的一面，那是好事。我們可以此借鑑，卻不可自暴自棄。新加坡人具有很多言行上的缺點，新加坡社會競爭激烈，缺少人情味，我認爲這些都是事實，只是，並非每個新加坡人都是如此，新加坡人情也常具有溫馨的一面。

說實話容易傷人，帶點誇張的實話更容易引起反擊，只是畢竟去除言過其實的部分後，實話仍是實話。我們應該勇於接受批評。

縱觀這兩篇文章，你會發現「烏鴉風波」中最早出籠的這兩篇的文章應該說是認眞的、嚴肅的，也是具有一定深度的。《烏鴉》能夠引起新加坡人的自我反省，本應算是件頗有意義的事。如果接下來有關《烏鴉》的討論都能夠本著認眞嚴肅的態度的話，那麼，接下來發生的「烏鴉風波」留給新加坡人肯定會是另一番深刻的景象。

「傷痛」引發第一輪衝擊風波

六月九日是星期六，新加坡發行量最大的華文報紙《聯合早報》快速作出反應。在這天的「七日談」一欄裡，以一篇〈傷痛的烏鴉〉引發了「烏鴉」的第一輪衝擊風波。

1.傷痛的烏鴉

這位從中國上海移民到新加坡並供職於《聯合早報》的女編輯一開始便如此云：「一個人每天早晨在什麼地方醒來，決定了他對這個城市的感受。當你在紐約燦亮摩天樓的陰影裡，看著邋遢流浪漢獨自吃食，你會很自然想起這句話：『你的天堂是我的地獄。』」

對於《烏鴉》的作者九丹而言，新加坡是地獄。《烏鴉》裡的新加坡，為世人稱道的文明先進都是虛幻的光亮，吸引了一群中國女子如盲目的飛蛾撲來。以留學名義而來的她們，為了錢和居留證，一到此地就勾心鬥角，搶奪有妻室或性無能的新加坡男人，出賣肉體墮落風塵，結果無不一敗塗地。漂亮臉蛋姣美身體，肉身到靈魂，都成了荒涼廢墟。描述了這地獄圖景的作者最後說，妓女也並不一定就比別人不乾淨，重提並強調一種說法：在哲學意義上，女人都是妓女。

文章分析道：無可否認《烏鴉》作者有一定的感悟和洞察力。比如她揭示了一個現象：在新加坡，對某些中國女人而言，「小龍女」竟像紋在額頭的紅字。無可否認《烏鴉》也展現了部分真實，而且十

分強烈：新加坡，這個華人占多數的男性金錢社會對同種的那一群中國女子的傷害。有一些片斷也很撼人，比如柳道的女兒打「小龍女」海倫耳光叫她明白在這個地方究竟「誰是誰的祖宗」。不過，最讓人震驚的是作者對新加坡的仇恨：男人個個淫蕩狡詐，女人個個陰險勢利——在這隻傷痛的烏鴉的心裡，所謂花園城市，其實是一座僞善之城，罪惡之城。

文章還說：

《烏鴉》在中國出版時不少讀者追問作者是否書中主角。有時讀者的直覺很厲害。人們讀王安憶的《米尼》和《我愛比爾》，從未疑心作家曾如小說女主角一般坐在酒店的大廳裡釣老外，因爲作品的背後有作家審視、批判的眼睛，有昇華了的關懷和溫柔憐憫之心。而九丹顯然無法從她自身的創傷裡抽離出來，她的刻骨銘心的仇恨損害了她的文學。她所展示的眞實，或許有社會學上的意義，或許能讓新加坡人從另一個角度反觀自己，但縱覽全書，失控的發洩像毒汁淹沒了一切：除了污穢還是污穢，除了邪惡還是邪惡，屍肉橫陳，幾無美感。只有肉沒有靈，只有污濁醜惡沒有沉澱昇華，這樣的世界，未免離文學遠了。

通讀全文，不難看出，將矛頭直接指向作者九丹，該文含蓄地影射了作者和書中主角的等號關係，「烏鴉風波」中的一大爭議點——九丹是否就是書中主角便由此而產生。

一周後，該報刊出的〈《烏鴉》的傷痛〉（作者：藝庭）以「新加坡是否是可以投奔的天堂？」將風波進一步擴大。

2.《烏鴉》的傷痛

看完暢銷書《烏鴉》，並非其中灰暗辛酸的故事讓我震撼，因爲它長久的存在成爲麻木，但確實觸動了心中那一直跳躍著要表達的聲音。

每當有人在我面前高談中國人「惡劣的品性」，小龍女的「猖狂」然後笑笑對我說：「對不起，不是講所有的中國人。」我都溫婉地點點頭表示諒解，但胸膛中燃燒的火焰卻又炙熱幾分。

一個背負著五千年腥風血雨災難不斷的民族；一塊擁有悠悠歷史讓他的子民心痛無比的國家，當他的兒女含淚離別出生成長的祖國，其中的原因又怎是平穩生活在這風和日麗的島國上的人民所能瞭解。

來讀語言學校的女孩們，如果知道新加坡居留法律如此嚴格，九個月的簽證絕對不可能延期。花完了父母的終生積蓄，他們必須打包行李回到原點，相信有大半不會啓程。

中國大陸上連篇登載各種新加坡學校的廣告，經紀天花亂墜的鼓動，讓很多父母砸鍋賣鐵將孩子送來，滿懷期望讓他們在另一塊土地上開創新生，當身負重擔的年青人明白他們面對的環境是多麼嚴苛，爲了生存，爲了華人「衣錦」才能「還鄉」的傳統，他們自然出盡百寶，玩盡花樣。

《烏鴉》的出版會告訴中國人，新加坡並不是可以投奔的天堂樂土；但也請一些新加坡人去正視存在於心中那份歧視的優越感和刻意劃分出與異國人之間的鴻溝。

其實，被指責破壞家庭的淘金女人，在五〇年代是台灣女人，後來是馬來西亞女人，現在是中國女人。原來每個時期新加坡女人心目中都有需要防備的情敵。

同樣的膚色，同樣的文化，同樣的血肉之軀，卻被烙上如奴隸烙印的「小龍女」。曾聽人說：「投胎是天底下至深至大的學問」，終於明白這句話的眞理和無奈。

請自小就享受英明政府多年無微不至疼愛，視平穩、富裕、無憂的生活爲理所當然的新加坡人，降低對外來人的責難與傷害；請寬容這批傷痛已深的「烏鴉」，她們會離開的，當輸掉了東湊西借的路費；輸掉了自尊、肉體，輸掉了對生命的夢想，請放心，她們會離開的。

而生活在這片土地上的新加坡人，請感激這個國家、這個政府，是他們的照顧，他們的努力，不讓你們的孩子去異國他鄉承受這一切的苦難，請感恩！

兩篇不一樣的「傷痛」，兩個不一樣的角度，兩種不一樣的觀點。文章都寫得怵目驚心，發人深思，態度卻是一褒一貶。

敏感的人預感到，一場爭議即將開始了。

幾天過後，新加坡僅有的三家中文報紙《聯合早報》、《聯合晚報》、《新明日報》都作整版討論《烏鴉》。聯合早報網站在首頁上也策劃了「烏鴉風波」專題。連新加坡最大的英文報——《海峽時報》也開始加入了這場風波，連續兩周將《烏鴉》話題作爲重點介紹，這在該報可謂是前所未有的。

一場大規模的「烏鴉風波」開始了。此時的《烏鴉》，顯然已經開始超越一部文學作品自身的意義。

二〇〇一年六月二十三日——一個「烏鴉風波」的工作日

在媒體的催化下，文學變成了事件。

關於發生在新加坡的「烏鴉風波」，很難一一詳盡，因爲要敘述的事情太多太多。在這裡，我們只能隨意挑選一天。

我們挑選的是二〇〇一年六月二十三日，挑選這一天，不是因爲別的，只是因爲報頭留有這一天的資料相對齊一些。

現在，讓我們先看一看新加坡三份華文報紙；《聯合早報》、《聯合晚報》、《新明日報》在這一天，對「烏鴉風波」的反映和報導吧。

《聯合早報》登來稿

這一天在《聯合早報》的討論中，選登了五篇不同角度甚至形同水火的文章，一是來自加拿大華人的來稿〈《烏鴉》的聯想〉，二是〈《烏鴉》使中國女人再次面對審判〉，三是一篇題爲〈別上《烏鴉》的當！〉的文章，四是〈原諒這世上的每一隻烏鴉吧！〉。還有一篇是余雲在「七日談」專欄中的文章，題爲〈高貴與卑賤〉。

這五篇文章涉及了商業炒作、新加坡的留學政策、生存境遇，以及文學新路等。五家之言，五種宏論。

1.《烏鴉》的聯想

（加拿大華人 劉勵）

絕大多數的中國家長耗鉅資送孩子出國留學，並不是爲了更好的受教育環境（因爲中國的中學教育水準並不差），而是爲了給孩子創造機會，在海外繼續接受高等教育，以期在畢業後，有更好的就業前景和發展機會。

對接受留學生的國家而言，是看中了中國新興中產階級的腰包。這是一個有上百億美元潛力的市

場。很多國家都想來賺這筆錢。

可對這些孩子們來說，情形卻是十分嚴峻的。如果他們沒有在海外學習期間，找到機會延長簽證，繼續留下來，到期就必須回國。那樣的話，由於在海外耽誤了一年，他們多半會跟不上中國的學習進度，影響參加升級和高考。這對孩子和他們的家長，等於是時間錢財兩頭空，損失慘重。因此，小留學生們想方設法，千方百計想留下來，甚至透過不合法、不道德的手段，如《烏鴉》一文所描述的，是完全可以理解的。

有人讀了《烏鴉》之後質問：「明知學生簽證不能打工，明知新加坡是法制國家，為何還要來我國知法犯法？」這就如同問偷渡的人，知道去了美國，沒有身分，要打黑工，為什麼還要偷渡一樣，顯然是門外人的觀點，不瞭解小留學生們的眞正問題所在。

他們的眞正目的不是打黑工，而是爲了延長居留期，從而可以進一步深造。如果有關政策和規定的制定人，瞭解眞正的情況，在立法和規定上，進行適當的調整，放寬居留條件，給他們提供延長簽證和深造的機會，他們又何致於被迫去從事非法行事呢？

有些留學生因生活所逼，作了違反當地法律和道德的事，固然不對；但反過來說，賺夠了人家的錢，就打發人走，難道就是合理的，有道德的？

中國會越來越富裕，將會有越來越多的家庭有能力資助孩子出國讀書。今天的中國人，已不是因爲

窮，缺吃少穿，才逃亡國外了。他們是在尋找機會，尋找更大的發展舞台。

隨著越來越多的西方發達國家，對中國小留學生政策的放寬和優待，中國家庭在選擇國家和學校時，會越來越挑剔。新加坡是否願意有一天失去自己在中國的這塊市場？

十幾年前，我從北京去荷蘭國際合作中心參加培訓時，從一個主管中獲知，在荷蘭參與培訓的世界各地的人員，回到各自的國家擔任各部門主管時，發揮著聯繫本國與荷蘭的橋樑作用，擴大了荷蘭產品的出口市場。

荷蘭人是多麼有遠見，多麼會搞人際關係。荷蘭的經驗，值得新加坡借鑑。多個朋友多條路，少個冤家少座山。如果人們目光遠大，預想到這些小留學生中，有人可能會成長為中國的重要人物，在未來的中國——新加坡的經濟、政治、文化的發展和合作上，發揮重要作用，給兩個國家帶來巨大的利益，難道不該有更合理、更友善的政策給他們嗎？

糖水中長大的新加坡人，在對自己的政府感恩的同時，請給那些浪跡天涯，艱難創業的中國小留學生們一份理解與寬容。

該文建議新加坡政府借鑑一下荷蘭的留學政策，思路開闊，顯然高人一籌。看得出，這位留學於加拿大的中國讀者對《烏鴉》持有相當的同情和理解，特別最後一句，令人心情沉重。

2.《烏鴉》使中國女人再次面對審判

隨著《烏鴉》，中國女人陪著在新加坡出賣肉體的中國女人再一次被推上審判台。

先舉例一二。

一是在我和我的同事經常去吃午餐的咖啡店有一個來自中國的攤位助手，這個女孩子很不討我的同事們的喜歡，他們覺得她沒有禮貌。於是，背後奚落這個女孩子成了同事們午餐時間的一大消遣，而這種消遣經常會以某個人的一句飽含輕蔑的總結性的「中國人」而告一段落。

二是在我上的WISE英文班上有一個新加坡華人老太太，當我告訴她我來自中國，她突然「嘿嘿嘿」地笑了起來，非常突兀地冒出一句「釣大魚」。她也曾就種族優劣問題向一位馬來族同學宣讀她的判斷：「馬來人很好，印度人不好。」

不同的例子有一個共同點，說長道短本是人性，高高在上就形同審判，能夠俯視另一類人總是快樂無比。《烏鴉》不過又提供了一個機會。

我不知道情況怎會這樣，其實我也不必爲十二億中國人中的某一個或某幾個人的行爲負責，但是我卻經常不客氣地被包括在中國人裡，受著形形色色的人們的審判。和我一樣受魚池之殃的同胞或奮起反擊或努力辯白。就這樣，隔三岔五，報紙上便會就中國及中國人或中國女人的話題熱鬧一番。可問題在

這裡，我們在向誰申述，我們在爲自己向誰辯白。其實你會發現，這些審判者對中國的印象很多停留在十年或二十年前福建或廣東沿海的農村，而且固執地不願更新，他們並不在乎中國的一流人才去了那裡，也不關心中國的沿海城市已有趕過港台的趨勢，他們甚至不在乎一竿子打翻的是一船人還是半船人，公平地評判本不是他們的義務，他們要的只是審判他人的快樂，而使這種快樂加倍的是被審判者的辯白，因爲這種辯白無異於認可審判者審判的權利。

我在這個城市被漸漸地激怒了，激怒我的不是人們對某種行爲的譴責，而是那無處不在的，隨時準備進行的、高高在上的審判，以及那絲毫也不顧忌是否會傷及他人自尊的傲慢與無禮。

3.別上《烏鴉》的當！

比較有意思的是李運光的一篇文章，題爲〈別上《烏鴉》的當！〉，作者似乎已經洞悉其奸。這個世界是一個商業的世界，中國也一樣，大門一開，出去轉了幾圈，發財的點子比誰都多。當然，既然是文明國家，賺錢的方法也是文明的。賣弄筆墨的確是個好手段。《烏鴉》鬧得這麼沸沸揚揚，它的作者當然欣喜若狂。

鬧它幹什麼呢？我實在是不可理解。有些東西你越在意它，它就越來勁。你不在意它，它也就自生自滅了。

《烏鴉》，就像她的作者說的那樣，充其量不過「的的確確是一本小說」。喜歡和憎恨它的人，又何必把它看做是新聞一樣炒作呢？

新聞應該是眞實的，與小說的本質風馬牛不相及；可新聞的轟動效應是小說遠不能及的。《烏鴉》的作者對此理解頗深。她一方面說這是小說，一方面又聲明那書信煞有介事。於是「新聞」被越炒越熱，她的書也就越好賣。

所以，不喜歡她的書的人，應該洞悉其奸，停止炒作，讓書的知名度下降，銷量下跌，才可「不戰而屈人之兵」。既然她願當「哲學上的妓女」，我們就在哲學高度上掃黃，不要停留在低層次的炒作上。

4.原諒這世上的每一隻烏鴉吧！

有人說，九丹筆下的烏鴉就是中國女人。那些女人在中國是鴿子，來了新加坡就變成了烏鴉。鴿子轉換成烏鴉的過程是痛苦且悲劇的，而作爲烏鴉的生存本身，則更令人同情。

我也讀過那本書，心情相當沉重。從我家窗戶望出去的一塊空地，那裡經常停著一群烏鴉。它們無所事事，緩慢笨拙聚在一處，樣子看上去瑣碎而世俗。它們沒有崇高的理想（或許只是曾經有過，或許理想太高而變得沒有了理想），難見振翅高飛的一瞬間。

它們喜愛在組屋樓下徘徊，啄吃著水泥裂縫裡的殘湯剩菜，偶爾悄悄蹩進別人家的廚房，偷吃一些

食物，它們竟然也無羞恥感地整日聒噪著，聲帶悲唳，被人趕來趕去，也是自輕自賤。

它們飛也飛不高，在密密匝匝的屋頂盤旋，就好像在廢墟的瓦礫堆上盤旋，有點劫後餘生的味道，帶著一點絕望，那收進眼瞼的形形色色，也免不了染上悲觀的色彩。

烏鴉是一種悲劇性的生物。新加坡的烏鴉是，我想世界上的任何一隻烏鴉都是。這是它們一生下來就決定了的。

九丹說，這世界上有一種女人一生下來就是壞女人、糟女人、沒有廉恥的女人。這種女人的壞不關教育的事，她們可能天資聰慧，才華過人，但是她們骨子裡是下賤而卑微的，她們天生靠男人吃飯，頹廢荒淫，她們願意作男人身上的一顆毒瘤，她們是天使與魔鬼的化身，然而她們最終卻責怪命運，向全世界男人發出一聲最惡毒的咒語。她們知道自己的罪惡，卻從不懺悔。

這種女人我們平日裡是難得一見的。她們生活在陽光照不到的地方，頹廢而非主流地閃避在城市的一角。醜惡或者骯髒？這是她們非常眞實的生存狀態。九丹的過人之處就在於她撕開了自己的衣衫，把這些化膿發炎的傷口曝於陽光之下，含著熱淚說：「看，這就是罪惡。」究竟這些罪惡是那裡來的？這些都已不再重要了，重要的是她給我們呈現了一種別樣的生活畫卷，一種人的生存狀態。

在這裡，性、愛情、金錢、陰謀，以及罪惡，都是那樣的眞實，生存的嚴酷，人性的複雜多變，理性的光芒正在黑暗的大海裡慢慢消失，它讓你更深入的瞭解人性，瞭解自己，瞭解原罪，瞭解什麼是眞

正的罪惡。它可能正潛伏在你的頭腦中。

九丹是令人惱怒的，她直白而赤裸的文字對大多數在新加坡的中國女子是一種傷害和醜化，因為這裡依然有那麼多勤懇的中國女人透過她們自己的努力生活在陽光下，健康而活力地為這個城市作出貢獻。

她們那怕只是一個售貨員或者是一個補習老師，她們都值得尊敬。所以九丹的所謂另類留學文學，也只是一群因為自己的悲劇而應獨自悲傷的少數女人的心聲。

悲劇始終是悲劇，自導自演的，怨不得誰。九丹在一開始就犯了一個致命的錯誤，她不應該先入為主地認為所有在國外的中國女人都有像她們那群人的「非凡理想」，並靠非凡手段去獲得。生存的意義對於每個人都一樣，對每個人又是完全不一樣的。

同時九丹又是值得饒恕的。畢竟她大膽地為文學開闢出一條相當眞實的道路，妓女文學也好，另類文學也罷。敢為天下先，勇氣可嘉，毅力堪佩。

饒恕吧！懺悔吧！原諒九丹，原諒這個世界上的每一隻烏鴉吧。用我們的基督精神。

作為一隻烏鴉是悲劇的。從烏鴉的悲劇裡，我們看到女人的悲劇，男人的悲劇，以及整個人類一些悲劇。

5.高貴與卑賤

余雲的文章〈高貴與卑賤〉依然和她前幾篇文章一樣，觀點鮮明，慷慨激昂，文風尖銳。

有女人反覆說，女人和女人是沒多大差別的。

是嗎？

不必似是而非地談什麼哲學。有兩個中國女子的眞實故事，很能說明問題。

近年來的開放，讓許多貧困鄉村的年青女子湧進都市。她們沒有，或只受過很少教育，來到繁華的陌生世界，眞的是一無所有。很多人只好打工：在私營工廠做苦工，在城鄉結合部擺攤做小生意，在餐館洗碗掃地……更多的「外來妹」，則進入城市人的家庭做女庸：煮飯、帶孩子、照顧老人，一點一滴地用勞力和汗水賺錢，維持和改善自己的生存。有一個相同經歷的年青「外來妹」不幸被做人肉生意的無良男人騙到淫窟禁錮起來，人肉販子逼她賣身，她寧死不從。求救無門，女孩竟從樓上跳了下來，摔成半身癱瘓。

這是中國報紙報導的事件。不是什麼貞操節烈，半文盲鄉下女孩對人的基本尊嚴的堅持，驚動了社會。

另有一個平凡的上海女子，被留學大潮捲到了日本，處境艱難。有一日她和一個借酒消愁的男同鄉

相遇，同病相憐。不堪身體勞累和精神壓抑的男同鄉欲往紅燈區發洩，女子哭著抱住了他說：「不要到那種地方去浪費你掙來的辛苦錢，和我在一起吧，讓我們像一個中國男人和一個中國女人一樣生活，只要你像一個丈夫那樣付清房子的租金，在冰箱裡裝滿食物。」在東京的多年裡，女子先後和三個男人這樣住在一起，她省下自己打工賺來的錢，替棲身於棚戶區的年老雙親買了一間房子。後來她回到上海，內心深處一直有隱痛和自責，因爲她與那些男人的關係中有交易的成分。她向記者敘述了自己的經歷和懺悔，隱姓埋名地重過人生。

這是朋友告訴我的故事。朋友說，這個女子的經歷讓她感動。雖然女子充滿自省，她對那些男人，其實有一種憐憫、溫情和相濡以沫。

有人用現代的時髦思潮、文化來包裝「性買賣」這一古已有之的人類醜行，還毫無廉恥地將以肉體換取利益的女人稱作「最乾淨」、「最高貴的女人」——要以「乾淨」、「高貴」的香水來噴洗自己洗滌不淨的污濁？

人的確有高貴和卑賤之分。

何謂高貴？何謂卑賤？

半文盲的鄉村女孩，受教育不多的平凡女子，清清楚楚告訴了我們。

《聯合晚報》記者出擊

這天《聯合晚報》刊登的文章主要是一組記者的採訪文章，這組文章由兩部分組成，一是關於對九丹的採訪報導，二是記者請當地的專家學者談對《烏鴉》的看法。

有關九丹的報導如下：

1.九丹將寫鳥兒三部曲

就在《烏鴉》餘波依然蕩漾的時候，九丹表示，她正著手寫《喜鵲》和《鳳凰》，預料這兩部新書將在未來一年內出版。

她透露，《喜鵲》和《鳳凰》依然和新加坡有關。《喜鵲》將描寫新加坡男人在中國欺騙中國女人的故事。《鳳凰》內容則以她留學新加坡的所見所聞爲主，將是「鳥兒三部曲」裡，最富有自傳意味的小說。

問及九丹，她認爲自己是烏鴉、喜鵲還是鳳凰時，九丹笑說，自己既是烏鴉，也是喜鵲和鳳凰，因爲烏鴉也有美麗時，鳳凰也有醜陋的一面。

2.傳被富商「包」 九丹：「還我清白」

本報連續幾天刊出有關《烏鴉》的報導後，引起讀者的熱烈迴響，紛紛發表自己的看法。許多讀者都認爲，這是作者九丹本身的經歷。甚至還有讀者透露，他們知道驚人「內幕」，言之鑿鑿地表示，九丹在本地留學期間，曾經兩次被「包」，其中一名是本地富商。

本報特別因而再次致電九丹，向她提出詢問。九丹對此全盤否認讀者的說法。

她表示，自己並不是書中的主角海倫，也根本沒有「被包」這回事。

雖然根據讀者提供的消息說，九丹在新加坡期間，與該富商形影不離。富商喜歡帶她到處去，介紹給朋友認識，因此在富商的圈子裡，很多人都知道有九丹這麼一個中國女人。

然而九丹只承認，她確實認識那名富商，與對方吃過一兩次飯，不過卻沒有深交，雙方完全沒有瓜葛，自己更沒有被富商「包」起。

她說，印象中，對方是一個可愛風趣的人，不過她對對方不瞭解。至於在何時何地認識那名富商，九丹表示不想透露太多詳情。

她也表示，其實在新加坡留學期間，她也認識過不少華裔名人，也和他們吃過飯。

九丹說，《烏鴉》純粹是一本小說，是一部反映社會眞實的文學作品，與任何人都沒有關係。小說中的海倫的經歷，大部分是她的「經驗」，而不是「經歷」。

她希望讀者和大衆不要再把《烏鴉》和她本身，甚至其他人連在一起，因爲這樣會侮辱了她，也侮辱了無辜被牽扯上的人。

「他們都是無辜的，把他們牽涉其中，我覺得很內疚。」九丹解釋：海倫的經歷是我的「經驗」。有人認爲在《烏鴉》一書中，九丹對新加坡表現出一種刻骨銘心的仇恨，因而懷疑書中主角（海倫）王瑤是她的化身，而海倫的經歷，其實大部分都是九丹本身的親身經歷。

針對這個問題，九丹受訪時表示，海倫的經歷，是她自己的「經驗」，而不是「經歷」。她說，如果她是用自己完全的經歷去寫，她不可能貫注那種複雜的情感，可是如果說自己沒有絲毫的體會、體驗，要寫出這樣的作品也是不可能。

至於這個經驗是怎麼獲得的，九丹表示，經驗的獲得是要靠對於自己曾經經歷過的生活的總體記憶的把握。所謂總體，可能是透過生活、體驗、觀察與認識。

九丹在新加坡留學期間，曾被計程車司機誤爲「在酒店上班」的女人。

她在受訪時不否認，自己在新加坡留學的那段經歷非常不開心，對留學生的苦與樂都有著深刻的印象。

九丹說，記得好幾次在搭計程車的時候，被計程車司機問說：「你是不是在酒店工作？」、「你是不是夜裡也要工作？」。她表示，當時她並不知道對方眞正的意思，事後才知道，原來對方把自己，甚

至中國女人往「那方面」想。

另外三篇採訪的是三位當地名人的反應：兩位是新加坡國立大學的博士，一位是當地女作家蓉子。

茆懿心博士是國立大學企業管理學院講師，她在接受採訪時說：「中國女人都是這樣的話，那麼爲何只有一本書，而不是十本、一百本書寫這個問題？即使書中所寫的東西都是眞實存在的，那也只是片面的看法，指的也是少數人。以國大的中國學生而言，他們都有非常優秀的表現。」

她還說：「像書中的主角，根本就是一個投機分子，以學英文爲藉口，一心來掏金。這些人到了任何國家都會作出同樣的行爲。人一定要有個人的尊嚴，不能見利忘義，才能保住國家的尊嚴。」

張漢音博士是國大社會學講師，他認爲無論這本書寫得好還是壞，不可否認的是，它存在啓發性價值，揭露社會中也有充滿誘惑、陷阱的一面，勸請世人從中吸取教訓。張博士還表示，以他從邊緣性的角度出發來看，這畢竟只是一本小說，不能把它與現實世界連結，即使有一定的客觀事實基礎，也不具有代表性。另外，從《烏鴉》的〈後記──致新加坡的女人們〉一文看來，張博士覺得作者九丹本人的審美和邏輯觀有問題。「作者文中的言下之意，女人就是女人，都是一樣的，沒有分烏鴉還是鳳凰。這是很荒唐的邏輯。烏鴉就是烏鴉、鳳凰就是鳳凰；善人就是善人、惡人就是惡人，有嚴格區別，不能說因爲他們都是人，所以他們都是一樣的。」

新加坡女作家蓉子的發言比較刻薄，令人聯想到「文人相輕」這個詞，該報引用她所說的「《烏鴉》只是『無恥的經典』」做爲標題。蓉子說：「《烏鴉》談不上是什麼文學作品，甚至連報導文學也不是，它只是作者一種經歷的報導。」，「那些眞實情節，都不是作者運用自己的想像力就可以寫出來。而且從書中也可以看出，一些假設的情節（比如海倫最後把柳道殺了），作者的鋪陳就有點牽強，不像她寫其他情節那樣有眞實感。」，「如果說這是經典，這只是『無恥的經典』。」

《新明日報》尋找眞「烏鴉」

在這一天的《新明日報》中，除了同時刊登了蓉子的文章外，還有記者針對九丹「新加坡男人頭腦簡單，女人單純沒文學修養」的說法的一些採訪：

1. 公眾：作者說法欠公平

針對《烏鴉》一書的中國籍女作家九丹在書中所說，本地男人頭腦簡單，以及女人單純沒文學修養的說法，許多獅城男女受訪時，均表示不完全苟同，並指出那是作者籠統的推論，有一竹竿打翻整船人之嫌。

本報記者向多名公衆徵求意見，看看他們對於作者的看法有何想法，結果，從他們的反應看來，多

數人覺得作者的說法有欠公平，推論不夠全面。

男性受訪者看法：

受訪的男性多不贊成新加坡男人頭腦簡單的看法，他們覺得本地男士都很有自己的主見，雖然不是每個都非常精明，但對於事業和未來已經有非常全面的計畫，一點都不馬虎，怎麼說是頭腦簡單呢？

一名鄭先生（二十九歲，室內設計師）說：「這裡的男士個個都充滿幹勁，他們爲了前途，已經擬定了非常妥善的計畫，怎麼會頭腦簡單呢？」

另一名陳先生（三十四歲，建築業者）也表示：「本地男人可說是深思熟慮，他們充滿抱負，根本就不會讓別人牽著鼻子走，腦筋轉得快，而且很會爲事業打算，也許女作者只是接觸到一小部分的本地男士，所以才會作出如此的推論。」

另外的郭先生（二十五歲，學生）和吳先生（二十一歲，服役人員）也不約而同地說：「這裡的年輕男性都非常有理想，他們會根據自己的目標，不斷地進修本身的知識水準，希望闖出一番事業。」

關於「新加坡女性單純，沒有文學修養？」，一般來說，多數的本地男士都不贊成這個說法，但是還是有少數的男士認爲女性在這方面有待改進。

鄭先生說：「隨著社會的知識水準提高，男女平等，現在的女性都受過高等的教育，她們不再滿足於待在家裡看孩子，而是到社會工作，因此，女性也會不斷進修，提高自己的知識水準，她們非常聰明

了！」

吳先生也有同感，他覺得女性也越來越重視金錢，所以她們更加努力工作，表現絕對不輸於男性，而且很有理想。

但是也有幾名男士同意作者的看法，覺得女性在文學修養方面，確實有些不足。

郭先生表示，他覺得部分女性較少看書，她們比較注重服裝潮流，即使有看書，她們也是閱讀一些服裝雜誌，較少接觸文學作品。

女性受訪者看法：

一般來說，受訪的女性的看法和男性受訪者的意見是一致的，多數的女性覺得本地男士多有自己的想法，他們重視金錢和事業，因此也變得比較精明，並不是女作者所說的頭腦簡單。

劉小姐（二十二歲）受訪時說：「男士在行爲和思想上都很穩重和聰明，他們有自己的看法，不會盲目去聽隨別人的意見，而且他們也會爲了家庭和事業著想。」

一名黃女士（五十歲，家庭主婦）認爲，新加坡男人很有事業心，他們爲了事業努力工作，並且按部就班地一一實現理想，頭腦一點都不簡單。

另一名何小姐（三十五歲，執行人員）則持有不同意見，她贊成男性頭腦較簡單的說法，她認爲男性往往都會聽隨女性的決定，在一些家庭裡，一家之主常常都是女性，而男士只是在一旁聽取太太的意

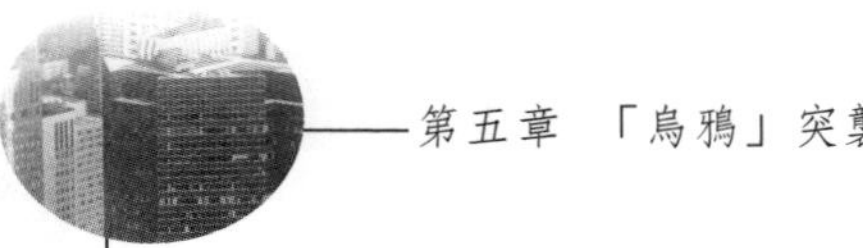

見。

那麼女性是否眞的單純，沒有文學修養呢？受訪的女性一致否認這一點。

何小姐說：「現在的女性很有上進心，她們會不斷地看書，增加知識，提高內涵，絕對不會只滿足於在家裡看孩子，她們希望家庭和事業取得平衡，有成就。」

黃女士也認爲隨著社會的改變，女性得到更高的教育，她們也希望能夠有所作爲，當然，這也與每個人的家庭背景、價值觀和年齡有關係，但是一般上，她覺得女性已懂得不斷地進修，提高本身的修養。

劉小姐也表示，她認爲新加坡女性的文學修養屬於中等以上，雖然生活節奏快，但是她們一直在進修。

總的來說，受訪的男男女女都不贊成《烏鴉》女作者在書中對本地男人和女人的看法，他們覺得她的看法太過偏激，只是從一小撮新加坡男女的觀察，而得到那樣的推論，對本地的人民有欠公平。

（林筱琳）

頗有意味的是，該報同時還刊登了一位中國男士持相反意見的文章。

2.中國男士：九丹的形容不完全錯

針對《烏鴉》作者九丹形容新加坡男人頭腦簡單、比較容易對付，女人單純，看書不多，沒有文學修養，受訪的中國男士指出，九丹如此形容並不完全錯，這是形勢造人，沒有所謂對與錯！

「中國那麼多人要搶一碗飯吃，男人城府很深、比較狡猾，相比較之下，新加坡的環境平和，男人也就比較單純可愛，新加坡女人的情況也如此，這是形勢造人，沒有所謂對與錯……」受訪的中國男士鄭先生說。

他說，新加坡是個商業社會，文化根底不深，他個人對新加坡女子的感覺是，她們都很踏實、認認眞眞的過日子，至於中國女子，由於生存競爭環境的關係，付出許多心思可能只是取得一絲的回報，因此心思自然就比較複雜！

儘管如此，鄭先生說，也不能完全說新加坡男人都是那麼單純，一種米養百種人，這裡也有「壞男人」，同樣的，中國男人也不都全是壞的，也有「好男人」存在。

二十六歲的鄭先生是一家公司的經理人，在新加坡生活多年，他說，他是從網上閱讀到《烏鴉》一書，看完此書之後的感覺是很震盪的，因爲這是第一部以新加坡爲背景，描寫部分中國女留學生陰暗的一面。

許多中國讀者批評此書內容譁衆取寵，鄭先生中肯的說，書中確實反映了一部分在新加坡的中國人

的經歷。

他說，由於這本書太過於專注在黑色的一面，讀者如果不是很「陽光」，很可能會被書中低迷的氣氛影響，不過，讀者應該是有分辨能力，不會因爲此書而一竹竿打翻全船人，以爲所有前來新加坡留學的中國女子都是《烏鴉》。

（記者 陳翠雲）

另外，《新明日報》還採訪了兩名在新加坡的「烏鴉」，題爲〈二「烏鴉」親述爲錢賣身內情〉

3. 二「烏鴉」親述為錢賣身內情

一本《烏鴉》，引起廣泛爭議，主要是因爲這本書寫的是來這裡讀書的一些年輕女學生，不惜自甘墮落，犧牲色相，出賣肉體，爲的是賺錢！

這本書是一部小說，但據作者九丹說，她寫的是事實，據本報記者瞭解，現實生活中，是有這些「烏鴉」存在，她們就生活在我們社會的某一個角落。

本報記者訪問兩隻已經回國的「烏鴉」，聽她們敘述如何透過中間人的安排，從事不道德的交易。她們還說，中間人告訴她們，她們的女學生身分還不夠，最好是冠上「大學生」的名銜，這樣就更有號召力。

這些「烏鴉」，就這樣在這裡，一邊讀書，一邊「賺錢」，她們背後還有那些不爲人所知的故事呢。

她為學費出賣肉體

記者訪問的第一隻「烏鴉」，今年芳齡二十三歲，身材略嫌肥胖，但豐滿好看，她自稱阿玲，來自中國，目前在本地念書。

阿玲說：「我在新加坡念書，要負擔好幾千元的學費，又不想加重父母親的負擔，爲了錢，我整天愁眉不展。」

「兩個月前，我在一個烤肉會上，見到了同鄉阿姨（中間人），她見到我愁眉不展，問我發生了什麼事？我告訴她，是爲了錢心煩，她於是問我，要不要陪客人賺錢。」

「開始時，我拒絕了她，但是，過後阿姨卻一直追問我，問我考慮得如何了？我告訴她我不敢。」

「後來，阿姨告訴我，我和別的女孩不一樣，她叫我放心，她會物色一些高素質的客人給我，我終於克服心理上的障礙，踏出第一步。」

記者問：「阿姨透過電話，又不認識對方，如何判斷嫖客的素質？」

阿玲笑說：「阿姨是很有經驗的，她可以從客人的談話，知道對方的爲人。」

阿玲還口口聲聲說，她平常是不做的，現在是學校假期，她才出來賺一些外快，開學後她就「收山」。

阿玲說，她只接過幾個客人，大多數是中年以上的客人。

她還清楚記得，第一名接的是一名約四十出頭的商人。爲了保持身價，阿玲說她的客人不多，也不願透露一天接多少客人。

雖然阿玲要求素質高的客人，但是，到頭來，她似乎沒有選擇的餘地。記者問她，如果客人進來，你眞的很討厭他，你會拒絕做他的生意嗎？

阿玲搖搖頭，歎了口氣，緩緩說：「不會拒絕。說實話，我既然已經決定出來賣，也顧不了這麼多；我只是爲了錢，這是一種交易，在房內，我們有最親密的肉體接觸，走出房外，就各走各路，我和客人是沒有感情可言的。」

阿玲說，阿姨旗下還有別的女學生，大概四到五名。

假設，一名女學生每天有五個客人，每接客一次可分得百分之四十，即五十元，一個月下來，收入頗可觀。

如此高的盈利，難怪有女學生願意鋌而走險，犧牲色相，出賣自己的肉體。

「小辣椒」從組屋轉移到小酒店

記者訪問的第二隻「烏鴉」，叫瑪麗，她還有一個外號叫「小辣椒」。

據她說，她也是有中間人幫她找生意的。開始時，她是被安排到組屋區做，最近才轉移陣地，到小

酒店進行性交易。

受訪時，瑪麗還說她是新加坡人，因此不敢隨便接客，怕遇到熟人。

但是，聽她那一口華語，少了一般獅城少女獨特的口音。

記者問她，一天會去接多少客人？

她說：「因為讀書，我很少做的，一個月沒有一個。」記者又問她，什麼時候開始做？她說：「我剛剛出來做。」

但是，從她的言談舉止，應付記者的問題看來，她絕對不是一名入世未深的小女孩。她老練的口吻，和她十九歲的年齡，很不相襯。

記者問起她第一次「交易」的經驗，瑪麗提高嗓門說：「他只付一百三十元，就要我服侍他兩個小時，我說只有四十五分鐘，他不肯，堅持說阿姨已答應兩個小時，他眞的不要臉！」

小辣椒瑪麗說，她也有阿姨，她的阿姨手頭上有好幾名女學生。

這些女學生，多是來自中國，也有其他國家的，如泰國，年齡介於二十二到二十六歲之間。有客人的話，每「出差」一次，阿姨就會拿走三十元，因此，「小辣椒」一般實得是一百元。

「小辣椒」以計程車作代步工具，到指定的小酒店去見客人。

「小辣椒」的阿姨，先打電話到客房，確定客人的確在客房內，才派人來。

讀者：「不能打翻一船人。」

一名讀者林先生說，來這裡讀書的女生，課餘兼賣淫活動，已存在有一段時間，並不是什麼新鮮的事。

不過，他相信，這些人數應該不會多，一些眞正來讀書的，還是大有人在，我們不能一竹竿打翻一船人。

而那些兼職賣淫的學生，有很多都是爲了錢，才把自己豁出去，成爲九丹小說筆下的「烏鴉」。

讀者陳先生說，只要你願意，隨時都可以通過那些「阿姨」，找到這些女學生，可以這麼說，那些阿姨實在有辦法。

關於交易的地點，遍布全島，只要你說出酒店的名字，它都有辦法在半小時左右，把女生送到。

據瞭解，警方早已留意到這種非法活動，並多次採取積極行動，對付這種非法的流動賣淫活動。

當局也曾將多名涉案的主要首腦控上法庭，使他們得到應有的法律制裁，但這門生意利潤高，完全杜絕不是易事。不過，警方向公衆保證，他們將竭盡所能，杜絕這類活動。

《新明日報》將眞「烏鴉」也拉進紛爭中，似乎給這場「風波」又添進一把新佐料，不可謂創意不新。

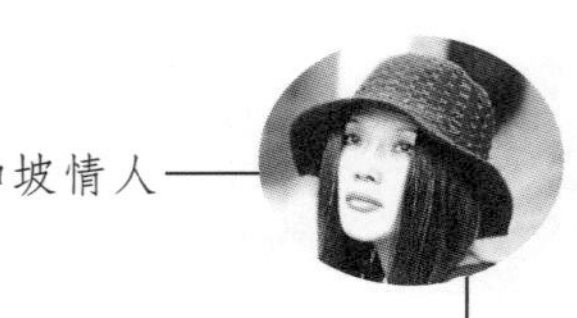

縱觀這幾家報紙有關「烏鴉風波」的論戰，恐怕連九丹本人在她的小說出版之前也不會預測到會有這樣的反應強度。難怪一位法國讀者如此感歎：單獨就商業策劃上說，九丹是成功的，而且我相信至少她下一部作品也會賣的不錯。甚至我們目前的討論都在爲她的銷售量作貢獻。除非報紙關閉掉這樣的討論，但我們是一個民主自由的國家，那樣似乎又有不妥。甚至關閉掉這樣的討論，反倒可能更增加她小說的賣點，世界眞是複雜啊！

風波主角逛街玩

這一日，九丹的一天是這樣度過的。

早上十點半，起床，插上電話線（她在每天睡覺前都拔掉電話線），吃早餐（不過是一杯咖啡加兩塊餅乾而已）。

十一點，打開電腦，先瀏覽一下新加坡網站關於「烏鴉風波」的最新文章，然後撰寫一篇有關中國導演何去何從的文章，這是提供給她當時供職的《衛視周刊》「九丹專欄」的。

下午二點半，關閉電腦，化妝。

三點半，應妹妹（北京某雜誌主編）之邀，如約出現在北京SOGO商場，開始亂逛一通，買了兩件衣服。

五點半，兩人在該商店附近的「皇城老媽火鍋城」吃火鍋。

七點，趕到長安大戲院的一茶樓接受美國《新聞周刊》雜誌的記者採訪、拍照。

十點，打車回家。

十一點，洗澡，睡了。

四面楚歌遭圍剿

九丹說，當我看到了那些對《烏鴉》表現極端憤怒的人，他們在罵我的文章裡堆滿了一些那樣辭彙的時候，我突然意識到了《烏鴉》是眞的成功了。

女人們惱了！

在新加坡的中國女人惱了，在中國的新加坡女人也惱了，在新加坡的新加坡女人也惱了。

一個並不年長的九丹，一本並不厚重的《烏鴉》，何以能引起女人們巨大的憤怒，這事在今天想起來，依然是令人不可思議的。

聲討一：中國女子爲什麼憤怒？

在近來由《烏鴉》引起的風波中，注意到一個很有意思的現象：與本地人相比，與男人相比，中國女子似乎對《烏鴉》這本書和作者的言論更爲反感，抨擊也更爲激烈。無論報章、電台還是網上，都可以看到、聽到難抑的憤怒。

如果問一聲爲什麼她們憤怒，並非只因「一竹竿打翻一船人」。這「一船人」的怒火背後，有著深沉的原因。

女人在有史以來的大部分時期都地位低下，部分女子爲娼也歷史悠久，這正是一代代婦女抗爭的主題，女性地位也與社會文明程度成正比。上個世紀五〇年代初，中國共產黨廢除了娼妓，並努力將娼妓改造成勞動者。總理周恩來有一個幽默流傳至今——當外國記者問中國有沒有妓女，周恩來答：「有，在台灣。」

近幾年來，賣淫嫖娼的醜惡現象大有死灰復燃之勢，急於脫貧的年青女子賣身求富，用青春胴體做炸彈去轟出走向上流生活的捷徑。

所以，今天我們不得不談論這本在中國文學界無人談論的地攤文字，是十分沮喪的：中國女人們被自立自強的思想教育了那麼多年，世界上女性主義也高揚了那麼多年之後，竟然還有「女作家」搖晃「做妓女有理」的旗子，公然將「笑貧不笑娼」當作一種價值觀來宣揚，眞是一個令人難以置信的大倒

退。

所以，中國女子們的憤怒是感性更是理性的：「我為你感到羞恥和難過」——因為「我」和「你」同為中國女人，而你在國內丟臉不算，竟然還將臉丟到國外來了；「你應該向所有中國女人懺悔」——因為「你」讓同樣來自相對貧困的環境但潔身自愛的中國女性為了「你」的寡廉鮮恥而背負羞辱；也讓別人由於少數人的行徑而對「中國女子」產生的偏見加深。

中國女人怎麼能不憤怒？

當然，中國女人或許也應該悲憫她的。就如網路上一個讀者說：「作者的成長背景可能陰暗，從小缺乏愛，所以就缺乏自尊自愛和教養。從宗教情懷而言，中國女人，憐憫這個需要拯救的人吧。」

（余雲　《聯合早報》）

聲討二：請停筆吧，另類文學

作為一名嫁給新加坡人的我來說，我一直以來很慶幸我的選擇。儘管我的丈夫是個普通的打工者，沒有富裕的家境，但我們相知相愛，有共同的語言和相同的生活習慣，所以我和我身邊的朋友一直以來認為這段越洋婚姻是成功的。當我得知有這樣一本描寫中國女人在新加坡的生活的小說時，我很興奮，所以在很短的時間內讀了這本書。

我個人認爲這本書就文學而言，只是屬於最近幾年流行在中國的另類文學，此類書以描寫性行爲、夜生活、人與人不道德的關係等生活黑暗面的「文學作品」。就文筆而言，膚淺而不流暢，尤如一篇拼湊的個人日記。所以這就是這本書未在中國引起任何轟動的原因。之所以在新加坡引起這些爭論，無非是因爲目前有很多中國人在新加坡生活工作，而的確存在著這些「小龍女」。而且很久以來少有作家如此赤裸裸地描寫新加坡人，尤其是新加坡男人。其實每個國家都有好色的男人，不管他有多高的地位、多大的財富。每個人都有他陰暗面。所以何必在意這篇小說的描寫呢。

現在作爲文學愛好者的我們要爭論的是，這類型小說是不是應該有讀者，是不是可稱作文學？如今，我們在如此競爭激烈的社會中，每天要面對多少殘酷的爾虞我詐，我們渴望的是能夠有一片世外桃源可以讓我們稍作調整。那麼，小說、音樂和和諧的家庭生活等是我們最好的選擇。如果在報紙上看到如此內容的文章，我們無非一笑了之，感歎一聲：這就是殘酷的生活。如果是一些女作家就這類內容樂此不疲地寫些所謂揭露人生的小說，那就請擱筆吧。有一個人揭露黑暗就夠了，無需那麼多人謳歌自己有犀利的文筆來揭露人的劣根性。清醒一下吧，人還要健康地生活下去，不是沉埋於黑夜中的。

（上海 雨文）

聲討三：對烏鴉一再聲討的理由

眞正潔身自好的女性同胞們，我們不該忘了，其實，烏鴉就是烏鴉，那兒都有，烏鴉沒有國籍，烏鴉也絕對沒有資格代表那個國家、那個族群。烏鴉以它非人類的鴉眼看世界，便以爲這世上或者它周圍所有的生命都和它一樣是沒有尊嚴、沒有品格的鴉類。那麼，這只能解釋爲烏鴉的無知、可笑。

不錯，縱使淪爲烏鴉，你也有權力發出你的聲音，不管這聲音有多醜陋、多噁心。但是，烏鴉，請記住：你沒有權力，更沒有資格到處聒噪說這就是中國女人的聲音。對了，再補充一句，關於爲何要罵烏鴉。它可以不要臉，它可以墮落。我不是它老子娘，管不著它。但它憑什麼爲它的不要臉貼上中國女人的商標。動輒稱：我們中國女人、中國女孩……。試問，誰給了它這個權力。就算美國總統曾做過什麼見不得陽光的事，至少他不會鮮廉寡恥地把自己的一盆污水潑到全體美國男性身上。他也不曾大言不慚地表示：我們美國男人如何如何。這就是區別。這就是爲什麼很多人不會對一個陰暗角落裡的不幸沉淪的女性落井下石，卻要對烏鴉九丹一再聲討的理由。

聲討四：中國女人應該有點氣節

曾經聽過這樣的話：「上海女人都是出口貨」，這話是一些中國朋友告訴我的，不過一聽就知道過於偏激了。

我不知道上海的情形如何，但如果有人說「中國女人都是出口貨」，我會極力反駁。至少我所認識的中國女性，包括我的同學以及校外所認識的朋友們都不是等著「出口」的貨物，相反的，我喜歡跟她們交往，我珍惜跟她們的友誼。

一名中國女同學曾經針對「釣老外」的現象了說一句話：「總覺得中國女人應該有點氣節！」這些現實生活中的交往經驗，使我完全不會被《烏鴉》作者所欺騙。

一個人受人尊敬，不是因爲他的長相和出生，而是他的骨氣和能力。一個乞丐在你面前做可憐狀，你只會對他感到厭煩和唾棄，但我永遠敬佩那位把嗓子都喊啞了的、風雨不改地在南京鼓樓廣場賣著《揚子晚報》的老太太，我敬佩的是她的堅強，尊敬的是她所堅持的做人的尊嚴。

走進書店，我往往覺得時間不夠。該看的古今中外名著太多了，直到走進棺材那一刻也許都看不完，所以對於沒有深刻性、沒有文學性的塗塗寫寫的出版物，隨便翻來看看就夠了。眞正的文學作品經得起時間的考驗，《烏鴉》的價值在那裡，就留給時間去證明。

這個時代很自由，每個人都有出版書籍的權利。你寫寫小男人小女人散文，獨自哀哀怨怨也就罷了，但如果你的題材涉及一個明確的群體，你就必須用良心來審視自己所寫的東西，否則還是把作品鎖在抽屜裡，免得別人因爲你的自私和幼稚受到傷害。

另外，針對《烏鴉》一書中的指責，一些本地讀者認爲要心胸開闊地接受別人的批評。這已經不是

心胸開闊或者狹隘的問題了。是批評，還是別人因爲思路不正確的惡意重傷，這一點我們得搞清楚，不要是與非都往自己身上攬，這麼做只顯示自己沒有自信、沒有立場。

（李慧敏：在中國留學的新加坡學生，《聯合早報》）

這些聲討很容易使人聯想到了「文革」，至此，女人們對於《烏鴉》的討論似乎有點失去理性了。奇怪的是，在九丹遭到了女人們集體「圍剿」的同時，有不少男性同胞們站到了九丹這一邊。他們的聲援對於處於困境中的九丹來說，無疑是雪中送炭。

聲援一：爲《烏鴉》一辯

《烏鴉》在新加坡受到如此關注，有些出乎預料。小說雖然以新加坡爲背景，可能其中的許多情節甚至人物都有實實在在的生活原型，但它畢竟是小說。這部小說在中國大陸出版的時候，曾擔心它及其作者會遭受到有愛國熱情及道德正義感者的猛烈抨擊，沒想到這種擔心卻在新加坡變成了現實。因此對新加坡有了一種親切感，同時也印證了關於新加坡是一個君子之國的印象。冒昧拍一拍富國朋友的馬屁：我們畢竟同文同種，在感情、道德及思維習慣上還是有頗多共鳴之處的。

新加坡讀者有理由對《烏鴉》義憤塡膺，許多中國大陸讀者也是這樣。在新加坡，是因爲它揭示了較完善的社會制度之下尙存的黑暗角落；在中國大陸，則是因爲這些海外淘金者毫無羞恥的自甘墮落。

在網上看到已有新加坡讀者因爲這篇小說而開始檢討本國的留學政策等，這是十分可貴的。與開放而來的留學潮相呼應，大陸近些年來出版了大量淘金者歷盡艱辛卻終於如願以償的作品，置身其中，這部小說眞像是一隻「烏鴉」，既不協調，更令人生厭。在衆多留學的「白天鵝」中，這無疑是一隻「醜小鴨」，一個地地道道的「另類」——實際上，它就是被作爲一個「另類」而在大陸出版的。所謂的「經典」，指的也是此一意義上的「經典」。

但「另類」的存在自有其認知價值。而且，除了新加坡之外，在中國大陸、香港、台灣等地，它同樣引起了注意，英語版的《烏鴉》也在操作之中。僅僅歸結爲題材的特殊，是無法完全解釋「《烏鴉》現象」的。

《烏鴉》在新加坡所受的特殊「禮遇」令人感動，但新加坡讀者也許太在意作品中關於新加坡其國其民的描寫，忙於做按圖索驥的考證而忽視了對該著作進行更深層次的分析。正如蓉子等作家和讀者所言，九丹的寫作技巧遠稱不上圓熟，她的不夠超脫、比較偏激的自傳性寫作方式也很容易誘使讀者這樣去做。但不管九丹是否意識到，以筆者陋見，她的小說是寫出了一些眞理性。

乍讀此書稿，筆者除了壓抑、沉重乃至厭惡外，並無別的特別感受。是什麼使我們有如此感受？是因爲她們出賣肉體嗎？她們下賤而卑微地活著，可筆者並無她們很下賤的感覺（也許因爲這是在同文同種的新加坡，若她們是在日本或其他國家，看法可能又不一樣了），何況小說中的海倫的表演根本就不

像一個老於此道的風塵女子，甚至還有幾分任性與單純。

筆者無出國留學的體會，雖相信作者筆下的生活是眞的，卻更相信這只是極少數海倫者的生活。沒有人會欣賞或同情她們的選擇。筆者對她們的賣笑細節同樣不感興趣，她們的命運也無法打動筆者——如果不考慮其謀生地點與國籍的敏感性，作爲這種職業的女人，她們與世界上普遍存在的其他地區的此類女人並沒有兩樣。

打動我並使我沉重的，是這群特殊女子在特殊的極端環境中所表現出的人性的本質性弱點。她們選擇追求綠卡與金錢，這種選擇、追求似乎渺小卻無所謂對與錯，但遺憾的是她們不似其他的留學生，除了青春與肉體外別無長物。在生存環境狹小的他鄉異國，「理想」雖然卑微，卻又是那麼遙不可及。如果不甘退縮，她們能怎麼辦？選擇出賣肉體，我們認爲的無恥下賤，卻是這群女子謀生的手段，而且如同吃飯穿衣，是她們生活的一部分，無所謂淫穢、罪惡或純潔崇高，至少在她們自己看來是如此。「女人透過征服男人來征服世界」，在以金錢爲上帝的現代男權社會中，性還是她們用來戰勝對手、贏得男人的最有效武器。爲了生存並長期居留，她們以性爲武器，向每一個可能幫助自己實現夢想的男人獻媚，面不改色地撒謊，毫無羞恥地賣淫。爲了爭奪當地男人這種「稀缺資源」，她們相互之間也展開動物般的廝殺，相互欺騙、相互提防、互設陷阱、爾虞我詐、明爭暗鬥。

的確，這群女人沒有指望，似乎也不配有更好的結局，這也不是我們所關心的。給我們以深刻印象

的，是在近乎自然主義（或新加坡讀者眼中的紀實性）的描寫中，作家向我們所展示的這群人的生存行爲與狀態。如果我們不是將這部小說作爲紀實作品誤讀，不被作品的故事表象所迷惑，那麼我們便會發現一幅「他人即地獄」的殘酷圖景，而它有如一面鏡子，燭照出我們所有人眞實（帶點醜惡）的存在狀態，使我們在透過這群極端生存環境下的女人們的生存行爲返顧自身時，禁不住打一個冷噤。因此希望新加坡朋友不要僅僅將《烏鴉》當成紀實作品，即使它眞是。

（寒鳴）

聲援二：罵的人既虛僞又自私

寫小說要有一定的生活素材，《烏鴉》也不例外。小說寫的是誰我認爲並不重要。前幾年類似這樣的小說在國內也出現過，有寫中國留學生在美國或日本生活片段的，可沒有一部小說像《烏鴉》的作者招徠這麼多謾罵。

我認爲，罵的人既虛僞、又自私。看上去他們都挺有中國人骨氣的、挺愛國的，其實他們爲自己是中國人而感到抬不起頭，因爲他們覺得自己在新加坡奮鬥了這麼多年剛剛被人家瞧得起，剛剛被人家忘記自己是中國人的身分而沾沾自喜時，突然，有人在揭他們的「心痛」，又把他們「歸類」，又在喚醒一

些本地人的「優越感」，他們能不惱羞成怒嗎？

我認為，罵的人想當然地以為，他們罵的越厲害，就能與作者和小說「劃清界限」，就能消除別人對自己的歧視程度；你看，我和「他們不是同類吧」。恐怕這種效果是達不到的。中國是一個發展中國家，全世界都知道，這不需要你個人背什麼「包袱」。做不得體的事情，那個國家的人都有。人家美國前總統柯林頓在白宮自己辦公桌前幹那事，不是還有很多美國人認為那是個人私生活，不要干預嗎？也沒有幾個國家領導人由於柯林頓是那種人而拒絕和他會見。中國有妓女，新加坡也有，寫他們的生活沒有什麼不對，也沒有必要作出這樣激烈的反應。國內做暗娼的人大有人在，你們當中又有誰向社會大聲疾呼或歇斯底里地罵他們了？可能你們當中一個也沒有！新加坡有不少「小龍女」，在新的中國人恐怕都略知一二，還有幹其他不得體事的人。在小說出籠之前，又有誰在ZAOBAO網上為他們說過一句忠告的話嗎？沒有！更沒有人呼籲去幫助他們！現在小說一出來，好像是捅了馬蜂窩，觸動了某些人市儈的神經，一個個暴跳如雷。新加坡人做的好。他們當中若有一個人，無論是在國內還是國外，做了什麼不對的地方，就會有人寫文章提出批評或忠告，根本沒有什麼謾罵！而你們這樣罵只能更被人家瞧不起！多麼自私、勢利！在一個自由的國度裡，有窮人，有富人，大家都有活的辦法，只要不違法，不要強人所難！那些謾罵的人，他們也挺可憐的。

（蘇人）

風波中的四大是非

在你茶餘飯後，徜徉在網路裡，看各種各樣的觀點與評論，有叫好有謾罵，有冷靜有激動，有開始是對著作者九丹，之後又發生在九丹與讀者之間，讀者與讀者之間的火爆衝突場面。你不僅會發出善意的微笑，這就是世界啊。

當一個風波鬧得滿城風雨的時侯，我們還是應該清醒地把探究的目光集中到爭議的焦點問題上，儘管這些公說公有理、婆說婆有理的是是非非在現在看來是那麼的無聊和乏味。

是非一：究竟誰脫了誰的衣服？

1.又脫了一回衣服

引出這個是非話題的是在六月十六日《聯合早報》的七日談中的一篇文章，題爲〈又脫了一回衣

服〉。

有個讀者看了《烏鴉》打電話來說，她從來沒有看一本書看到這樣氣憤。因爲太骯髒了，感覺被玷污，以致於要連夜再看一本好書來清洗掉這種污濁。更有一些同事閱後不屑置評，只以一個「爛」字來形容。

賽金花曾說，她從小在妓女船上長大，以爲女人只能做這個謀生。《烏鴉》的壞，在於它所宣揚的意識。充斥全書的是偷竊有理、訛詐有理和一種「妓女人生觀」。

作者所有的價值觀，都滲透在她的人物中。

來到新加坡之前，身爲記者的海倫就只爲要分到一間筒子樓的房間，而與管事者有肉體交易。還沒上飛機，海倫就已經是個妓女了。她突兀地在頭上包了一條淡黃色絲巾，因爲「據說那邊的男人非常喜歡這種具有風情的打扮」。

來到新加坡的第二天，海倫從房東的衣櫃裡偷了一件咖啡色長裙。這是個很有象徵意義的情節。她偷，不是因爲衣不蔽體，不是因爲需要，只因爲她「從來沒有見過這麼好看的時裝」，想像穿在自己身上很美。

在沒有人逼迫，沒有生存威脅的情況下，海倫離開中國來到新加坡，只是爲了生活得更舒適而已。帶著出賣自己交換金錢、身分的陰謀算計，這樣一個女人，當然只能一腳踏進污泥塘裡。混跡於淫亂的

男人之側，在出賣自身的過程中她滿口謊言，不僅欺騙，甚至訛詐。成了性無能的有錢老男人身旁女人之一後，她坦言「我無法逃脫他的陷阱，因為他太有錢了」。為了爭寵成為唯一，她無所不用其極，還是不能得到欲望的一切，於是對這個城市惱羞成怒，憤恨之至。

書中有兩個地方，作者的價值觀在情不自禁中凸顯。

其一：作者藉女主角之口說，新加坡的組屋是不能住的，這裡的組屋就像中國的貧民窟一樣髒亂。其二：當語言學校的中國同學安小旗表現出對海倫的好感，她向同伴說，太可笑了，他還想跟我上床？海倫憑什麼蔑視新加坡的組屋區？又憑什麼可以蔑視安小旗，奚落這個在書中幾乎是唯一內心乾淨的男人？

偷竊、賣身必然自取其辱。但這本書卻將毒汁噴向所有的女人，要將所有的女性拖下污水。然而，儘管女主角好多次嗚嗚地哭泣，我們無法產生任何同情。因為這是自甘墮落。也因為，和王朔不負責任的評論正好相反，在整本書中，作者毫無懺悔之心，更無想要獲得救贖之意。

就如一個朋友說，「哲學的妓女」，只是又脫了一回衣服。

2.因為我脫了他們的衣服

幾天後，一篇採訪九丹的文章〈因為我脫了他們的衣服〉回應了此篇文章。

九丹說，有人臭罵她，是因爲她脫了他們的衣服。

九丹表示：「因爲我脫了他們的衣服，所以他們才不認同我的作品。」

她在受訪時表示，有人覺得《烏鴉》「譁衆取寵」、「令人作嘔」，甚至說它是「哲學的妓女又脫了一回衣服」，她都不會介意。

她說，並不是「哲學的妓女又脫了一回衣服」，而是那些批評她的人，都被她「脫了他們的衣服」，讓他們赤裸裸地呈現在世人面前，所以這些人才會不認同。

九丹表示，「脫衣服」，只是想把傷口給別人看，並告訴他們這些傷口首先是因爲個人的罪惡，其次才是他人的罪惡。

她說，那麼多人臭罵她，是因爲他們對書中所揭露的「眞實」感到恐懼，所以才要和她唱反調，說自己不是「烏鴉」，而是「鳳凰」。

她也指出，《烏鴉》這本書沒有所謂醜化不醜化中國女人的問題，它只是反映了眞實的情況。九丹說，《烏鴉》從頭到尾都是在懺悔，說她醜化中國女人的人，應該去看《聖經》。

是非二：新加坡是否入學條件過高？

1.不擇手段傷害他人還能期望諒解嗎？

引發這一是非爭議的是一篇署名婉兒寫的〈不擇手段傷害他人還能期望諒解嗎？〉文章（六月十九日《聯合早報》）。文章中說：

這群持學生准證來新加坡「求學」的學生有可能不知道她們的簽證是不能延期的嗎？她們來新加坡的眞正目的不就是「學習」嗎？

她們會不知道持「學生准證」在新加坡工作是違法的嗎？

她們會不知道新加坡是一個嚴格的法制國家嗎？會不知道違法後所面對的法律制裁嗎？

她們爲了達到自己目的而不擇手段的傷害他人，還能期望別人的理解和諒解嗎？

不要只看到這個國家的人豐衣足食的一面，不要以爲這些成果都是很輕易獲得的。這邊的女人和男人都一樣，都得拼搏，付出她們的時間、精神和血汗去辛苦耕耘的。她們有權利去保護自己辛苦經營的一切，難道要她們對那些「踐踏」她們尊嚴和傷害她們自尊的人給予理解和原諒？

一個人的出生背景不是問題，關鍵在於個人素質和修養問題。無論是一個學生、一個收入微薄的普通工人或是一個高薪的專業人士，你是否會爲了達到自己的目的、自己的物欲享受而不擇手段去傷害他

人呢？

2.新加坡入學要求低，才有「烏鴉」現象？——兼與婉兒君商榷

兩天後，針對這篇文章，中國的曹海先生發表〈新加坡入學要求低，才有「烏鴉」現象？——兼與婉兒君商榷〉，文章說：

文學所能帶給人的震撼力無疑是驚人的。

一本《烏鴉》催生了六月十五日藝庭君在《聯合早報．交流》版上的一篇〈烏鴉的傷痛〉，其間對「烏鴉」們的憐憫之心令人感懷；六月十九日又催生了婉兒女士的一篇〈烏鴉的反思〉，在這篇小小的文字裡，婉兒對「烏鴉」們的一系列質問，卻給了我這個中國年輕人的心臟以極大的刺激。

婉兒女士問道：「她們會不知道持『學生准證』在新加坡工作是違法的嗎？」

「她們會不知道新加坡是一個嚴格的法制國家嗎？會不知道違法後所面對的法律制裁嗎？」

「她們為了達到自己目的而不擇手段的傷害他人，還能期望別人的理解和諒解嗎？」

這些質問的言下之意自然是說，這些「烏鴉」是不可原諒的，因為她們故意、存心、惡毒的傷害了他人的家庭與幸福。

對於婉兒的這些幾乎是帶著憤怒的質問，作為一名中國的男士，不禁要為我們的女同胞作一個辯

護。

首先，請婉兒女士仔細想一想，在現實中，到新加坡來的中國女留學生中究竟是不是全都是「烏鴉」呢？如果全都是，問題倒會變得非常簡單，你們可以直接請新加坡政府禁止中國女性留學生的准入，全中國的男士都會感謝你的。

其次，作爲一個普通的中國人，要提醒你，一個新加坡人，我並不否認有不少中國的女孩（你們所稱的「小龍女」）到新加坡來時懷有「淘金」的夢想，因爲人總是對幸福的未來懷有夢想，但她們將希望寄託在新加坡，企圖透過非常的手段，取得本不屬於自己的幸福，肯定是錯誤的，作爲她們國人的我，對於她們「夢想」的破碎也絲毫不會給予同情。

但畢竟中國有六億多女性（一個你幾乎想像不到的數字），她們當中，絕大多數都生活在自己的國家，靠著自己的雙手自食其力，於他人之利何損，如果說因爲極少數的特例而使她們形象受損，那是非常不公正的。

再次，我要告訴你我對新加坡與中國之間留學問題的一點看法。

我個人認爲，出現所謂「烏鴉」，並不是完全是她們自己的錯誤，到新加坡留學的要求實在是不高，很多學校都不需要**TOFEL**、**GRE**等能力證明，這直接導致了門檻過低，低水準的學生不能專注於學習是很自然的事。

談起我們中國的留學生，通常有一種看法（可能失之偏頗）：超一流和一流的人才，大多去了歐美，二流、三流去了日本，而不入流的才會來新加坡。

可以想見，如果新加坡能在入學要求上提高門檻，加強提供教育的水準，有些令新中兩國人民不快的現象就自然會消失。

《烏鴉》這本書只是一部文學作品，部分取材於現實，卻又高於現實，把閱讀這本書當作對一種生活的體驗未嘗不可，但若是把它當作寫實文學就很不明智了。這本書的作者可以說已經成功了，但她把自己的成功建立在對億萬中國女性形象的扭曲上，這一點很不應該。

普通的中國年輕人，如我，由於文化上的某種原因，起初往往對新加坡有一種莫名的好感，但一旦感受到了不少新加坡人的對中國和中國人某種程度上的輕視和偏見，這種好感就會盪然無存，尤其是當發現這種輕視，竟是建立在錢包裡鈔票厚度的基礎上時，更會爲新加坡人竟是如此「勢利」而感到吃驚。

我本人也是學習法律的。中國在發展，請不要用你們的「勢利眼」與偏激來激怒我們。婉兒女士，倚富賣富是膚淺的，以偏蓋全是愚蠢的。請記住這一點，新加坡人。

（《聯合早報》）

接著，又是兩天後，該報兩篇聲討該文的文章出籠，一篇是李靖美的〈遠近高低皆不同〉，使這場較量又拉開了一個回合。

3. 遠近高低皆不同

曹海先生發自中國湖北的〈新加坡入學要求低，才有「烏鴉」現象？〉一文爲中國女同胞辯護，口氣相當不客氣。他要新加坡人記住以偏概全是愚蠢的。

文中指出作者也認爲可能失之偏頗的看法，即「超一流和一流人才，大多去了歐美，二流、三流去了日本，而不入流的才會來新加坡。」這樣的說法不曉得是要表現中國人才的去向分布，還是貶低新加坡的學術地位。

至少，這樣的說法對目前在新加坡國立大學和南洋理工大學就讀的超過兩千名中國籍留學生肯定不公平，也不尊重。

留學生的定義相當廣，只要是留居外國學習或研究的學生，都可以稱得上是留學生。到新加坡學習的中國學生有不同學術水平和能力，也有各自的不同目的。能力強的在大專學府就讀或進行研究，也有一些達不到入學標準，只能在私營的語言學校或商業學校修讀，領取的證書不一定受到本地機構或外國學校承認。

各種不同的學習機構，提供不同的課程，以滿足不同能力的需求，正是本地教育多元化的一個特色。作者說要提高入學門檻，指的是那一個程度的要求呢？顯然作者並不瞭解本地的升學管道和情況。

作者以模糊的概念，下唐突的結論：「可以想見，如果新加坡能在入學要求上提高門檻，加強提供教育的水平，有些令新中兩國人民不快的現象就自然會消失。」彷彿所有的問題都出在新加坡的入學門檻不高上，因爲這樣才吸引到不入流的中國學生，進而造成種種遺憾。

這麼脆弱的邏輯基礎，出自一個聲稱學習法律的人，讓人意外。

我們寧可相信，一種米養百樣人。新加坡固然有勢利的人，中國也有害群之馬。而到歐美的留學生，肯定有超一流和一流人才，也肯定有不入流、無法報讀著名大學的留學生，只能在一些三流學府，甚至是以各種教學名目出現，目的是爲了辦居留的學校求學。

以歐美和日本的一流學府吸引中國一流人才，來比較新加坡語言學校學習英語的中國留學生，是不對等的分類，肯定以偏概全。

另一篇是〈「烏鴉」現象與新加坡入學條件何干？〉，作者李斐。

4.「烏鴉」現象與新加坡入學條件何干？

我看了曹海先生的文章〈新加坡入學要求低，才有「烏鴉」現象？〉實在不敢苟同。

打一個不是很恰當的比喻：房間失竊，難道是因爲沒有安裝防盜器，才導致了小偷的光臨嗎？同樣，反過來說，難道安裝了防盜器，就可以杜絕小偷嗎？

我也想反問曹海先生，難道新加坡入學要求高了，就沒有「烏鴉」現象了嗎，這簡直是本末顛倒。按照這樣的邏輯，我們得出的結論居然是——「烏鴉」現象是新加坡入學要求低造成的！

如果有人和你說，「小偷」現象是房屋沒有安裝防盜器造成的，你會不會有點啼笑皆非呢。

我作爲一個普通的中國人，特別是一個中國女性，來談談我自己的一些想法。中國近年的高速發展給人民的生活帶來巨大的物質豐富，但普通老百姓都感覺到，社會比以前要浮躁和商業，用自己的勤勞和智慧，追求富裕、追求發展，是無可厚非的，但也有一些人變得急功近利，唯利是圖，對金錢的膜拜和追隨到了一種瘋狂的、不擇手段的地步。

「烏鴉」現象只是這種畸形社會現象的一部分（暫且不論作者是否有誇大浮誇的嫌疑），這種現象的產生原因是非常複雜和多樣的，例如，教育水平不均衡、生活水平不均衡，存在部分貧困地區、人口衆多、資源緊張，體制滯後……等，但是，我覺得是非常值得中國人反思，當社會長出了一些毒瘤，我們不應該指責這些毒瘤沒有被遮蓋好，被外人見到，而是應該進行手術，還一個乾淨健康的社會。

記得中國全國婦聯曾號召全國婦女自愛、自尊、自信、自立、自強，我覺得這也應該是全體中國人應該具有的一種精神，不管是生活在中國，還是漂泊在海外，愛惜自己，不忘自尊，海納百川，有容乃

大，靠自己的雙手和頭腦過有意義的生活。

當然，總有那麼一些敗類，憑藉各種不入流的手段，不僅糟蹋了自己，噁心了別人，也給國家和民族抹黑，中國俗語說：「一顆老鼠屎，壞了一鍋湯」，本來燒一鍋好湯，就因爲掉進一顆老鼠屎，整鍋的湯就報廢了。「好事不出門，壞事傳萬里」，這些敗類，不僅僅包括「烏鴉」們吧，還包括「蛀蟲」、「蛇頭」等等，他們的「壞事」可以輕而易舉造成外人對中國的整體誤解和敵對。這些人，要儘快清除他們生長的土壤，讓社會逐漸清明和法制化起來。這不是僅僅提高入學條件就可以辦得到的。

現在的中國，畢竟已經不同於過去，是一個更加積極、開放和文明的社會，生活在這片土地上的人和生活在海外的中國人，心中的自信和從容，相信是一天多過一天。大家都是靠著自己的勤奮和努力打拼，這才是中國人的主流風貌，才是眞正中國人的故事。

希望外國人不會一葉障目，而失去了觀看整個森林美景的好機會。

（文發自中國廣東省）

是非三：《烏鴉》內容令人作嘔嗎？

這是一篇發表在《聯合早報》署名爲「南平」的文章，題爲〈《烏鴉》內容「令人作嘔」〉，內容如下：

1.「烏鴉」內容「令人作嘔」

讀完《烏鴉》，本不想對這麼無聊的作品作出任何評論，但是為了以正視聽，為新加坡的中國人說幾句公道話，我還是決定要在這裡囉嗦幾句。

從文學角度講，這簡直不是一部值得發表的作品，充其量只是一篇文學愛好者的習作。情節矯揉造作、不知所云，人物性格蒼白無力、令人作嘔，就連作者最為沾沾自喜的性描寫也顯得枯燥乏味、多此一舉。

整本書中似乎沒有別的台詞，翻來覆去嘮叨著「我是妓女，我很髒」；而男主角則不厭其煩地為其辯護「你不是，你比誰都乾淨」。這種「既要做婊子又想立牌坊」的舉動，倒是與我們的女作家不謀而合。

從思想角度看，這是一部譁衆取寵、毫無社會意義的謊言大全。作者對新加坡瞭解多少？對在新加坡工作學習的中國人瞭解多少？對現代女性的生活瞭解多少？實在是個令人質疑的問題。

書中的女主角和她的朋友們出盡百寶勾引男人，騙取錢財，出賣肉體，爭風吃醋。她們說「其實我們女人天生就是開餐廳的。一有必要就可以腿一開掛牌營業，正正當當地做一名妓女。」她們的生活中沒有理想沒有愛情，她們對男人說「如果不是錢，我們為什麼要陪著你呢？」，「為了留在新加坡，讓

我殺人放火我都願意」。

進而，作者得出這樣的結論：「每一個中國人，尤其是中國女人，來到新加坡的目的就是爲了淘金、搶人家的老公或者賴著不走，她們活該被人踐踏，因爲她們自己骯髒，她們必須承認這是她們自己的罪孽。」

事實上，作者杜撰的無稽故事，根本就不能代表當代海外中國女性的整體風貌，而是作者一廂情願的誇大其詞，異想天開。

筆者本人就是一名在新加坡一家跨國金融機構工作的上海人，美國大學的工商管理碩士。我所認識的中國朋友們，在新加坡買房置業的不乏其人，在商界叱吒風雲、一呼百應的不乏其人，以新加坡爲事業起點進而轉往美國、歐洲進修、工作的不乏其人，學有所成回國創業的也不乏其人，更不用說嫁給新加坡人的鞏俐，在演藝圈炙手可熱的郭亮，或是在體壇獨當一面的井浚泓了。

作者何苦長他人志氣，滅自己威風，往海外華人早已挺直的脊樑上狠狠踹上幾腳呢？據說作者曾在新加坡留學五年，最後不得不「光榮」歸國，這也難怪她潛意識中那一點酸葡萄的無奈了。

在這裡，筆者想奉勸那些害群之馬們，機遇青睞於有準備的頭腦，而不是貪婪的肉體。如果你在中國也只是一個毫無競爭力的失敗者，那麼單靠出賣肉體在任何地方都是不可能獲得成功的。

其實新加坡對大多數中國人來說，不是天堂也不是地獄。現今國內經濟發展迅速，沿海城市早有超

越港台之勢，有才華有理想的中國年輕人未必都會選擇出國這條路；就算是出國，眞正的人才也有的是機會被任何國際化大都市所接受。

合則來，不合則去，死賴在新加坡不走的，恐怕很難找了。像海倫之流，無一技之長的廢物，不管在國內還是海外都是會遭社會淘汰，被人們唾棄的，作者何苦爲她們著書立傳，遺臭萬年呢？我們不反對文藝作品反映社會黑暗面，可是如果有人想用太陽黑子來遮蓋太陽的光芒，恐怕要貽笑大方了。

最後，筆者也想對這本書的可信度提出一些質疑。自稱久居獅城的作者，對新加坡的描寫漏洞百出，笑話連篇。海倫從機場出來直接上了一輛「紅色」的計程車（新加坡有紅色的計程車嗎？）；與女友在東海岸裸泳；與男主角在東海岸的海鮮餐館用餐，點了「黑焦螃蟹（應爲黑胡椒螃蟹）、清蒸螃蟹和蔥油螃蟹，還有一碗蟹粉湯」，男主角「夾了一整隻螃蟹給她」，邊吃邊聽著遠處傳來的回教堂做禮拜的歌聲。

諸位看官，試問有誰在東海岸喝過蟹粉湯，聽過回教堂的歌聲？看來作者不但不知道一隻斯里蘭卡螃蟹的大小，也不知道是個怎樣的吃法；更不大清楚新加坡的地理位置及民俗吧。

這些無知的錯誤，實在是讓人懷疑作者在逗留於新加坡的五年裡都幹了些什麼。難道只是忙著在牢籠的某個小房間裡「體驗生活，蒐集資料」，來不及過一點正常人的生活？

作者在後記中一再強調，書中描述的並不是她親身經歷，其實又何必此地無銀三百兩呢，是與不

是，區別並不是很大。藉出賣全體中國人的顏面、名譽來發財，未免令人不齒。寫這麼一本譁衆取寵的書，只不過是以另一種包裝來出售自己的身體，以換取金錢。作一回思想的妓女，又能比書中的主角高尚多少呢？現在文壇有一股歪風邪氣，女作家只要用文字來賣弄生殖器官一定能賺錢！我該說什麼呢？

唉，什麼玩意兒！

文章罵得不可謂不狠，自然，圍繞著這個是非，又有人站了出來，六月二十五日，出現了一篇名爲〈九丹脫的是虛僞人的衣服〉。

2.九丹脫的是虛偽人的衣服

那個叫南平的人，我不知道你是做什麼的，我想問你當時是抱著什麼樣的想法去看《烏鴉》這本書的？是因爲報紙上說上面有性描述？還是因爲你覺得是因爲你自己的某種不滿，而要看這本書，從中找出漏洞，好好宣洩一下你自己的那種作爲上海人的自以爲是？我不得而知，也不想知道。看了你的文章反而叫我更感謝九丹，她寫了一篇很好的文章。她讓那些整日在花園裡散步的人，看到了一塊陰霾的角落。而你，依舊喜歡將自己用一個牛皮紙包住腦袋啊。

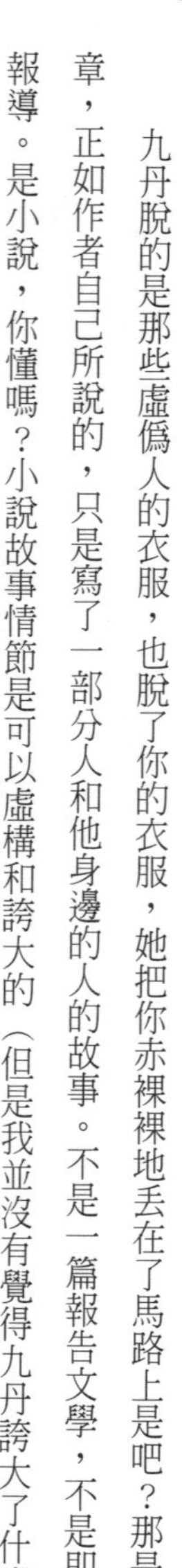

九丹脫的是那些虛僞人的衣服，也脫了你的衣服，她把你赤裸裸地丟在了馬路上是吧？那是一篇文章，正如作者自己所說的，只是寫了一部分人和他身邊的人的故事。不是一篇報告文學，不是即時性的報導。是小說，你懂嗎？小說故事情節是可以虛構和誇大的（但是我並沒有覺得九丹誇大了什麼）。你不必這麼叫眞，可惜王瑤沒有走進你的生活，你瞭解什麼？

你的生活我猜無非就是每天買菜做飯，看老闆的臉色行事，爭取你所謂的買房置地吧？然後吃飽喝足了再看看郭亮他們主持的節目尋求上海式的滿足感？你的生活圈子太小了，走出家門看看吧，去和不同的人接觸一下吧。井底的青蛙永遠只是看到頭頂的那一小片天空。用你走出上海的勇氣走出去看看你家外面的世界，但是你千萬別戴上上海人那種狹隘的沒有包容的虛僞的心去看世界。如果這樣，你還是在家需求自我滿足吧。

你說故事布局眞實性，嗯，如果你眞的喜歡咬文嚼字，我陪你探討你自己提及的某段關於本書的眞實性的關鍵（雖然筆者認爲一篇小說追求的只是藝術欣賞性）。計程車沒有紅色？有的，眞的，我沒有騙你。別忘了新加坡的計程車是有漆上廣告的，少不了有的廣告就是紅色的喲。新電信的那個廣告不就是以紅色爲主色？雖然作者描寫的時間與這個廣告相差甚遠。但是我只是想告訴你，想批評別人先武裝好自己。還是那句話，穿好衣服，走出去看看，看好了再回來寫。

上海人？每個上海人提到自己是上海人都很驕傲的。唉，殊不知那燈紅酒綠的世界裡，小姐們也愛

很驕傲地告訴客人「阿拉上海人」。我覺得你——南平好像是紙糊的一樣，碰不得一樣，書裡寫的不是你，不是你身邊的女人。你不必這樣吹毛求疵啦。現在不是慈禧太后的年代，也不是「文化大革命了」。你不必苛求文章裡的那點有限的性描述。髒？難道你不需要男歡女愛嗎？除非你說你是南平和尚（尼姑）。

你是活在一個幸福的世界裡，筆者也是如此，在這裡讀書，拿著助學金，現在又有一份穩定的工作。我們沒有眞正接觸到那些被九丹稱作「烏鴉」的女人的生活。我想你把自己和你的上海同胞吹捧得如何如何，想必你也沒有上過語言學校吧？所以你要感謝九丹，她讓你看到了生活裡的另一個你不能看到的角落。不要因爲那個角落太黑暗，你就不能承認他的存在。學會用一顆寬廣的包容的心看世界吧。世界很美好，我承認，我也在享受這份美好，但是還記得潘美辰的那首《我想有個家》嗎？歌裡唱道「可是就有人沒有它……。」是呀，那些女孩子眞的沒有你或者我，或者那些你的上海同胞擁有的一切。他們不能參加我們的遊戲，按照遊戲的規則他們不夠資格，所以他們不得不違反規則。但是也許有一天他們會是勝利者。

說了這麼多，不知道大家明白嗎？那是一本小說，不是說你，不是說我，也是說你，也是說我。那是一個故事，一個叫人感慨的故事。看完書以後，閉上你的眼睛，第二個陽光明媚的早上。你走出去再看看你的身邊是不是有什麼變化吧。

筆者經歷過一些人和事，所以看了《烏鴉》這本書，我覺得是眞實的。我雖不是一個花天酒地的人，但是有一些花天酒地的朋友，甚至還有一些被稱作「烏鴉」的朋友。我認識一個女孩子，人長得不錯，在這裡讀書，她每天的目標就是要「釣大魚」。而每次失敗以後她總是無比的失落。我的朋友也曾經跟我提到一個音樂學院的女孩子，她是做小姐的，她需要錢。錢對她來說比什麼都重要，尊嚴是可以用錢換來的，對她來說。

所以說，南平，別再難平對烏鴉的心頭之恨了，收起你那顆被烏鴉傷了的上海人的心，繼續你的生活吧。你的遊戲規則不能變，而「烏鴉」們有他們的遊戲規則。你可以視而不見，但是別再發表那些可笑的幼稚的評論了。讓九丹繼續寫吧！

南平，如果你眞的還是覺得憤憤不平的話，嗯……我告訴你，你也去寫一篇文章吧，寫上海人在新加坡的奮鬥史，如何出人頭地。故事一定要眞實，一定要註明計程車是COMFORT，還是CITYCAB。還有千萬別忘了那些夜總會的上海小姐也要寫進去。不過我猜你是不會寫進去的。你沒有那個膽量面對《烏鴉》這本書。我想你也沒有那個膽量去面對眞實的黑暗。算了，你還是好好在家休息吧。別再寫評論了，花這麼多的時間寫那麼幾段廢話，郭亮和王燕青的節目都會錯過了……

最後筆者想說，是對新加坡人說，我是一個中國人，我不否認那些烏鴉的存在。如果她們眞的做錯了，也不要以一蓋全。畢竟這裡還有很多辛辛苦苦靠雙手工作的中國人，他們和你們一樣遵循著生活的

規則。一起競爭奮鬥。對於剛才我對南平那個人的駁斥，只是作爲一個文學愛好者對一個頭腦簡單的人的駁斥。

我不想介入新加坡人與中國人之間的爭執。這是沒有必要的。因爲還是那句話，文章寫的不是你我他，那時故事裡的主角的故事，眞的沒有必要憤憤不平地說那麼多。讓有過那種經歷的人裁決不好嗎？也許正因爲故事人物的處境，和眞實生活裡這些人的處境。我們沒有辦法知道事實。如果不可以的話，就當你又看了一本小說吧。

是非四：中國女人沒有「烏鴉」醜行？

對於中國女留學生在新加坡是否如《烏鴉》中所云，《聯合晚報》的記者劉麗清、黃慧琳曾做採訪。

1. 訪獅城男女：多數中國女人沒有烏鴉醜行

曾有報導中國女留學生覺得《烏鴉》一書醜化中國女人，因爲書中提及中國女人來新留學，都會騙錢、騙男人，當情婦，最後又淪落到夜總會當妓女。

在新加坡男人和女人的心目中，中國女人又是怎麼樣的呢？他們會覺得中國女人都是「烏鴉」嗎？

爲此，本報走訪了多位新加坡男人和女人，請他們發表看法。

結果受訪的新加坡男人和新加坡女人，大多數都表示，並不會對中國女人有偏見，也不會戴有色眼鏡看待她們。他們覺得，《烏鴉》只有少數，他們接觸的大部分中國女人都沒有《烏鴉》的行爲。

受訪者也覺得，一個巴掌拍不響，爲夫者搞上了中國女人，也不能把所有的責任推到她的頭上，男人也要負責任。

另外，在《烏鴉》一書中，也把新加坡男人形容成喜歡一開口就說黃色笑話、喜歡出「有色」的謎題，比如「赤裸的男人坐在石頭上是什麼意思？」、「小男孩、中年人、老年人裸體跑步是什麼意思？」等讓女人們猜。

對於這一點，新加坡男人和女人都覺得，如果因此而認爲新加坡男人都很「黃」並不公平。受訪者都認爲，這樣的男人在任何社會都存在，可是誠如他們覺得「烏鴉」只占少數一樣，黃腔男人也只是少部分。

2.獅城男人內心話：不能一竹竿打翻一船人

受訪的新加坡男士都異口同聲地表示，《烏鴉》描繪的只是少數的中國女子和新加坡男士，因此絕不能一竹竿打翻一船人！這是不公平的。

廣告公司總裁余順發（五十歲）說：「每個社會都會出現有錢有閒又好色的男人，以及爲錢放棄尊嚴的女人。但，這畢竟只占少數。」

他認爲，作者對新加坡男人和中國女人持有偏見，所以筆下人物才會如此醜惡。

飛躍輔導中心執行主任林孔懷（三十五歲）表示，在他接觸過的婚姻個案中，絕大部分男士不是《烏鴉》所寫的那樣醜陋。

另一名受訪者陳律師（四十二歲）則說：「作者的說法很過分。她應該走出自己的小圈子，看看這個世界美好的一面。」

陳律師不認爲，所有中國女子都是愛慕虛榮的，因爲他認識既賢惠又善良的中國女子。

他們也都一致表示，不會對中國女人存有戒心。林孔懷說：「曾經有人告訴過我，輔導中國女子時要小心。但是我並沒有因此用有色眼光看她們。我覺得，對那些想好好地在這裡生活的中國女人來說，這本書會讓她們更吃虧。」

與此構成是非對應的有如下三篇文章。

1.小說百分之八十的故事背景與事實相符

這幾天的「烏鴉風波」已經搞到全島風雨了，我感到很心痛，因爲連一些根本就沒看過這本書的人也來批評這本書，而看過這本書的卻從不同的角度去解讀，它不是紀實小說，不是實況轉播，也不是現場報導，爲什麼要把小說中的人與物去套現實生活中的作者呢，這是很不公平的。在這本小說中有百分之八十的故事背景是與事實相符合的，它所描寫的故事背景應該在一九九四到一九九八年之間，我也是中國大陸人，在中新建交之際來到新加坡，在這裡已經生活十多年了，我太太是新加坡人，所以我對新加坡的瞭解也夠深了，因爲生意上的關係也接觸過像書中的人物，她們的遭遇和書中的描寫是相同的，但那不是九丹，所以把書中的人物套在她的頭上是很沒禮貌的。

我倒覺得九丹的話說的很對，她脫了他們的衣服，讓他們赤裸裸的展現在小說裡，還有誰能暴露新加坡的黑暗面（因爲新加坡一直以來在中國人的心裡是花園城市、犯罪率極低的城市、亞洲四小龍之一，就如作者所說的。）我想如果寫其他的國家，不至於這樣給人家罵吧。在新加坡的留學生有幾種，一種是拿獎學金來留學的（多數在國大，南大求學），一種是有錢人的孩子來這裡鍍金的，一種是想半工半讀的（多數在私人學校讀語言）——問題也多數出在這班學生身上，有時中國的代理只是想撈錢，沒有詳細交代這裡的法律，所以很多的學生就這樣來到新加坡，在這裡要交學費、房租、車費、吃飯，樣樣都要錢，幸運的可以教家教，沒辦法的只好做暗事了（畢竟這條路是最近的），這也是她們所不願

意的，有誰天生要做妓女，但孤身在外，沒辦法，有時人也會糊塗的。那她們爲什麼要出國呢？就如九丹所說，她們就像那飛蛾，黑暗中看到那麼一丁點的亮光，就要撲過去，殊不知那亮光中也是陷阱

新加坡人的寬容心還是很狹窄，要敢於接受人家的批評，不要有太強的優越感，要謙虛。這樣才能走出這個小島，才能成爲國際化城市。

確實，這些事就發生在新加坡，希望大家能以警世、懺悔的心態再讀一遍。

（上海　吳名）

2.《烏鴉》反映了一部分人的經歷

我是一九九四年從中國大陸去新加坡的。與《烏鴉》作者大約在同樣一段時間。我相信《烏鴉》反映了一部分人的經歷。作爲一部文學作品，作者用誇張和色情來達到轟動效應，從而達到金錢效果，如果未觸犯法律，也無可厚非。畢竟現在的社會愈加自由，有什麼樣的顧客才會有什麼樣的商家，恐怕還是很多人對色情文學渴望不可得的壓抑滋生了這樣的文學。如果要指責誰，我想應不要忘記社會對這種書的胃口和出版商對金錢的渴望，不能把炮火全都轟到作者身上。

（作者 Gerald《聯合晚報》）

3. 天下烏鴉一般黑

一位朋友（不是中國人）打電話來說，她不知《烏鴉》這本書，卻被遠在美國的中國朋友問得滿頭霧水，還以爲令新加坡人討厭、憎恨的烏鴉，竟然惡名昭彰，遠播到美國。

當我的朋友知道了《烏鴉》一書的內容後，非常驚訝，因爲她身邊的中國女人，都受高等教育，有高尚職業。

她表示，即使有中國女人在新加坡做些見不得人的事，從事不道德的行業，也只是小部分，又何必去揭開呢？

揚善大家都願看到，令人人都高興；揭陰就有些人很喜歡看，但也會傷害到另外一些人。現實是在陽光下，也有陰暗的角落存在，不去揭陰，並不等於在陰暗角落生活的一群，就沒有痛苦。

看到自己族群姐妹們陰暗角落的生活暴光，心裡總是不好受，但是就認爲應該視而無睹，或把頭埋進沙堆，反怪作者大張旗鼓地渲染，是隻鴕鳥。

在新加坡歡樂場所進出的商人，都知道新加坡的卡拉ＯＫ、夜總會，陪唱的絕大多數是在新加坡讀書、工作的中國女人。沒有人迫她們賣笑，只是新加坡的生活逼人，黃金難找。

要在異鄉落腳，卻舉目無親，投靠無人，家鄉又遠在天邊，礙於面子，落難又如何開得了口，也回

不了頭。新移民的苦，全世界上的每個角落都一樣。新移民的拼搏，自古以來都是一篇篇的血淚史。新移民的生存力，也像全世界的烏鴉一般。

所以，很多新加坡女人都同意，如果有中國女人來搶丈夫，我們一定打敗仗。很多新加坡男人也同意，要抗拒中國女人的誘惑，也不簡單。

不是新加坡女人比較笨，或美色輸人；也不是新加坡男人都不守夫道，愛拈花惹草，問題是對方處心積慮，目標明確，如果關係到生存之道，更難擋架攻勢。

不是有意抹黑中國女人，不是所有在新加坡的中國女人都在一條船上。沒有人願意被稱爲令人討厭的烏鴉，但烏鴉是眞的存在。

烏鴉這幾年在新加坡繁殖的特別快，它們適應了城市的生活，從城市人豐盛的殘羹中，養得肥肥胖胖，但它發出的噪聲，它無處不放的排泄物，令人非常反感，恨不得將它們趕盡殺絕。

所以這裡的烏鴉雖然不愁吃，但要面對人們討厭的眼光，可能還會被槍手看上。

天下的烏鴉一般黑，也有一般的命運。

但中國的姐妹，可以選擇不當烏鴉，如果她看清了新移民的崎嶇路，她可以不必踏上不歸路。

《烏鴉》鬧大了

惟有愛，人類惟有彼此相愛，去掉仇恨，才能保持和諧共存，減少紛爭。朋友們，讀了《烏鴉》，讓我們別情緒失控，更千萬別因此而傷了中新兩地的友誼。

風力在逐漸升級，「烏鴉風波」越刮越邪乎。

面對著「烏鴉」掀起的巨大風浪，人們無法冷靜下來，無法心平氣和了。一場前所未有的分岐和爭論發生在報端中，甚至於辦公室的同事之間，家裡的夫妻之間，上層的部門之間。所有的人都在爲這件事激動著、亢奮著，面紅耳赤地爭執著。縱觀整個事態的發展，你會發現，此時的「烏鴉風波」早已偏離了討論的初衷。

據說，有著中國血統的華人、穩坐總理寶座達三十一年之久的新加坡總理李光耀及一九九〇年十一月二十八日繼任的新總理吳作棟也都在看《烏鴉》了……

據說，新加坡政府因爲這本小說突查夜總會，當場抓到了三百餘名中國女留學生……

新加坡報紙的編輯部裡，電話鈴聲不絕於耳，信件如雪花般飛來，來訪者絡繹不絕。

有人驚乎，再這樣發展下去，勢必要……

於是勸架的文章也出來了……

1. 不要為一本虛構的小說大動肝火

這是一本小說，作者愛寫什麼就寫什麼吧。但現在看來好像已經演變成了一場戰爭。有人發文章謾罵，有人保護作者。更有人在早報的網站的投票裡面做手腳（你如果投入眞情敘述一票，令人作嘔就會成三倍的姿態上漲）眞的沒有意思了。

讓新加坡人和中國人都靜一靜吧，新加坡經濟不好，想辦法多賺點錢養家不好嗎？中國人來這裡奮鬥，你踏踏實實做人換一個衣錦還鄉不好嗎？書裡寫的不是你我。愛看就看，不愛看就不看。有人說金庸的小說很好，但是我不看，因爲我不喜歡。但是我承認金庸是大師，因爲他受人愛戴。算了，平息這場風波吧，不要爲了一本虛構的小說這樣大動肝火了。沒有接觸過新加坡的人，你們是外人，不瞭解這裡。接觸過新加坡的人，你還不是完全瞭解這裡，因爲你的生活方式和形態導致你不能完全瞭解這個社會。這個社會是五顏六色的，複雜的。你接觸妓女，他接觸名流，我是一名普通工人。

2. 別因「烏鴉」而傷了新中友誼

古人說：「盡信書不如無書」。一本內容難登大雅之堂的小說《烏鴉》，本來就不能代表新加坡的人

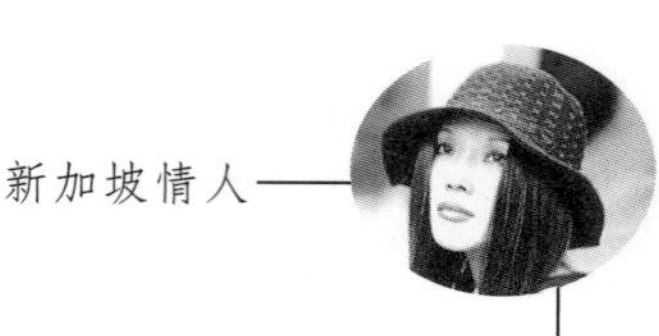

文概況，更不能代表遠渡而來的全體中國女人的心聲和處境。我們實在沒有必要爲了這本書動怒或者說了一些偏激而傷害了新加坡和中國友誼的話。

人活著，對身邊的事事物物，有選擇接受或排斥的自由；對文字構成的小說或書刊，更是如此。

我們需要的是能夠關懷社會的文章，這份關懷可以是透過批評的方式呈現，但絕對必須是建設性的批評，並且立論要有根據，衡量準繩要客觀，絕對不能隨私意來進行惡意的批評。

批判性文章一旦失準或立論偏激，就會擾亂社會秩序，激起人民不安的情緒；尤其是揭露社會黑暗的文章，以及刻畫一些特定群體的生活心聲的文章，作者更應該特別謹愼小心，絕對不能馬虎，更不能爲了譁衆取寵而隨便下筆。

作爲讀者的我們，則應該用智慧來閱讀別人的作品，不僅要瞭解作者的背景與寫作動機，更要小心辨別書中的看法與描述，絕對不能被作者、被書中的文字牽著鼻子走。最重要的是千萬別因作者的文字而使自己的情緒失控，結果還發出錯誤的聲音。

《烏鴉》這本書只是一本普通的小說，部分取材脫離現實，可以說它只是作者九丹用來發洩情緒的文字，若把它當作對某種生活的體驗，或把它當作寫實文章，那就大錯特錯了。

一個眞正的作家，品格是美麗的，心胸是寬宏的，這樣的作家絕對不會杜撰事實，更不會攀附任何權勢或懼怕任何權勢。盼望作家們多寫些有益人類、關懷人心的溫馨作品；我們不要以牙還牙、以惡報

惡，或像被毒汁硫酸淹沒了的失控發洩的情緒之類的小說。

然而，在這個現實生活中，有人爲了出名，苦心經營，冒認是偉大人格的國家總理的私生女兒出書；有人處心積慮，美化自己是偉大領袖的貼身醫生，著書出名。

這等人是贏得出名，卻輸了人格。很多人想出名想到瘋了，結果走火入魔，便會行出各種匪夷所思的怪事。

全世界任何地方任何角落都有好人與壞人，新加坡也不例外。我所認識的來自中國的朋友們，有建築勞工，有電子廠技術人員，有大學研究生，有商界的博士，也有嫁來這裡的善良鄰居。我們都能愉快的交往，保持人類應有的友誼。

惟有愛，人類惟有彼此相愛，去掉仇恨，才能保持和諧共存，減少紛爭。朋友們，讀了《烏鴉》，讓我們別情緒失控，更千萬別因此而傷了中新兩地的友誼。

（蔡再豐）

此刻，所有的人似乎都已經忘了一點——這是一本虛構的小說。

不是結論的結論

誰也無法料到，「烏鴉風波」再演變下去，會出現什麼樣的後果，這就如同誰也無法料到在六月三十日，持續了近兩個月，而且愈演愈烈的「烏鴉風波」突然暫告結束，這以《聯合早報》的編者按語爲證：

《烏鴉》這本小說的內容及其作者的背景與動機，近來成爲本地華文報章熱烈討論的話題，相信社會上也必然議論紛紛。讀者們的文章仍然透過郵寄、傳眞、電郵，從新加坡各區、中國各地，甚至遠自歐洲、加拿大，不絕而來。立場正反皆有，內容形形色色。撇開其他問題不談，這無疑是一場異常熱鬧的辯論。

我們把批評這部小說內容的文章以及其作者的回應發表出來，是知道必然會引起見仁見智的爭論的，但我們也需要從另一種高度來看待這些問題。毫無疑問，從這些辯論中所浮現的，不僅是對一本書和一個女人的看法，也同時反映了許多值得關注的社會現象，突出了一些值得深思的道德問題。

現在，我們相信選刊出來的文章，大致上已經涵蓋了對有關問題的各種看法，加上篇幅的有限，這場辯論也到了可以適可而止的時候。今天選刊了幾篇較有「代表性」的文章，對沒有機會刊出的其他文章的作者，我們謹此致謝。

1.有「烏鴉」的世界真美

有關「烏鴉」的討論在《聯合早報》熱烈地進行。在你茶餘飯後，徜徉在網路裡，看各種各樣的觀點與評論，有叫好有謾罵，有冷靜有激動，有開始是對著作者九丹，之後又發生在九丹與讀者之間，讀者與讀者之間的火爆衝突場面。你不僅會發出善意的微笑，這就是世界啊。而這個世界正因爲如此的豐富與差異，如此的眞實與坦白，你才會發出這個世界眞美的讚歎！因爲戲劇性無論是悲劇還是喜劇，在美學上都是美的！

對於今天中國大陸二十幾歲的年輕作家，我們不可能用過高的文學審美眼光去要求她（他）們的作品，無論是九丹還是衛慧等等。她們生存在一個極其躁動不安，物質與享樂主義盛行的時代。是一個想做美麗淑女感到沒有意思就可以馬上做妓女的時代。舊的價值觀正在接受巨大的衝擊，新的社會倫理與道德還遠沒有建立和完善。世界在她們眼中是那麼的五彩繽紛卻難以讓人把握。她們開始具有走出國門接受外面嶄新資訊的機會，卻無法容易地與外面的世界順利地接軌。忙碌與迷失還沒有能夠讓她們眞正去「思考」，她們記錄下來的無非是現實的生活片段及對這種生活的「即時反應」。她們就是如此生活著。我們要求她們寫出令人蕩氣迴腸的宏篇巨著，那太不現實，可我們又不能剝奪她們寫作的權力。但我仍然認爲，九丹們的努力並不是沒有一點社會效益的，我們起碼可以透過她們的作品瞭解現在某類年

輕人和社會的角落與現實。

討論就這樣繼續著，有些話題的辯論雖然永遠不會產生什麼一致結局。但在此起彼伏的討論中發生了思想與觀念的碰撞，在碰撞中受到了心理上的感應或衝擊，在感應或衝擊後得到的是心理深層上的回味和滿足。你會覺得這個世界確實很美！

（法國　沙中水）

2.「烏鴉」在笑

最近幾天在新加坡報紙上，都爲小說《烏鴉》爭得臉紅耳赤，這使我想起了上幾個月在台灣發生「老少配」問題，台灣的多家電台在互相爭著報導「老少配」的最新消息、動態。熱鬧非凡。

新加坡報章上的有關「烏鴉」的爭論，和當時在台灣轟動一時的「老少配」何其相似。得益者是誰呢？想想看吧！「烏鴉」在呱呱的叫了，「烏鴉」！「烏鴉」！烏鴉家喻戶曉了，烏鴉的荷包漲了。烏鴉躲在枯枝上偷偷地笑了。它笑得多麼開心。它笑得多麼得意。看！那些新加坡人和中國人正在爲它做免費宣傳呢！在爲它爭得你死我活呢！

在此我要大聲地呼籲！別再爲烏鴉做傻事了。別爲了「烏鴉」而傷了新加坡人和中國人感情。新中的友誼也不會爲了「烏鴉」而產生誤會的。停止爭論吧，別讓「烏鴉」在枯枝上偷偷地笑了。「烏鴉」

畢竟是「烏鴉」再怎麼變也不會成鳳凰的。

（巨鍾）

3.烏鴉與八卦

一本《烏鴉》，近日在本地引發連環爭議，報章連篇累牘報導，不但找出作者本人隔洋訪問，還請來不同的專家、不同國籍的讀者針對內容發表意見，圖文並茂，連本地英文報也不落人後，大幅度報導。

對這樣一部作品，眞的有必要如此重視，爭相議論嗎？就因爲它描述一小部分中國女留學生的際遇，不過把地點放在新加坡，本地人就如此關注，而無視於它整體所呈現的水準嗎？

如果把《烏鴉》當成一部文學作品而論，無論在內容或技巧，它根本不入流，既進不了殿堂，也擺不上書閣。

書的內容所表現出來令人恥笑的人生觀、價値觀，既沒有正面意義，也成不了反面教材，當然更沒有足以引人深思的深刻之處。它在黑白之間構不成灰色地帶，對或錯一目了然，根本不用加以爭辯。或許內容裡唯一令人感興趣的，是讓讀者去猜測書中的男性到底是在影射本地那一個名人，以滿足各人的八卦心理。

就文學技巧而言，《烏鴉》的文字水平中下，常常言不及義，不知所云；情節的構思平淡無奇，人物刻畫莫名奇妙，所選的題材，意在譁衆取寵。如果是對性描寫的部分感興趣的讀者，可以告訴你，書中的想像力貧乏，倒不如去讀渡邊淳一。

整體而言，《烏鴉》作者表現不如中國近來冒起的美女作家，如棉棉或衛慧之流，後者的作品，還有一定的文學性。《烏鴉》裡運用的是非常差勁的說故事手法，可以輕易地看出作者根本沒有用心去經營一部文學作品。

稍有文學欣賞水平的讀者，心裡應該明白《烏鴉》根本不值一談，從書架上隨便抽一本書，閱讀價值都高於它。大家何必再費心費力地討論這樣的差勁作品呢？如此下去，會讓低俗的作者更走紅，而且還食髓知味，也讓牟利的商家更多進帳，還有投機的「評論家」更多機會賺稿費。三流的作家，可能以此爲借鏡，也考慮寫一部類似的作品，好壞無所謂，反正本地讀者的欣賞水平只有這般。

（藍思）

4.烏鴉的「罪過」

記得不久前環境發展部說，爲了要控制我國的烏鴉數目，估計在五年內，每年要射殺七萬多隻烏鴉。

可憐的烏鴉，眞是聰明反被聰明誤，容易適應城市生活的優勢，竟爲自己招來殺身之禍。不過，這幾天最引人注目的烏鴉，其實不是眞的烏鴉，而是一本叫做《烏鴉》的書和書中所描寫的「小龍女」們。

讀過《烏鴉》一書，不能不佩服作者有很敏銳的觀察力和靈感，用這種在新加坡頑強的掙扎求存，許多新加坡人對其不勝其煩卻又有些無可奈何的烏鴉，來作爲這類「小龍女」的代稱，的確是有其傳神之妙。作者的文筆也頗有些功力，對有些情景的抒發，很有幾分詩意。

作爲一個完整的故事，顯然作者是對她所蒐集的素材進行了濃縮和加工，使得故事更加緊湊、流暢和深刻。如果硬要去對號入座的話，未必能夠對得上具體的人物和事件，畢竟這是文學加工過的東西，不是正式的傳記，也不是檔案館的史料。但是故事中的片段，都大多可以追溯到一些媒體上報導的一些事件。但是文學畢竟是文學，拿著新加坡街道指南來對比書中的描述，似乎就沒有必要了。

作爲一本文學作品，自然有其切入點，有其描寫的重點和範圍，不可能面面俱到的覆蓋整個社會。而作爲一個讀者，特別是與新加坡有密切關係的讀者，當然也有必要知道，這本書的內容是非常局限的。書中的「小龍女」，只是幾個語言學校的學生。她們被烏節路的彩燈所迷惑，以爲居留權就是她們的幸福的保障，値得她們用青春甚至生命去換取。

不必否認，書中所描寫的，以原始本錢來搏取居留權的「小龍女」，只是在新加坡的中國人中的少

數。書中以玩弄中國女孩子過日子的無聊階級，在新加坡人中也是少數。也不必否認，中國改革開放的大潮，也伴隨著嚴重的道德滑坡。隨著中國的日益開放，奔向國外的人日益增多，其中也不乏想憑著天生本錢來搏殺一番者。的確是有一部分人把靈魂和道德爲之腦後，不擇手段地來異國追尋他們的夢想和幸福。

《烏鴉》一書對新加坡的描寫，顯得模糊和淺淡，有如現代戲劇中的抽象背景。除了幾個有閒階級的人物作爲主角，和作爲新加坡象徵的胡姬花之外，對本地的背景社會的描寫相當蒼白。只須小加修改，就可以把故事搬到香港、台灣或者日本。

任何社會都有陰暗的角落，該不該去揭露社會的傷疤，取決於作者的價值判斷。喜不喜歡看到這個傷疤，則由讀者自己來決定。但是，如果一條美麗的路上有一個致命的陷阱，你是願意有人把它揭開呢，還是責備那個人多事，破壞了路面的美觀？

如果《烏鴉》的讀者，能夠跳出「國籍」、「情色」的框框，從人性、道德、社會的角度，從更深的層面，去瞭解此類悲劇的原因，去理解我們的社會中存在的一些誤區，我想，這本書還是有它的意義的。

新加坡的「烏鴉風波」告一段落。

（黃蘇）

在新加坡平均銷售幾百冊的華文圖書市場內，《烏鴉》在短短的一個月內銷售萬餘本，而且引起極大的風波，轟動獅城。僅《聯合早報・交流》版在兩個星期內，就收到六十一封討論《烏鴉》的投函……

為一本小說如此地大動干戈，這種現象，在新加坡不能不說史無前例，不能不說是空前絕後。

九丹說，當我看到了那些對《烏鴉》表示出了極端憤怒的人，他們在罵我的文章裡堆滿了那樣一些辭彙的時候，我突然意識到了《烏鴉》是真的成功了。

的確，《烏鴉》成功了。

第六章　「烏鴉」風暴席捲全球

七月下旬，發表在《中國青年報》上的一篇〈小說《烏鴉》引發全球華人大討論〉引起了國內媒體的注意。

小說《烏鴉》引發全球華人大討論

（本報訊）自本報於《文學版》刊出〈九丹一直跟我說「懺悔」〉一文以來，近來幾乎全世界華人都介入了對女作家九丹描述新加坡華人生活的小說《烏鴉》的討論。在討論中，批評《烏鴉》和九丹的聲音略占上風。

〈九丹一直跟我說「懺悔」〉一文發表當天，新浪、搜狐、263網、人民網、中華網等全國大網站就全文轉載。隨後有數十家網站跟進。一個星期後，浪潮波及到新加坡，在那裡掀起了更大的風暴。新加坡的《聯合早報》、《聯合晚報》、《新明日報》，以及新加坡最大的英文報紙《海峽時報》都進行了報導。《聯合早報》的討論持續了一個月，許多中國留學生和當地居民參加，「《烏鴉》解讀會」也將

在新加坡召開。

「《烏鴉》熱」又影響到香港和歐美的華人社會和非華人媒體。《亞洲周刊》連續兩次登文介紹「《烏鴉》衝擊」，並把其作爲「亞洲焦點」刊登在封面上。進入七月份，《蘋果日報》、美國《新聞周刊》、「美國之音」、德國《明鏡》、法新社、法中社紛紛採訪作者九丹。

《烏鴉》一書在國內多次告罄，新加坡也已印刷五次，英文版和法文版正在翻譯和談判中。

在大討論中，批評《烏鴉》和九丹的聲音略占上風，263網上有個讀者調查大致能反映這種趨勢：「認爲《烏鴉》是眞情敘述的四十一；不知所云百分之二點八；譁衆取寵百分之十；令人作嘔百分之四十六。投票總數：五萬一千一百七十七（截至六月二十九日）」

對本報文章和《烏鴉》反應最強烈的是海外留學生特別是在新加坡的中國留學生，他們大多對九丹持否定態度：「這篇小說使中國人蒙辱」，「這是對中國女性的一種侮辱」，「九丹心理有毛病」，「作者以另一種包裝出賣自己」，「不應該一竿子打翻一船人，賣身的中國女性不具有代表性」，「我是一個在新加坡的女留學生，我身邊沒有九丹描寫的那種人，我也做家庭教師，並沒有被人看不起」……

對於這些說法，九丹一直持一種「戰鬥」態度：「他們這樣說，是因爲涉及到他們自己了，誰不爲自己隱瞞呢，這就是我們的文化……」

這次大討論還引發了新加坡社會對自己的反思：「誰知我們人性中惡的成分還有這麼多，我們原來

自詡爲最乾淨最文明的國度。」

國內文化人和評論家一般持同意和支援九丹的觀點。文學評論家白燁說：「這是一本獨特的小說，讀後給人沉重感，久久揮之不去。不能僅僅把它看成是留學文學，它在更廣泛的社會層面上給人啓示。」

作者九丹說，她寫《烏鴉》的初衷是想在文學界扔顆炸彈，沒想到在文學界沒有反應，卻在老百姓中引起迴響。

雖然討論是各種觀點大交鋒，但希望中國人形象在世界上有一個大改觀確是參與者的共同願望。正像一個叫盼盼的討論者所說：「也許不僅僅在新加坡，甚至在日本，或者其他國家的留學生也有這樣的。中華民族是一個很有骨氣的民族，我們不要再做這種連妓女都不如的職業。我們要做知識的主宰，要做經濟、文化和科技的主宰。」

（記者沙林）

至此，國人才知道，中國女作家九丹在新加坡引發了一場「烏鴉風波」，而且這場風波已經從新加坡蔓延到了全球華人。

《亞洲周刊》登封面

魯迅的《阿Q正傳》和柏楊的《醜陋的中國人》有一定代表性，《醜陋的美國人》和《醜陋的日本人》亦然。小說是藝術，藝術反映人生，爲何總有人要對號入座，然後聲討作者？爲何那麼多中國人，還有一些新加坡人緊張兮兮，甚至上網上線，認爲這本小說「影響中新雙邊關係」？

——《亞洲周刊》

七月中旬的這期《亞洲周刊》，封面的人物照就是九丹，題爲「小說《烏鴉》震動新加坡」。

在這本六十頁的刊物中，即有三篇是關於「烏鴉風波」的。

在「亞洲焦點」這一欄的「風潮」中，是一篇題爲〈小龍女生活獅城傳奇〉的文章。

在該欄的「爭議」中，是該刊資深記者江迅採寫的一篇綜合性的報導，題爲「小說《烏鴉》突擊新加坡」，洋洋灑灑的文章占據了三頁。

題記是：「中國作家九丹的長篇小說《烏鴉》，描述了中國大陸女子在新加坡賣淫等另類留學生活，在新加坡及中國都掀起風暴，被斥爲一竿子打翻一船人，更被指是以另一種包裝來出賣自己。」

文章的第一部分內容大致介紹了這件事：

長篇小說《烏鴉》是一部「關於罪惡的書」，描寫一群懷「綠卡」之夢的中國大陸女孩，在新加坡屢遭磨難，飽受屈辱的作品。二十四萬字的小說，意圖展現她們在海外對境遇的思考。在追尋理想生活中，暴露出自身罪惡和對罪惡的懺悔。小說出版後，作者九丹連同作品旋即招致種種非議，被斥爲「妓女文學」。

今年三十三歲的九丹，花了八個月時間寫完的《烏鴉》最初並不走運，書稿在人民文學出版社、華藝出版社、北京出版社等出版社逛了一圈，沒能落腳，最後被湖北長江文藝出版社看好。年初，《烏鴉》在北京圖書訂貨會上推出後，半年兩版銷售了一萬多冊，小說頗受北京作家王朔和李陀等人推崇。不過，與其他動輒銷售十幾萬冊並登上大陸銷售書排行榜的長篇小說相比，這數字並不算多。長江文藝出版社副社長陳輝平對《亞洲周刊》說，《烏鴉》的語言感性，表現力強，描述的是「另類」的留學生活，小說的價值在於，作者有意識地揭開了以往留學生活作品諱莫如深的眞實內幕。此書在各地已售罄，出版社月內會再發第三版。

《烏鴉》可以說是牆內開花，牆外更香。

今年六月在新加坡舉辦的世界書展上，新加坡玲子傳媒公司推出的中國簡體字版，竟刮起一股旋風，媒體競相報導，讀者爭議不斷，小說高居新加坡排行榜榜首，成爲「中文小說在新加坡出版發行的

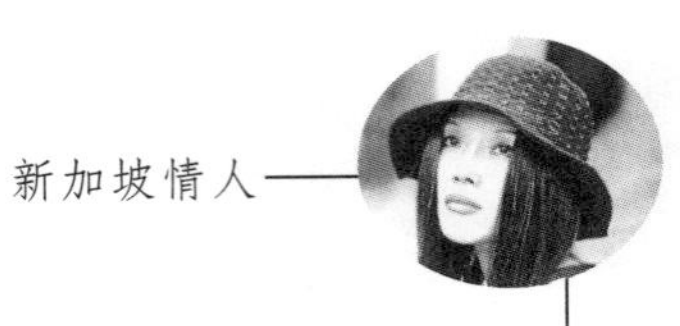

一個神話」。香港多家出版公司派員專程趕往武漢和北京洽談購買版權，最後中文繁體字版由開益出版社，英文版由香港2000出版社奪得。香港開益出版社社長王鍇對《亞洲周刊》說：「我認爲，九丹可以說是個文學才女，從作品看，她的文字功夫和作品內涵勝人一籌，強過前一陣引起轟動的棉棉和衛慧的作品。不爲尊者隱，大膽揭露，又合情合理。香港版恢復了數十處被大陸版刪節的文字。」據悉，法文版、德文版、義文版也將陸續推出。

在該刊最前面的「筆鋒」一欄裡，有一篇評論性的文章，題爲〈《烏鴉》給中國新移民的啓示〉，文章批評了「烏鴉風波」中的不理性的情緒，文章說：

中國傳統文化裡，烏鴉是不祥物，「烏鴉嘴」更有一語成讖的詭異。在新加坡，烏鴉則氾濫成災，縱使當局以每年射殺七萬五千隻爲目標，烏鴉仍成群結隊，使民衆不勝其煩。

兩地對烏鴉感受不同，卻在小說《烏鴉》得到交集，兩地讀者或聲討作者，或淡然處之；傳媒熱炒，網路交鋒，作者九丹也加入了筆戰，一時間獅城「烏」雲密布，虛實兩種烏鴉蒙上奇特的色彩。

新加坡版《烏鴉》書名的引題，由中國版「我的另類留學生活」改爲「一群中國女子的新加坡夢」，《烏鴉》顯然知道那種叫聲最能牽引兩地讀者聽覺。這本描述中國女子在獅城留學生涯的小說，引起了鋪天蓋地的批評和謾罵。網路無分國界，讓全球各地華人也有機會參與圍剿《烏鴉》，《烏鴉》效應迅速擴散。在一波波不同反應中，情緒最強烈的還是海外中國新移民，他們痛斥《烏鴉》令中國人

蒙辱。

不過，新加坡數以萬計的常住中國公民中，精英占多數，自甘墮落或被迫淪落的只是少數。實言之，《烏鴉》裡頭賣身的中國女子並無代表性。當然，樹大有枯枝，《烏鴉》突出了一定的事實，值得警醒，新加坡的中國新移民清者自清，也不必諱疾忌醫。

小說是藝術，藝術反映人生，為何總有人要對號入座，然後聲討作者？為何那麼多中國人，還有一些新加坡人緊張兮兮，甚至認為這本小說「影響中新雙邊關係」？大家是否應該更成熟、更理性、更包容地看待藝術產品的負面現象？同樣，新加坡一些夜總會暗藏春色，那是世界任何大都會難以根絕的現象，無損獅城作為世界最乾淨「花園城市」的聲譽。新加坡人應以國際視野看待境內十萬外國人，對中國以及其他相對落後國家的人民，不應以偏概全，形成刻板負面印象。

中國新移民的形象究竟是什麼？是獅城的烏鴉、是多佛港悶死的非法移民，還是美國華爾街和矽谷的俊傑？都有可能！華人社會習慣一榮俱榮、一損俱損的思維模式，他們會為遠在萬里之外、與己無關的成功歡呼雀躍，與有榮焉；也會為華人在海外丟人現眼、出盡洋相而感到臉上無光。實際上，任何社群都難免良莠不齊、優劣互見，人必自重而後人重之。小說中的主角應如此，作者應如此，中國的新移民應如此，新加坡人又何嘗不然？

節外生枝──九丹惡鬥衛慧

衛慧和九丹的爭論焦點，不外乎：究竟誰是美女、是不是用「身體寫作」、是不是「妓女文學」、作品在文學上地位如何？她們互相詆毀，反讓外人看作是兩人素質的對抗。

──《亞洲周刊》

看，她們在惡鬥

八月初，「烏鴉風波」的戰火也蔓延到了國內，這時，又一番熱鬧被《亞洲周刊》「炒」了起來。

1.「身體派」女作家衛慧、九丹爆發惡鬥

以「身體」寫作的《上海寶貝》作者衛慧不指名批評《烏鴉》及其作者九丹，九丹反唇相譏。評論家指兩人相詆是素質的對抗，或視之爲商業炒作。這類女作家之間展開的罵戰，成爲中國文壇的最新現景觀，引起世人的普遍關注。

《亞洲周刊》日前報導，中國大陸女作家九丹從北京到香港，在香港書展爲讀者簽名。香港版《烏

鴉》由開益出版社推出，僅香港機場多家書報屋，每家都已賣出一二百本，短短幾天共賣出八九百本。在那裡，一位新加坡人拿出六本在中國大陸購買的《烏鴉》，九丹發現都是盜版本，便對那人說：「都是盜版的，你可能也分不清。按理說，我是不能簽的。」她看著那人誠懇而無奈的神態，終於還是簽了名。

九丹剛到香港，友人就給她看七月十三日香港《蘋果日報》副刊。上海女作家衛慧在專欄「上海寶貝」上發表〈瘋了〉一文說：「某大陸作者，女性，有新加坡居住經歷，寫了一本書，大致是寫些在新加坡的『小龍女』（中國妓女），被人冠以『妓女文學』的名號，作者本人也不遺餘力地對媒體作半遮琵琶之姿，似乎還眞有售肉經驗。」，「在北京不小心遇到一個朋友，提到此人，說她欲出價十萬人民幣（約一萬二千美元），請人找門路來禁她書。」

衛慧繼續寫道：「聽後先驚後笑，中國怎麼了？中國的文化圈怎麼了？第一次聽說有人願意出高價來買通官僚禁書的。瘋了嗎？還是被禁書後的衛慧實在遭人眼紅，無意間開了愈禁愈紅的先例。」

衛慧的文章沒有點名，但明眼人都明白，她指的就是九丹和《烏鴉》。九丹讀了後說：「這女人（指衛慧）眞是太傻了。那麼好意思說別人有『售肉經驗』的，肯定不是個好作家，當然，她都談不上什麼好作家。」

九丹對《亞洲周刊》說：「衛慧和棉棉這兩個女人，我都不認識。不過，透過棉棉的作品，我們能

看見她的靈魂。衛慧如果要和棉棉比，從精神上，棉棉是一座大山，而衛慧只是一個小孩撒尿撒出的小坑而已。」

又說：「衛慧說我想出十萬元，買通官方禁掉我的《烏鴉》，這完全是杜撰、是扯淡。到目前爲止，大陸有十多家出版社都爭著要出我的下一本書，我爲什麼要去禁？我希望我的作品有更多的人看到。」

2.她們都是虛偽的女人

「接受訪問，其實不是想說衛慧一個人，她完全構不成我談話的內容。我想說的是中國長期以來，在女作家群裡，都存在一個現象，她們的寫作都在說同一件事：我身上長了一個疤，這個疤很癢，我在撓，不停地撓。其實，她們的癢跟別人沒有關係，她們的撓更與這個時代沒有關係。」

「當然，或許有人說，王安憶和鐵凝她們還是寫了一些百姓的生活，是寫出了社會寫出了文化的，我也承認。但是，她們看起來很大氣的作品，卻沒有充分表達出作爲一個女人的體驗，可以說男性也可寫出那樣的作品來。那麼，連自己作爲一個女性的特點都沒表現出來，就更不用說表達出女人在這個世界上的罪與悔了。包括衛慧在內的這一女作家群，依我看，都是虛僞的女人，我與她們有根本的不同。」

九丹說，她在作品裡沒有像她們一樣跟風跑，掀起文化熱、尋根熱時，就文化一下，尋根一下；傷痕時就傷痕一下，反思時就反思一下。她永遠抓住了人的本質，她作品中的罪惡和懺悔是兩條永遠的平行線。人性有美好的一面，但也永遠有罪惡，因此永遠要懺悔。她說：「我認爲，我比她們當中的任何一位都成功。」

一個値得關注的現象是，《烏鴉》今年一月出版以來，儘管在東南亞掀起了颶風，這股風也開始刮向中國大陸，但迄今爲止，中國大陸文壇還沒有一個評論家主動站出來評論它。九丹認爲，這是評論家怕招惹上「妓女文學」四個字，「他們的靈魂跟衛慧一樣麻木」。

衛慧的文章沒有點九丹和《烏鴉》的名，當《亞洲周刊》採訪衛慧時，她卻再三表示「不願評論」，覺得這事很無聊。

3. 女作家女明星常據頭條

在中國大陸，人們似乎覺得，女作家與女明星相類，常常占據媒體娛樂版頭條，有些「駭人聽聞」的標題和言辭，甚至包括一些相當於「行爲藝術」的行爲，她們的作品也與時尚和流行有關，成爲追逐另類與前衛的年輕人的裝飾品。其中被稱爲「美女作家」的，更自我標榜爲「用身體寫作」。

上海一位文學評論家，與衛慧和九丹都熟稔，他說，中國文壇二三十歲的女作家群，稱爲「七〇年

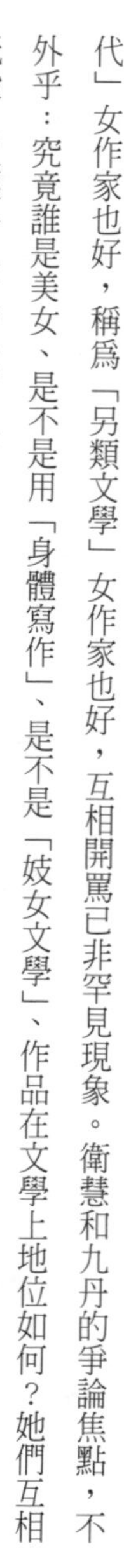

代」女作家也好，稱爲「另類文學」女作家也好，互相開罵已非罕見現象。衛慧和九丹的爭論焦點，不外乎：究竟誰是美女、是不是用「身體寫作」、是不是「妓女文學」、作品在文學上地位如何？她們互相詆毀，反讓外人看作是兩人素質的對抗。

他認爲，兩人的爲人和作品各有千秋。九丹的成功在於包含懺悔，是批判現實主義的深化；衛慧的作品表現了市場經濟充分發展下，人的欲望的新形態，是「另類」，小說表現形式創新，語言功力到位。說到衛慧和九丹的爲人，他說，九丹顯得「誠實」，老實中時露稚嫩；衛慧顯得「慧黠」，在社交圈，她是「尖叫的蝴蝶」。

4.主動迎合窺視的欲望

北京文學評論者元大都說：「『身體寫作』鬧得沸沸揚揚，主要意義其實是提供作秀的姿態，主動迎合大衆窺視的欲望，而對性亂、搖滾、詩歌、藝術、商業的種種描述，是爲了營造時尚的氛圍，也便於局外人心安理得地欣賞這份不屬於他們的『擬想』生活。」元大都認爲，「身體寫作」越是與常態相悖，越有利於她們的走紅，而誇張的虛構很可刺激公衆的想像力，加上「美女作家」可作爲這種想像的寄託，暢銷指日可待。

不過，《上海文學》評論工作者石城卻認爲：「她們的寫作在同代人中相當具有代表性，尤其是她

們對當下另類生活的敏感、參與、表達，有力地呈現出了新一代人的心靈圖景。她們可能是不成熟的、膚淺的，但我們無法抹煞她們面對生活時的那份誠實；我們也沒有理由對她們失望，她們畢竟還年輕，理應擁有自己理解生活的權利，這就是她們存在的理由。」

衛慧向《亞洲周刊》透露，她將於七月二十七日去澳大利亞，八月底去美國，九月底去德國，分別參加當地爲推出小說《上海寶貝》舉辦的活動。目前已有三十多國買下版權。她作品的香港版已有《上海寶貝》、《像衛慧那樣瘋狂》、《蝴蝶的尖叫》等五種，她說，她太忙，還在寫小說，在《蘋果日報》上的專欄，寫了快一年了，她一再表示想停了那專欄，編輯答應減半，如今由一天一篇減至一周四篇。

有人認爲，女作家之間的「開戰」是一種商業炒作。九丹說：「商業性是一個成功的作家不可迴避的因素，沒有一個作家不希望自己的書，儘可能被更多人讀到。只是中國作家有奇怪的清高，一提商業性就渾身不自在。我也清高，但不害怕別人跟我提『商業性』。」至於回擊衛慧，她認爲：「自己是被動反擊，這與商業性操作無關。」

（江迅）

媒體也無聊

不用說，九丹和衛慧的「惡鬥」又給媒體注射了一針興奮劑，一時間，國內外媒體爆炒此事。八月

的美國《世界日報》的「北京觀察」中就此刊文〈女作家之戰〉。

女作家之戰

文人相輕，是中國的老傳統，而作家又兼是女性，可能就要更「相輕」一點。兩位以寫性爲特色，又都被人指爲與「妓女文學」有點關聯的女性作家，近日就遙距發功，互相指斥，使得大陸文壇內外，一時興趣昂昂。這兩位女作家，一位是身在上海的衛慧，一位是身在北京的九丹。

爲何說「身在」？是因衛慧雖然住在上海，但老家則是浙江的小城，只是念完復旦大學後，在上海棲身下來。而九丹則是祖籍江蘇，也是大學畢業後在北京住下來，到新加坡遊學一番。所以兩人倒是有不少共同點，是外省小城奮鬥一番之後到了大都市發展，都是江浙才女，也都是自認爲「美女作家」，作品都以性活動爲最大特色，又都在作品中展示自己的身體或性經歷，作品中女主角的性對象又都以外籍人士爲主。

九丹以前寫過長篇小說《愛殤》、《漂泊女人》，都沒大出名，最近一本小說《烏鴉》才一炮而紅，因爲內容是寫她的「另類留學生活」，即在新加坡一群留學的女子們，也就是被當地人稱爲「小龍女」的女子們，爲了實現綠卡之夢，不擇手段地包括出賣自己的肉體。這本書面世之後，引起了種種議論，

包括衛慧的大罵。

九丹和衛慧都是「用身體來寫作」，如果說九丹和衛慧有些不同，是衛慧有些自戀，恨不得要展示自己的乳房給人看，而九丹自稱是脫了衣服之後，「我不會炫耀自己的乳房有多美，而只想把我的傷口指給別人看」。而衛慧對九丹不滿，大歎中國「瘋了嗎」，指九丹筆法實在差，連被禁的實力都沒有，其作品是政府不會禁的一堆垃圾。九丹對此極爲不滿，說衛慧的作品沒有內涵，太個人和太表面，沒有與中國社會相連接和作出批判，衛慧只是「站在十字路口，撩起自己裙子，讓別人看私處」的女人而已。

衛慧和九丹的對罵，暫時只是一陣隔山打牛，不知還會不會更熱鬧一點，目前文藝界圈子裡的人們，一些是拿來當作笑話講，一些是大搖其頭認爲世風日下，還有一些將其總結爲某種現象。對圈外的人而言，無妨將之當作社會多元化、文化多元化的一種表現。

（雲上風）

文化賭徒

當我們讀完這篇原載於《亞洲周刊》的文章〈九丹到底是隻什麼「鳥」？〉後，就會知曉九丹的「文化賭徒」和稱號是出自何處了。

1. 文化賭徒的「淘金時代」

「衛慧現象」可以看作是世紀末以來最典型的文化症候之一，或者也可以稱之爲世紀末最嚴重的文化事故之一，它所帶來的後果比事件本身要嚴重得多。在我看來，問題根本不在於衛慧本人的品行或其作品優劣與否，對她本人及其作品的道德討伐也是極其荒唐的。現在的情況已經越來越明顯了——衛慧的大暴其名，不僅僅是助長了文學上的虛浮和豔情之風，更重要的是，它刺激起一大批文學寫作者（尤其是年輕的女性寫作者）的強烈的名利欲，一種「一夜致富」的文化賭徒心理惡性膨脹起來。

很顯然，「衛慧現象」等於是鼓勵了文學冒險，而且並非藝術創新意義上的冒險，而是名利上的博彩性質的冒險。一場文化投機，一次針對「成功」的博彩遊戲。這就像資本主義時代初期的淘金者一樣，淘金者往往鋌而走險，以自己的全部家產甚至性命賭一賭可能存在的金礦，要麼傾家蕩產、身敗名裂，要麼一夜暴富。文化賭徒的行徑也與此相似，快速致富和快速成名，在道理上是一致的。這也可以說是一個文化「淘金時代」正在悄然興起。

不擇手段地牟取暴利，是「淘金時代」價值準則。文化淘金大軍中最爲活躍的是那些號稱「美女作家」一群。她們很樂意被人們稱之爲「另類」，在「另類」的名義下瘋狂地玩著色情與政治的雙重博彩遊戲。以露骨（然而拙劣）的「性描寫」挑戰宣傳的禁忌，招致作品被查禁，從而博得「被迫害」或「異議」的名義，進而名聲大噪，身價百倍。而博彩過程中的小小的冒險，不僅有可能帶來更多的利

益，而且為賭徒自己帶來一點點小樂趣和小刺激。更具諷刺的是，在更早一些時候，這樣做是要付出極為慘重的代價的，而在今天，這反倒成為做秀和牟利的手段，可以博取名聲和贏得市場。

2.「烏鴉」，或飛翔的「雞」

在文化博彩方面，新近冒出來的女作家九丹堪稱高手。她的長篇小說《烏鴉》，寫的是幾位在新加坡淪落風塵的女子的遭遇。而九丹所要做的是要挑戰宣傳當局，挑戰衛慧的「身體寫作」。「身體寫作」，這一謊言我不知道是從何時何地開始流傳開來的。所謂「身體寫作」如果在行為藝術的意義上尚且能夠理解，要麼只能看成是寫作的感官化傾向的一個隱喻，否則，恐怕只能是一個謊言。隱喻的意義含混性和多義性，給文化騙子提供了可乘之機。號稱「身體寫作」的那些人，無非是在為自己的俗豔尋找藉口。

九丹的這部半自傳半虛構的讀物，看上去好像比衛慧更誠實，但也比衛慧更笨拙，更缺乏藝術性。充分瞭解妓女生活，充其量比一般人更有資格談論色情，卻未必更有資格談論文學。

如果將《烏鴉》當作一部紀實小說來看，尚有可觀之處。而據九丹本人在接受友人的訪談中稱，她的小說得到了著名作家王朔和前輩批評家李陀的高度評價。這兩位文學界的名流稱《烏鴉》「代表了全人類的作為弱勢群體的女性向整個男權社會和金錢社會發出的一聲吶喊」，並且「很有可能作為一部經

典而存留於中國的文學史中」。我不大相信王朔和李陀眞的說過這樣的話，如果是眞的，那麼，我只能抱歉地將這兩位先生的高見看成是一派胡言亂語。

九丹也完全清楚衛慧的沽名釣譽的手段，甚至在訪談中對此提出了嚴厲的指控，但她本人卻正在變本加厲地重蹈衛慧的覆轍。她對「美女作家」這個名頭耿耿於懷，看上去更像是兩個女人之間的爭風吃醋。這樣，九丹的挑戰只能理解爲她跟衛慧之間的一場豔舞比賽，勝負取決於誰更大膽。「烏鴉」，毋寧說是一隻起飛了的「雞」，正在文學市場的上空作一次短暫的飛翔。

3.「劣勝優汰」：文化商業化的初級規律

今天，靠揣度官方政治意圖來寫作的人已經越來越少了，而揣度文化消費市場行情的寫作者越來越多。

然而，在不成熟的市場條件下，往往是假冒僞劣產品衝擊高品質、高價值的產品。所謂「劣幣驅逐良幣」，或者說「劣勝優汰」，正是商品經濟初級階段的一種特殊現象。今天的文化產品的市場狀況正是如此。這個市場的唯一尺度就是印數和銷售量。據此，衛慧、九丹是成功的。其實，這一現象並非小說界所特有。小女人小男人的散文，余杰等人的思想隨筆和更早一些時候的汪國眞的詩歌，均與衛慧、九丹等人的小說有著極爲相似的外表和文化功能。相比之下，那些高品質的文藝作品則顯得很可憐，甚至

可笑。

看來，在文化的意義上今天也到了一個「笑貧不笑娼」的時代了。

可是，面對這樣一個荒誕的時代，批評的號角卻喑啞無聲，這才是尤其可悲的。

（明話）

在這場「身體派女作家的惡鬥」中，看客甚多，有人幫衛慧，有人幫九丹。案頭正好有這樣的一篇文章。

4.也說九丹和衛慧

九丹有種觀點比較偏激，她認爲世間的每個女人都是妓女。她說，有些女人們不是眞的在做夜總會那個行業，也許有兩個原因，一個就是她們不夠格，就像大學教授一樣，不是每個人都能當成的，另一個原因就是缺少一個因素把她們順引到這條路上來，但從女人都是利用聲色，透過男人而獲得自己需要的東西來看，女人和女人是沒有差別的，女人和女人都是一樣的，從本質上來看都是妓女。

女人是不是妓女我都懶得去分辨，辨不辨都那麼回事。但是至少我認爲《烏鴉》是一本很嚴肅、意義深刻的作品，而且讀了這本書，我也對九丹本人的勇氣也深感欽佩，她是一個坦誠而勇敢的人，就這

一點，就會贏得人們的尊重。

《烏鴉》在書中有很多性描寫，但作家描寫的平靜、隨意而冷漠，「有如面對一尊蒼白的寫生模特兒，不會對之產生任何淫穢、罪惡抑或純潔、崇高之感。」談到這些，我不僅會想起衛慧來，而且還有她的那本垃圾讀物——《上海寶貝》。

比九丹的坦誠、冷漠和高傲來，衛慧是一個地道的下賤貨色。

九丹的性愛和勾引男人是出於生存和「某種理想」，是不得不如此，而衛慧則是地道的因爲自己下賤，是自己誠心送貨上門的。

在九丹眼裡，性就是性，如同吃飯穿衣，是生活的一部分，更是這群女子謀生的一種手段。而在衛慧眼裡，能去當婊子是一件很不容易、很值得紀念和炫耀的事，所以每次她和男人做了後，她都感到激動不已，所以一定要用筆寫下來，好讓每個人都知道，而且爲的就是以後能慢慢回憶那些做愛的細節，就如同衛慧在書中講的：「……保存著每一個與異性接觸的記憶，即使歲月飛逝，一切成爲過去，但這種性愛記憶仍會以經久不衰的奇異光輝朝內裡發展……」

這也不難理解，我猜測衛慧的樣子要比九丹難看的多，記得我在一個BBS中見過網友貼的兩張相片，如果這是衛慧的話，那衛慧眞的稱不上是美女作家。不僅如此，在九丹的《烏鴉》中，九丹很自信的將自己的大幅相片印在書的前面，樣子高傲而冷漠。然而衛慧卻不敢這樣，她僅僅在書的封面的一個

角落裡印上了她的相片，而且是那種帶著這朦朧鏡頭的明星照，像衛慧這樣招搖的人，如果她很漂亮，她還不早把她搔首弄姿的相片大大地印在《上海寶貝》上。

我個人猜測，也正是因爲衛慧比較醜，所以她才會如此的炫耀自己的性經歷，九丹則不會。九丹是個美女，美女是不會輕易和人上床的，如果她輕易和人上床的事傳出來，會很跌自己的身價。美女那有那麼傻的，美女就是要陪那些有身價的男人的。而衛慧不是個美女，像她這樣相貌平平的女人，要賣個好價錢就不太容易了，而且一般人也不會想到衛慧能賣個多好的價錢。然而令人意外的是，衛慧還眞的賣給了好多男人，有什麼知名設計師、什麼日爾曼種的德國人，衛慧一下子就激動起來，所以她一定要把自己的那些淫蕩經歷告訴別人，好讓那些曾經瞧不起她的人們來看一看。

當然，這只是我的胡亂猜測，沒有啥根據，只是根據我對女人偏激的看法。不過九丹倒也評價過衛慧（當然沒有指明），九丹是這麼說的：「實際上我從一些女作家，儘管她們現在很流行，我仍然看到了她們的虛僞，仍然看到了她們在無限地杜撰自己所根本沒有體會過的生活……不管她們號稱自己是什麼代，也不管她們說她們現在已經把所謂的另類生活表現得有多少了，我認爲她們是不成功的……」

我認爲九丹在閱歷上要比衛慧成熟得多，衛慧在《上海寶貝》中就像個孩子，就像老村講的「一個剛吃過肉（性放縱）的孩子」，所以她才禁不住去嚷嚷，我想有一天衛慧老的時候，回想起她寫《上海寶貝》時的德行時，她會感到慚愧的。

話說回來，《烏鴉》的確是一本很嚴肅、意義深刻的小說，很震撼人，特別是對於我。只是我覺得九丹關於「每個女人都是妓女」有些偏激，因爲我認爲能稱得上純潔的女人還是有的，雖然在現實中少之有少。

（無人島）

來自世界各國的消息

雖然討論是各種觀點大交鋒，但希望中國人形象在世界上有一個大改觀確是參與者的共同願望。

——《中國青年報》

在這裡，儘管來自各國關於「烏鴉風波」的報導文章足有一尺多高，但因爲翻譯不力，我們只能隨意選用幾篇中文稿件。

這是一篇發表在美國《世界日報》上的文章。

1.《烏鴉》、移民文學及其他

這次回上海，在周莊的書攤上，買了兩本書。一本是所謂的新新人類美女作家棉棉寫的《糖》，一本是現在引起轟動的《烏鴉》，是曾經到過新加坡生活過兩年的女作家九丹寫的。

這兩本書的相同點，都是赤裸裸地寫性，用國內時髦的文學評論語言來定位，則是「用身體寫作」，而且都是透過女性的眼光和感受來描述的。但這兩本小說的不同之處是，棉棉寫的是中國現代大都會中一批頹廢而又憤世嫉俗的女孩如何在「性」中沉溺不拔的境況，但是，九丹則批評棉棉這樣的作家很虛僞，她們在撒謊，她們在杜撰，她自己則透通過新加坡的「留學生涯」，來描述女大學生如何透過自己的「身體」在異域獲得綠卡金錢，以及彼此之間在男人中與爭寵勾心鬥角的糜爛圖畫。

由於九丹的書在新加坡熱賣，書中又暗示幾乎所有去新國的人都是「講不清道不白」的「小龍女」，所以遭到了那裡大陸女性的同聲指責，批評九丹的小說是一竹竿打翻一船人，是搞妓女文學。但是九丹不認爲如此，她說：「我筆下的那些女人，她們是不是最壞的女人？難道說她們會比你的姐妹或者你熟悉的女人更壞嗎？不是的，女人就是女人，她們爲了生存，爲了生活能夠好一些，於是有了理想，這個理想又成了她們的包袱，漸漸地這個包袱成了她們背上的罪惡，成了她們身上永遠也卸不下去的十字架。」

我的一個好朋友說，棉棉的小說，只是把她們這類人的頹廢生活用文學呈現出來，沒有說教和煽動，就像她們的身體，躁動了就想發洩，所以比較簡單；但九丹的小說，有她的野心，她想顛覆既有的女性形象和關於女性的觀念，而在這一過程中，她自然就可以成爲代言人和旗手，所以比較複雜。九丹的小說，對留學新加坡的大陸女性以及新加坡本身有太大的概括性，所以爭論也很大，甚至有人說這本書微妙地影響了兩國關係。

由於《烏鴉》是留學和移民小說，所以與我們北美也有關係。我一向認爲，文學是多元的，社會是多元的，文學表達的社會也是多元的。大家不必主動去對號入座。在北美，也有來自大陸或其他地方的女孩子，用婚姻或者自己的身體來換取綠卡金錢甚至性的刺激，文學自然要表現這些人性，用棉棉小說中的語言來說：「我們是碎掉的人，我們需要動手術。」

文學的表達，在某種意義上是在發揮手術刀的作用。但這不是全部。像嚴歌苓的移民文學小說，就會表現相當深刻的東西文化衝突的內在張力，以及它在具體人際關係和移民生活中的表現，從而使其小說人性的刻畫，除了原始的欲望之外，有了更豐滿的文化宗教等內涵。同樣，我朋友孫博的移民小說，常常會比較兩岸三地華人在北美這個人生舞台上的不同演出，從而使華人這個抽象名詞具有了血肉的多元形象。

但我們必須看到，確實有些在亞洲本土發表的移民或留學作品，迎合讀者的偷窺心理和獵奇心態，用局部來有意識地涵蓋全體，形成了一種隱藏的「意識形態主題先行」的寫作模式，這就會誤導亞洲本

土讀者對海外情況和移民留學生的錯誤偏見。但是，要改變這種狀態，不能靠謾罵一些作者和作品，而是要倡導好的文學評論，給讀者指點迷津。但更重要的是，鼓勵更多的人拿起筆來，豐富移民和留學文學的創作，呈現一個完整的畫面。

（丁果美國《世界日報》）

2. 過度清潔與抵抗力

法國華人沙中水也撰寫到：

記得有一篇關於新加坡的報導曾經說，由於新加坡自然環境與生活習慣的過於清潔，正在使新加坡人對疾病的抵抗能力降低。如果事實果眞如此，這確實是自然法則對新加坡人開了一個很大的玩笑：「努力去追求，卻得到了其反面。」

近日以來，由於一個曾旅居新加坡的中國女子，寫了一本關於「海倫們」在新加坡生存狀態的小說，一時間竟如石塊落水，激起層層波浪。

如果說新加坡自然環境過於清潔使得人們抵抗力下降的話，那麼社會環境的「高度清潔」，也使人們變得容易大驚小怪，儘管這種社會環境的「高度清潔」，常常是虛幻和想像中的，更容易導致新加坡人沒有勇氣面對眞實，所以才如此「驚訝」！

我相信，任何一個社會，如果把它的本來面目百分之百地呈現在大家面前，都會覺得難以想像的，這就更難怪新加坡這樣一個文明國度也如此了。

從九丹的《烏鴉》，我一下想到了法國也曾轟動一時至今餘波蕩漾的容古夫人事件，她也寫了一本大膽的書，叫《共和國的妓女》，事實上容古夫人並沒有像海倫們那樣作大衆的用具，她只是爲了一個集團和個人的利益，利用了她的情人身分，但她把自己說成是妓女。

我想如果海倫們有那樣的條件和機會，她們可能更願意作「共和國的妓女」。由此可見，生活在地球上的人們，爲了一個共同的目標——富裕和幸福，各自在相差巨大的環境和條件下忙碌著，並常常爲了遠處那個目標，要承受眼前的巨大困境和心理折磨，甚至是別人看來的污穢與低下。

這幾天大家的文章裡都在談哲學意義。如果從哲學上說「存在就是合理的」話，我們是否也可以得出這樣一個命題：新加坡「烏鴉」存在之合理性，在於有需要烏鴉存在的社會環境。

另外，我說的「存在即合理」，在哲學上此「合理」，並非意味著正確與高尚等，我想哲學上的「合理」無非是說「存在」有其「基礎」作爲支撐。正因爲社會是極其複雜的，才有海倫們的生活方式。追求富裕和幸福當然不一定像她們那樣靠出賣肉體，而且事實上絕大多數女性並非像她們那樣活著，我們還應該做出努力儘量減少這樣的行爲和現象。

但同時也應該注意到，妓女乃是人類最古老的職業之一，它的存在已經幾千年。義大利龐貝古城遺

址中的妓院以及嫖客們在牆上的留言曾讓我驚歎不已，而荷蘭阿姆斯特丹的人體櫥窗在二十一世紀的今天仍大行其道。我只是想說，妓女話題很不新鮮，這樣的一部小說也沒有什麼新鮮。這樣的小說出版更沒有損害新加坡的形象，我對新加坡並不是十分的瞭解，但我並沒有因為一部小說就覺得新加坡更好了或是不比從前，甚至可以說目前和未來的新加坡與其他國家相比依然會「高度清潔」。但清潔永遠是相對的。

（《聯合早報》）

3.「烏鴉」不敢飛回新加坡　《烏鴉》激怒星華裔婦女

儘管簽名售書是最好的促銷方式，也是許多作家特別是新手求之不得的事情，但大陸作家九丹仍然放棄了新加坡對她的新書《烏鴉》簽名售書的邀請，她害怕那裡憤怒的女人會給她難堪，因為她在書中描寫那裡的許多中國女人為了金錢而當妓女。

《亞洲新聞》說，她描寫了類似她自己的大陸人在新加坡的經歷。她們本來是去學英語，但心目中的目標只有一個：「找個富翁」。有些人到夜總會當女招待想碰上個意中人，一名過去的記者當了一名前政治家的情人。儘管書中情節都是虛構的，還是有許多中國婦女認為《烏鴉》誣衊了她們，寫信或者打電話給出版社，在網路上發表批評意見，攻擊九丹不知「羞恥」。

報導說，一名與當地人結婚的中國女人饒巧宏（音譯）說，這對來到新加坡的中國婦女非常不公平。因爲這本書，這裡的人和家鄉的人都開始對她們有懷疑。出版這本書的新加坡玲子傳媒公司和武漢的長江文藝出版社都受到讀者批評。北京一家店主羅麗顏（音譯）說，「那是一種骯髒。也許有那樣的姑娘，但她們肯定是少數。九丹那麼寫，好像所有中國婦女都是那樣無恥的淘金者。」上海一前衛女作家則說：「某大陸作者，女性，有新加坡居住經歷，寫了一本書，大致是寫些在新加坡的『小龍女』（中國妓女），被人冠以『妓女文學』的名號，作者本人也不遺餘力地對媒體作半遮琵琶之姿，似乎還眞有售肉經驗。」

對此，三十三歲的九丹說，她的書並不是自傳，儘管她承認她在那裡更關心的是找男朋友而不是學英語。她說，她的男朋友有五部汽車，包括賓士和寶馬，但他們最後還是不愉快地分手了。但她認識的人仍然非常氣憤，包括她的前男朋友，說在書中看到了他自己，感到丟臉。

報導稱，九丹目前單獨於北京居住，在一家電視雜誌社當專欄作家。儘管有爭議，但《烏鴉》的銷路很好。新加坡玲子傳媒公司最初印刷兩千冊，目前正在印刷第五版，這也是玲子傳媒公司首次印刷第五版。中國銷量已經超過六萬冊。

（《香港商報》）

第七章 「烏鴉」震盪中國

在新加坡的「烏鴉風波」鬧得沸沸揚揚的時候，北京正是滿城飛絮。很少有人知道轟動新加坡的「烏鴉風波」。

雖然說這些年，中國的新聞界早已不再麻木遲鈍，但對於發生在國外的新聞事件還並不關心，這點，和美國、德國、法國等「具有狗一樣的嗅覺」的媒體比較起來，中國對新聞的敏感性似乎還缺上若干個等級。

但也有幾起例外，實屬是敏感得又過了頭。一是在此期間，《環球時報》的記者曾對九丹進行過一次採訪，並約來新加坡和中國文學界的有關文章，特地就「烏鴉風波」做過一整版的報導，沒想到臨近簽版時，此版突然被斃，具體原因尚不知曉。二是北京那份號稱「那裡有新聞，那裡就有XX報」的《北京青年報》，這個報的文化版和教育版的記者曾經分別採訪過九丹，兩大塊整版也都是在簽版時被斃掉，具體原因我們同樣也不得而知。

其實，中國的新聞界早已不再是當初一切以政治爲中心的新聞界，隨著這些年的改革開放的深入，

中國的新聞界也發生了前所未有的變化，這點以廣東一帶的媒體尤爲明顯。

眞正將「烏鴉風波」引回國內的也正是這些南方的媒體。

南方媒體的三場對話

比衛慧、棉棉更甚，九丹被罵爲「妓女作家」，而她最新的稱號是上海一位評論家送給的——「文化博彩的高手」。

——《南方周末》

七月，熱鬧非凡的「烏鴉風波」終於滲透到了國內。

其實，細心的讀者也許會發現，自《烏鴉》在一月的圖書訂貨會被推出後，國內的媒體對此也曾有過報導。比如這篇發表在六月二十日的《中華讀書報》上題爲〈女作家九丹小說《烏鴉》東南亞刮起旋風〉的文章。

女作家九丹的長篇小說《烏鴉》於北京圖書訂貨會推出後，在國內市場半年內銷售了一萬冊，與其他動輒銷售十幾萬冊並登上全國銷售書排行榜的長篇小說相比，這個數字並不算多，但是，這本書卻在

我國港台地區及海外華人圈內刮起了一股旋風，新加坡、香港、台灣的出版商紛紛看好這本書的銷售前景，爭相購買了這本書的版權。

《烏鴉》描寫的是一群中國女孩在新加坡謀生的故事。小說描述了中國女人在海外境遇的思考，展現了她們對理想生活的嚮往，以及在追求這種生活的過程中所暴露出的種種自身的罪惡和對罪惡的懺悔。由於作者本人曾在新加坡生活過，所以小說帶有一定的紀實風格。這部小說在國內出版後反應不一，作家九丹認爲自己的小說儘管也寫到了性，寫到了生與死，愛與恨，但那是對眞實生活的藝術化，絕對不爲富國的嚮往，一批在海外追求幸福與理想的女人在展現自己、陷入飛蛾撲火的境地的同時所犯下的錯誤。在自省與懺悔的小說中，九丹認爲自己是「女性自剖的第一人」。

在新加坡舉辦的世界書展中，由新加坡玲子傳媒公司出版中文簡體版後的《烏鴉》，短短五天內首印的兩千冊就被搶購一空，高居新加坡圖書排行榜的榜首，從而成爲母語小說在新加坡出版發行的一個神話。該書的出版在新加坡掀起了巨大的波瀾，媒體競相報導，新加坡地位最高的英文大報《海峽時報》竟連續幾周把這本中文版的文章作爲頭版的重要新聞，這對中文書來說是非常罕見的。香港天地圖書公司、開益出版社、香港2000出版社專門到長江文藝出版社洽談購買版權，於近期在香港同時推出中文繁體字版和英文版，另外此書還將陸續推出法文版、德文版、義文版。香港《蘋果日報》、美國華語廣播電台、亞洲《新聞周刊》、《海峽時報》、《聯合早報》、《南方都市報》等多家媒體都對這本書在

東南亞地區受到歡迎的盛況專程給予了報導。

（記者張靖）

類似這樣的報導在《作家文摘》、《中國青年報》等報也有不少，但因爲零零落落，當時並未引起人們的注意。再說，長江文藝出版社一向以嚴肅謹慎爲主，對於圖書的炒作行爲似乎並不喜好。可以這樣說，若不是因爲《烏鴉》在新加坡鬧出的風波，至今，也不會有人注意到茫茫書海中居然會有這樣的一本書。

回顧《南方都市報》和謝有順的對話

如果你翻開二〇〇一年《南方都市報》，你會發現這份在南方頗有影響的大報早在今年四月份就曾對九丹的《烏鴉》有過一篇詳盡的採訪報導，這是就職於該報的青年評論家謝有順和九丹的一段對話。重讀這篇題爲〈《烏鴉》究竟是一部怎樣的書？〉一文，你不由得會對南方媒體的遠見刮目相看。

1. 關於女人和女作家

謝有順：「在談到你最近這部引發了較大爭議的長篇小說《烏鴉》之前，我想知道，你怎麼評價當

下女作家？」

九丹：「當下的女作家，從七〇年代到八〇年代到現在的九〇年代，不管她們表面上有多麼深刻，她們讀了多少書，或者說她們的社會地位有多高，或是財富有多少，有一點，她們無一例外是女人。做女人的時候就會受到她們作爲一個女人的方式的影響，因爲女人是喜歡穿好看的衣服的，女人是喜歡花花綠綠的顏色的，這時候就避免不了這些女作家都不約而同地在不同的房間，不同的窗口，在不同的睡衣下，面對這個世界抖動著翻看著她們的花衣裳。她們一件件地翻看著她們的花衣裳，她們美化自己，她們以種種方式炫耀自己，可是她們在炫耀和美化自己的同時，沒有想她們人生最本質最眞實的經歷是什麼。」

謝有順：「你難道不是這樣的女人嗎？」

九丹：「當然，我也是一個女人，我也曾經有過自己的花衣裳，但是我和她們的區別在於我沒有在所謂另類的招牌下拼命美化自己，我比其他美女作家要坦誠一些，因爲是我寫出了女人最本質的東西。在這點上，我區別於那些騙人的女性主義者們，更區別於那些不夠格的女作家。」

謝有順：「可是也有很多很年輕的女作家她們也很眞實的表達了她們那樣的生活，你不認爲你這樣說有欠公平嗎？」

九丹：「當然，有些女作家因爲寫出了關於自己的一些事情，一時間比較走紅，但我從這樣的女作

家（儘管她們現在很流行）的身上，仍然看到了她們的虛僞，仍然看到了她們在無限地杜撰自己所根本沒有體驗過的生活，她們根本就沒有把人生的這些最有價値的東西很好地表現出來，因此像這樣的女作家，不管她們號稱自己是什麼代，也不管她們說她們現在把所謂的另類生活表現得多張揚、多另類、多新新人類，她們都是人，只要她沒有很好地表達人身上本身最本質的精神細節，我認爲她就是不成功的。」

2.關於罪惡和懺悔

謝有順：「有人看了你的《烏鴉》之後，感覺你是在醜化中國女人。你怎麼看？」

九丹：「剛才我已經說了，許多作家的作品都是經過了精心美化的東西，這並不眞實，並不本質，但我的《烏鴉》是在建立在我自己的生活經驗基礎之上的，我完成了對人的一個基本狀態的思考。它不是醜化中國女人，而是非常眞實地揭示女人身上的一些罪惡的東西。如果說有人把另一個人身上罪惡的東西表達了出來，難道我們就說他是在醜化另一個人嗎？」

謝有順：「你說的罪惡這個主題很有意思，你是怎麼看待罪惡兩個字？」

九丹：「有人的存在，就有罪惡的存在；有罪惡，就需要懺悔。人或多或少都是要犯錯誤的，甚至要犯罪的，人由於自身的弱點，似乎天生的就要對社會或者對別人會構成一種傷害，你承認也好不承認

也好，你只要為獲得你自己的利益去掙扎去努力去流淚，這時候實際上就已經對別人相應地構成了傷害，這就是你所犯下的罪惡。可是我的那些女性同胞們沒有一個是承認的，她們不願懺悔，她們不願分析自己的內心，她們沒有仔細地去體會去檢查在她們的眼淚裡究竟含的是什麼東西，含的難道說都是純情的委屈，都是聖潔的露珠？還是這個眼淚是複雜的，是混雜的，裡面有自己的委屈，有的時候是真的委屈，是別人傷害了你，但也存在著別的東西，比如說是你傷害了別人，你給這個世界所犯下的許多一想起來就要懺悔的事情。」

謝有順：「中國似乎缺少你所說的懺悔的傳統和精神資源。」

九丹：「對，中國人缺少宗教裡面所應有的一種懺悔，尤其是中國的女人更是缺少這種東西。可是女作家們，如果她們也像一般女人那樣，去寫一些風情，去寫一點所謂小鎮上的小歷史，去寫上一些風俗俚語，去寫一點男人和女人間的平庸故事，去寫一些她自己所曾受到的一點小小的傷害，而沒有把存在意義上所談到的東西和一種巨大的分析巨大的對自己的批判精神結合起來，我認為她們是失敗的，就這一點而言，我認為我比她們都成功。」

3. 關於真實和謊言

謝有順：「聽說你在新加坡生活過多年，是這樣的嗎？」

九丹：「曾有一段時間出國成了一種時髦，成了一種時尚，去了美國，去了英國，去了加拿大，去了日本，去了澳大利亞，去了新加坡，去了香港等等，去了所有這樣一些國家的人，當他們回來的時候，不管他們混得好還是不好，他們都已經開始露出了他們的洋裝，開始學著外國人的姿態去說一些OK，聳聳肩膀擺擺手，他們甚至於開始說中國的這呀那呀不好，其中也有一些是做文化的女人，她們回國後，本能使她們要把自己出國的目的以及回來的目的拚命地去美化。面對這樣的一些人，我內心是難過的。我難過的是，我也曾經加入過這樣的潮流，也是這樣去的，也是這樣回的，她們也是跟我一樣，然而，大家共同把自己的生命消耗在國外那麼一些年，爲什麼面對自己曾經有的一段生活，在表達的時候不能眞實一些呢？」

謝有順：「或許他們都信仰『生活在別處』，而別處這個神話是不能戮破的。」

九丹：「對，很多人回國後，那些撒謊騙人事情好像都忘了，向別人展示的是那些經過了美化的東西。對於這些美化的東西，我們已經看得夠多了。我們經歷了太多太多了，聽到了許許多多的女人們不厭其煩地、絮絮叨叨地、一遍一遍對我們說起了她們在國外去過的一些景色非常優美的地方，享受的一些品質非常高的生活，碰到過一些多麼具有紳士風度的男人或者女人們，還說她們在國外聽到了一場很棒的音樂會，在音樂會上，她們爲鋼琴聲爲小提琴聲流淚了，每當我聽到這樣的女人對我說這樣的一些話的時候，我就覺得她們太噁心了。所以我在《烏鴉》中就是要撕破她們的僞裝，把她們的最眞實的眼

淚表達出來。」

謝有順：「眞實的眼淚在你眼中究竟是一種什麼的淚？」

九丹：「我舉個例子，我在新加坡曾經有過這樣一個女同學，她的爸爸媽媽都是中國部長級的幹部，不知他們從那裡弄來的錢，使她在國外能夠維持一種非常好的生活，維持住一個公主般的驕傲，可即使是這樣，當她碰見一個新加坡男人並想要嫁給他的時候，在她的臉上在她的眼神深處在她故作輕鬆的笑容裡面，我仍然發現了哀求的表情，發現了她和那個男人之間的不平等。她尙且如此，何況是像我們這種有些貧寒的女性知識分子？我們出國後靠什麼？我們爲什麼要出國？我們想得到什麼東西？——我眞是想在《烏鴉》一書中，跟出過國和即將出國的女人們探討一下，你們究竟想要什麼？你們究竟是一種什麼樣的女人？你們難道說在生活裡面會僅僅爲音樂會上的鋼琴聲或小提琴聲流淚嗎？更多的讓你們流淚的東西是些什麼？」

謝有順：「也許時間久了，誰也藏不住自己內心裡的眞實。」

九丹：「她們騙不了我，她們內心想要的東西其實跟我筆下的跟我見過的跟我所體會過的很多女人是沒有多大差別的，然而她們在撒謊。當然她們撒謊是她們的自由，她們作爲一個普通的女人，想要自己生活得更好一些，就要繼續撒謊下去，她們騙男人，她們騙社會，她們明明心裡面想著錢，嘴裡卻說的是小提琴，或者說是詩歌，說的是IT，說的是網路，這我都不怪她們，因爲她們是普通的女人，她

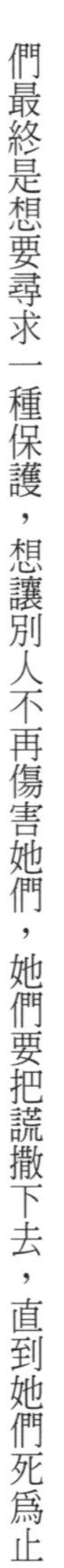

們最終是想要尋求一種保護，想讓別人不再傷害她們，她們要把謊撒下去，直到她們死為止。」

謝有順：「你的意思是作家不可以這樣？她應該比普通的人更富有道德？」

九丹：「我想說的是，我的女作家同行們，當你們面對你們所經歷的生活，你們也像其他的女人一樣視而不見？你們很眞實地表達了自己的時候，卻恰恰把你們的衣服一件件地脫了說，看我的乳房多美，我的胸部皮膚多麼好，我的脖子直到現在還年輕，你們看，我的手是經過修剪的，我的腿也是經過了修飾的……作爲一個女作家，這樣做是應該的嗎？我不反對你們把衣服一件件剝開，讓男人或讓這個世上的一切人看。但我想除了你們的肉體之外，希望你們能夠坦誠到讓周圍的世界看到你們的內心，看到你們所有過的非常眞實的一些故事，這樣的故事之所以能夠打動我們，是因爲它反映了一個女人最本質的東西。對不起，我的女性作家朋友們，我比你們先走了一走，我做到了這一點，而你們做不到，你們永遠拿著你們的花衣裳去招展，去對這個世界說，我很美，我的外表和我的內心都是美的，就像契訶夫說的一樣。」

謝有順：「有人說《烏鴉》這本書是一個女人對男人所主宰的社會對金錢所主宰的社會的一聲吶喊，它是嗎？」

九丹：「我本人認爲我不是吶喊，這僅僅是我自己的呻吟。甚至於在我自己撫摸著自己的傷口的時候，已感覺不出來更多的疼痛。一個經歷過像我這樣的事情的女人，已經沒有力量去吶喊了。默默地甚

至於儘可能平靜地把這樣一段生活表現出來，我就覺得很夠了。」

謝有順：「《烏鴉》一書是想把女人比喻成烏鴉嗎？如果是這樣，難道你沒有想到由此會得罪一大批人嗎？」

九丹：「的確，《烏鴉》說的是一群中國女人，她們對中國的男人失望以後，又跑去找國外的男人，她們以爲國外的男人不會讓她們失望。結果發現，只要有人的地方，就是男人和女人互相衝突的地方，也是男人和女人互相交流的地方，交流和衝突的最後，就導致了這個女人和這一群女人的更大的更深的更加無限的失望。失望過後，她們就殺人。她們不是壞女人，不是的，女人就是女人，她們爲了生存，她們爲了自己能夠生活得好一些，於是她們有了理想，這個理想又成了她們背上的包袱，漸漸地這個包袱成了她們背上的罪惡。罪惡終於成爲一個女人身上的永遠卸不去的十字架。」

4. 關於妓女和妓女文學

謝有順：「你關注的重心還是罪惡？」

九丹：「對，我無意把烏鴉比喻爲女人，更準確地說，《烏鴉》就是一本關於女人的罪惡的書，一本關於女性知識分子的罪惡的書。它與以往任何女人所寫的書不同，因爲在那些女人的筆下所流淌出來的都是她們所編織出來的貌似苦澀的浪漫故事。而只有在我這本書裡，你能夠看到一個女人的內心究竟

在想些什麼，是什麼東西才使她們眞正去哭，去笑，是什麼東西讓她們去死，又是什麼東西逼得她們去殺人。」

謝有順：「這本書的副題是『我的另類留學生活』。可我甚至聽過有人把你的《烏鴉》稱爲妓女文學，你怎麼看？」

九丹：「我認爲這很正常，前些天，長江文藝出版社爲他們的新書開了一個新聞發表會，當時有記者就問我怎麼看待這樣的問題。實際上在我寫這本書時我已經感到當別人看了這部書以後，會把書中女主角和寫這部書的作者都看作是妓女，我對這個說法無所謂，重要的是我在這本書中完成了我對女人、人類的基本生存狀態的思考。至於我是作家還是妓女，那得由看過這本書的人來評價，我九丹就是我九丹。在那個新聞發表會上，有記者問我如果有人把我當作妓女作家，你承不承認？我說妓女作家是你們提出來的，我當然不承認，但是面對這個問題，我只想請你們能不能公平一點，請你們在你們的周圍找一個乾淨的女人出來，找一個天使出來，那怕是一個，我也想看一看，包括你們的姐妹。」

謝有順：「我明白你的意思，你是說，在本質意義上，大家都是污穢的，西方所說的原罪，就是這個意思，沒有人生來就願意在骯髒的行業裡討生活。」

九丹：「我甚至在想，一些女人們之所以沒有在夜總會幹活，也是有原因的，一個就是她們不夠格，就像大學教授一樣，不是每個人都能當成的，另一個原因就是缺少一個因素把她們順引到這條路上

來，但從女人都是利用聲色透過男人而獲得自己需要的東西來看，女人和女人是沒有差別的，女人和女人都是一樣的。因而我們沒有權利去鄙視那些不走運的女人，沒有權利去鄙視那些倒楣的女人，沒有權利去鄙視那些犯了罪的女人，因爲我們都是一樣的，我們不應該感到自己是乾淨的，而別人就是骯髒的，我們要乾淨就一起乾淨，要骯髒就一起骯髒，要卑鄙就一起卑鄙。關於這個問題我不想和任何人爭論，我只想把這些主張表達出來。」

謝有順：「這眞是有點驚世駭俗了。不過我想，你能在《烏鴉》小說中充分表達出自己對人的這一與衆不同的理解，也算是一種成功吧。」

從這一大段對話中，我們和謝有順一樣震驚於九丹那驚世駭俗的觀點。

《深圳青年》封面報導

《深圳青年》在七月中旬的這一期的封面人物就是九丹，題爲〈沉淪與高貴〉的文章是該刊資深記者王紹培透過網路對九丹進行的採訪，全文如下。

王紹培：「我們先從愚蠢的也是不愉快的問題開始吧。」

九丹：「好吧。」

王紹培：「儘管你一再聲明《烏鴉》不是紀實，不是自傳體小說，不是新聞報導，九丹不是海倫，不是妓女，但是有些人還是有一種強烈的『閱讀偏好』，要在作者九丹和小說中的人物海倫之間畫等號，對此你有什麼話說？」

九丹：「說這種話的人應該是感到害臊的。難道我們在大學裡沒有學過文學理論，沒有學過文學史？我們在看《安娜．卡列尼娜》時，當安娜最後臥軌時，你會愚蠢地認爲那是寫的她自己個人的經歷嗎？我們在托馬斯．哈代的《無名的裘德》時，當我們看到他的悲慘的命運難道眞的會認爲他的悲慘僅僅是指他那個時代嗎？當我們在看《靜靜的頓河》中的阿克西尼亞時，我們還會說她是個婊子嗎？儘管在她的生活中有過好幾過男人。」

王紹培：「他們可能學過，可能沒有學過，但是，你得承認現在有些人的閱讀習慣就是這樣。這是不是《烏鴉》所以搞得沸沸揚揚的一個原因呢？」

九丹：「有那麼多偉大的作品擺在我們面前，我們卻還要說九丹在烏鴉裡僅僅寫的是她個人的生活，僅僅是反映了幾個婊子的故事。這是多麼地愚蠢。如果人們忘記了《安娜．卡列尼娜》、《無名的裘德》、《靜靜的頓河》等，那麼請回去再讀一讀吧。」

王紹培：「你曾經強調這本書運用到你的『經驗』，但並不是你的『經歷』。你怎樣區別這兩個概念？有個叫『蓉子』的作家說，除非書中的那些事是一種經歷，否則不可能寫得出來，你認爲她說得對

嗎？」

九丹：「鬼才認爲她說的對。一個作家居然這樣提問題，眞是讓我沒法說，我們在精神上不是對等的。」

王紹培：「她應該是新加坡的一個作家吧？蓉子還說王朔委婉地表示這本書是你的懺悔，王朔是不是說過這樣的話？如果他說過，你是不是同意呢？」

九丹：「王朔怎麼可能像她那麼蠢。這簡直是對他的侮辱。如果你親自去問問王朔，九丹兩個字他肯定是不那麼輕鬆地出他的口，他一定是把我劃爲好作家之列。他罵過很多人，但不輕易罵漂泊女人，不僅不罵，還爲她說好話。」

王紹培：「顯然，媒體和讀者有興趣進行一種『實證主義』的閱讀，他們已經在對你進行『作者考古』，隨著時間的推移，你在新加坡生活的點點滴滴都有被人講出來的可能，你的本來處在幽暗中的過去會呈現出來，對這樣的前景，你感到擔心或者害怕嗎？」

九丹：「我不擔心。是什麼樣就是什麼樣。我不在意。」

王紹培：「九丹，你可以回答得細一點，我想我們這個訪談最後會被很多人看到，這也是你答覆他們的一個機會。」

九丹：「怎麼細？難道要講過去的經歷？是怎麼跟男人泡的？」

王紹培：「不一定是在這個方面。或者在精神的層面上吧。我繼續問吧。你認爲，一個中國女孩，到了新加坡那樣的地方，面對生存、生活、學習的壓力，如果她有幾分姿色，再加上工作的機會不是很多，那麼，她是不是很容易地想到要利用自己的女性魅力，找一個富有的新加坡男人，把戀愛和打工結合起來？」

九丹：「這個問題提的本身是有些簡單的。我想強調的不是她生活得好或不好，女人隨時隨地都在利用女性本身的魅力。這是生理的緣故。男人有男人的活法，女人有女人的活法。而中國的女性主義者卻總是用她們所謂的女性主義文化來捍衛所謂女人們的利益，眞是讓人無法理解。這些所謂的乾淨的女人們可曾爲她們骯髒的女性夥伴們認眞地做點事情，那怕是一件小事。根據我的個人經驗，在這個世界上，最恨女人的人首先是女人。」

王紹培：「在新加坡留學的女孩是不是有兩種可能，一種是度過曖昧的這一段，向上發展成爲鳳凰，另一種是向下沉淪成爲『烏鴉』。《烏鴉》的用意之一，是不是向那些鳳凰說，雖然你們已經貴爲鳳凰了，但是，你們的心裡是有傷的，你看，這就是你們的傷？你其實是想揭露她們嗎？」

九丹：「不光是在新加坡，在世界任何一個地方，女人是怎麼活的我們到現在才想去眞正探討它，是不是一種悲哀，起碼是文學上的悲哀。」

王紹培：「事實上，你對海倫寄予了很深的同情，很複雜的情感，雖然她沉淪到了底層，雖然在她

的身上有很多糟糕的東西，甚至是下賤的東西，比如她賣淫、說謊、偷竊等等，但是，就算是這樣，你實際想說的是，海倫其實比很多女人都要高貴？」

九丹：「因爲她承認自己有弱點，有骯髒，所以她是一個精神上高貴的人。我在新加坡版的後記裡說在哲學上女人都是一樣的都是妓女。這句話是有前提的，如果那些所謂的鳳凰們覺得自己是高貴的，覺得自己是乾淨的。」

王紹培：「你是否認爲海倫的高貴在於她始終還保持對那個原初的理想世界的記憶，同時，她看見這個世界的崩潰，她在很多時候參與加快了這個世界的崩潰，爲的只是看見這種崩潰所造成的痛苦？海倫所以高貴的另一個原因是，她在沉淪的時候並不興高采烈或者心甘情願，她有很強烈的沉淪的痛苦？」

九丹：「她也承認自己是卑下的，她不那麼好意思地去批評別人，或去指責這個社會，把責任推在社會上。所謂的鳳凰們在精神上怎麼可能去跟海倫比？海倫是美麗的，儘管她的命運是不幸的。一個女人難道說非要跑到夜總會才叫做妓女嗎？當她們成爲一個公司的要員或者一個名人去面對別人微笑時，難道她們就忘了自己曾經做過的一些違背天良的事情？那怕是一件怎麼就能忘記了這一件？那怕是一個念頭怎麼就忘了這一個念頭？」

王紹培：「是啊。實際上這是你之所以是一個優秀小說家的原因。你知道靈與肉的區別。無可救藥

的女人認同她們扮演的角色，但是，海倫在沉淪的同時在痛苦……」

九丹：「如果是因爲她們自己智力低下的緣故，從來沒意識到自己的卑污，你又怎麼有權利去指責那些能夠全面認識人類本質的智力絕對超凡的人？」

王紹培：「有個寓言，說一個牧師每天看見妓女接客，很羨慕她；那個妓女看見牧師每天布道也很羨慕他。他們死後，牧師下了地獄，妓女上了天堂。這個寓言的寓意就是要分別靈和肉，你認爲是嗎？」

九丹：「是的。很多都在於人的意識。」

王紹培：「不過一般世俗的見解，烏鴉就是烏鴉，鳳凰就是鳳凰，這個界限明確，不容混淆。就像恩格斯說形而上學的特點就是：是就是，不是就是不是，除此之外都是鬼話。不過，作家如果到了某種境界，他當然知道事情應該不是這樣簡單，昆德拉把這一工作叫做『對遺忘了的存在的探尋』。你認爲你的小說，也是對遺忘了存在的探尋嗎？」

九丹：「昆德拉當然是我非常敬愛的作家。他的寫作意識可以是我一輩子學不完的。昆德拉對於革命的看法對於人生的看法有許多我們是相同的，人類無法擺脫烏鴉的命運，他的作品《從生命中不能承受之輕》到《玩笑到詩人之死》到《生活在別處》，不僅僅是在哲學上對遺忘了的存在進行探尋。」

王紹培：「在小說家的創作與一般世俗的見解之間，實際上存在著一道鴻溝，你認爲這是《烏鴉》

引起風波的主要原因嗎？」

九丹：「可能吧。」

王紹培：「不過，我想之所以在新加坡會更轟動，還有一個原因是，你寫的新加坡的中國留學生。人們一旦有個「共名」，就會有「群體意識」，他們會認爲你傷害了他們，你認爲是嗎？」

九丹：「其實，如果這個世界有一種公平的話，應該意識到《烏鴉》裡所描寫的不僅僅是幾個人的隱私或一個人的隱私，也絕非是一般意義上的事情，更不是寫的只是幾個中國留學生在新加坡的事情。難道在中國在美國在日本就沒有這樣的事情？我認爲全人類的人都應該從《烏鴉》裡所描寫的幾個女性身上感覺自己的命運。」

王紹培：「我覺得你有個說法非常好，你把這些被侮辱的女性稱之爲人類的女性……。但是，世俗的成見大概不會想到有人類的女性這樣的說法，因爲這樣一種說法使「烏鴉」不外在於那些高雅的女性，她們比較堅持烏鴉就是烏鴉，鳳凰就是鳳凰這樣的分別，你認爲是這樣嗎？」

九丹：「當人們只有從眞正意義上去閱讀這類作品的時候，人類才有可能在精神上不墮落。否則我們的亮點在那裡？她們堅持那是她們愚蠢，或者是一種自欺。」

王紹培：「你的這些思想有多少來自基督教呢？」

九丹：「很多。」

王紹培：「你是不是信基督教啊？」

九丹：「人生下來是帶有原罪的。我不是基督徒，但是我有基督徒精神。」

王紹培：「不過，你是否認爲你的人道主義有的時候是有矛盾的？有的時候，你站在人類的立場上爲那些底層的女性辯護，有的時候，你又站在底層女性的立場上，對那些高雅的女性表示不屑？就是說，你對那些狹隘的女性缺少寬容？」

九丹：「我對於那些讀書太少太缺少智慧又非常虛僞的女性表示不屑。但是並沒有不寬容，因爲我對她們的要求不高。」

王紹培：「實際上你對揭穿這些人頗有一點快意吧？」

九丹：「有嗎？我認爲對於女作家來說，無論是中國的還是新加坡的，還那麼簡單地看問題，覺得悲哀。因此，從這個意義上說，我比她們先走了一步。或者說我比她們都成功。她們一天到晚向人們展示的就是她們的花衣服：看，我的乳房很美，我的皮膚很白，我的大腿也是經過修飾的。作爲一個女人，我也有過我的花衣服，可我沒有忘記人生最本質最眞實的眼淚是什麼。」

王紹培：「你在多大程度上贊同海倫的一些觀點，比如說，彈鋼琴與做妓女都是賣，在經濟學上這可能不錯，但是，在倫理的意義呢？她們眞的一樣嗎？」

九丹：「我認爲是的，儘管這樣的倫理人們還不敢眞正去面對。在我的另一部長篇《漂泊女人》裡

我把人類都比喻成豬，而把我們的生活環境比做豬圈。這個豬圈實際上是我們這個世界，而不是某些落後的地區才是。豬們都在掙扎著要跳出來，我們人是永遠跳不出去的。只是海倫意識到這一點，而那些彈鋼琴的沒有，她們說我是高貴的，我會彈鋼琴，我會說英語，我跟她們不一樣。女人不管是在做什麼樣的事情，難道可以逃脫女人的命運嗎？」

王紹培：「女人的命運是什麼？成爲男人交易的籌碼？」

九丹：「男人天生力氣大，他可以打倒野獸，女人天生弱，成爲一種交易的籌碼，這是一種先天的緣故。這是一種最原始的說法。這也許會引起很大一部分人的不滿。但是在現實中我們的女性是怎樣活著的呢？」

王紹培：「如果具體來講，在《烏鴉》裡，海倫去做妓女，是不是爲了報復柳道呢？」

九丹：「也許有一種報復的心理。實際上有反對男性霸權的意思。有女人對男人仇恨的意思，像安娜最後的臥軌，作家主要表達的是對渥淪斯基的譴責。愛情在這個世界上注定是幻滅性的東西。海倫離開柳道去了夜總會，在她身上還有一點對於愛情的堅持。」

王紹培：「我想是不是這樣呢？因爲海倫愛柳道，當然柳道也愛她，所以，她要做柳道最看不起的妓女，把自己徹底地毀滅給他看，於是有一種快意的報復，不是這樣嗎？」

九丹：「好像當初她沒具體地想到要毀滅給他看。更多的是爲了生存。不去夜總會去那？當初還有

一種這樣的想法，現代文學表現夜總會的太少了，人們不敢面對現實中的性。

王紹培：「是嗎？但是你的小說給我這樣的印象，因爲後來又安排柳道的出場。我以爲這樣安排是像表明海倫跟別的女人的不同。」

九丹：「這樣的安排是因爲他們確實是相愛的。當那個老人在夜總會裡哭的時候，我都哭了。說到底人都是軟弱的。也表現了人性中確實存在著閃光的東西。」

王紹培：「我的同事都說你把海倫的絕望表現得非常充分，使人傷痛欲絕。」

九丹：「這可能就是文學的力量。至今我還爲『我們是最糟最壞的女人，世界上任何一朵花都不會爲我們開放的。』這樣的話感動。但是我覺得小說不太成功的是心理描寫少了一些，這就缺少震撼的力量。可能是我當時的心浮躁了一些。對於裡面的語言也不如我的《漂泊女人》。當初我也曾爲這個問題苦惱過，這是爲什麼？是我缺少才能嗎？後來想想，不是的，因爲題材決定了語言。再說我也不是想在《烏鴉》裡展示出我的語言有多好，我想表達的是女人的命運。有人看過《烏鴉》後，認爲結尾應該是海倫在海邊上把柳道殺死的時候，讓人有震撼、回味和想像的感覺。但是我想了想，這種讓人回味在八〇年代的作品裡表現得很夠了，不覺得那有多大意思。我最後還是讓海倫去找了芬，讓她們倆在海邊撕打了一架。」

王紹培：「你是在什麼情況寫這本小說的？」

九丹：「心情很絕望。前一部《漂泊女人》用盡了我內心的力量，是人民文學出版社出版的，但結果由於他們不善於包裝和炒作，這部作品像沉在大海裡無聲無息。當然寫《烏鴉》時也有激情，我覺得這部東西出來是能震撼人們的，心裡面也對這部小說充滿了希望，不過寫出來之後許多出版社不敢用，後來給了長江，周社長不是很看好，當時他給我提了很多問題。不過韓敏特別地喜歡，這部小說能出來我是很感謝他的。」

王紹培：「你當時的絕望僅僅是因爲小說沒有引起關注嗎？」

九丹：「當時也有很多人喜歡，比如李陀，可是他只是從專業的角度上來看，他又不管出版。他給我推薦了鄭萬龍，他也喜歡，可是十月出版社那敢用，一點亮光也沒有。實際上這部小說的亮光很多。」

王紹培：「是啊。其實可以說這部小說是人道主義的，只是很多人不大理解人道主義可以是這樣的吧。」

九丹：「是的。當時可以說是孤獨無依。我想也許每個作家都是好大喜功的，許多人說作家應該甘於寂寞，有誰能做到啊？」

王紹培：「一部小說的成功裡面，那些內容是你比較在乎的？」

九丹：「對自己內心的仔細分析。對自己命運的理解。對於活在我們之間的那些卑污的甚至是有罪

的女人充滿著同情和憐憫。而我們國家的所謂女作家們，果眞有那怕是一個人寫出的所謂私人生活與個人體驗是與這個時代許多人的心靈深處有關嗎？她們無一例外地充滿著自戀情結，如果我因爲寫了《烏鴉》這部書你們全都把我當作了妓女，而把我看作是妓女又能使你們的精神有了亮點，使你們眞正乾淨了起來，如果是這樣，你們把我當作妓女又有什麼不好呢？」

王紹培：「你說的是小說的內部因素。那麼外部因素呢？」

九丹：「想證明自己寫的比別人好，想眞正去表現人與人之間的關係。想去表現女人或人的悲劇性命運。」

王紹培：「那麼，你認爲你的這些目的實現了嗎？你認爲在那一本小說裡實現了？」

九丹：「在《漂泊女人》裡面，我實際上淋璃盡致地做到了這一點。從文本上來說，這本是很藝術化的。王朔看了之後大加讚賞，從而記住一個叫九丹的女人。」

王紹培：「不過眞正讓更多的人記住你的，似乎是寫《烏鴉》的九丹。」

九丹：「在《烏鴉》裡，我承認有一些商業性，但是這是我們處於社會轉型期，我認爲必須要考慮市場。」

王紹培：「不完全是其中的商業性的因素，更是由於它涉及敏感的話題。」

九丹：「你說得是對的。敏感話題其實就是在商業化。」

王紹培：「九丹是筆名吧？」

九丹：「九丹是筆名，我希望它能給我帶來好運氣。果眞。因爲《烏鴉》，也火了另外一本小說，就是《漂泊女人》，香港和台灣有幾家都爭著買《漂泊女人》的版權。」

王紹培：「九丹有什麼特別的涵義嗎？」

九丹：「特別的涵義就是像《烏鴉》、《漂泊女人》這樣的所謂道德敗壞的書終於引起了人們的注意和思考。」

王紹培：「我幫我的一個詩人同事問一個問題，她問你是不是寫過詩？因爲小說的語言像詩。」

九丹：「寫過。不過那還是很久以前的事情了。這倒使我想起了詩歌年代。」

王紹培：「有名氣嗎？」

九丹：「沒有啊。我完全是個小不點。喜歡和寫詩的人在一起吃飯喝酒，覺得很有詩意的。」

王紹培：「你說郁達夫是你最想嫁的男人，爲什麼呢？」

九丹：「因爲我和郁達夫擁有同樣的精神和思想。我特別喜歡他的《沉淪》。」

王紹培：「《烏鴉》剛好也可以說就是沉淪的故事吧。」

九丹：「是的。我們的文學意識幾乎是相同的。所以我在說，人們如果要罵《烏鴉》，要罵九丹，爲什麼不罵郁達夫他的沉淪，既然那麼有骨氣，卻爲什麼不敢面對？我就是想嫁郁達夫這樣的男人，可

惜我還沒有遇到。」

《南方周末》投出重磅炸彈

客觀地講，其實眞正引起全國人民關注的是一份叫《南方周末》的報紙。

《南方周末》是我國影響最大，也是發行量最大的報紙，它就像一個精密度非常高的掃描器一樣，在我國發生的任何重大事件都難以躲開它的掃描視野。

八月，該報的一篇〈看，這個叫九丹的女人〉把九丹推到了全國人民的視線裡。文中配用的是一張九丹在人群中的照片，還有國內版《烏鴉》一書的封面。

和前面的兩篇文章一樣，這也是一篇訪談式的文章。所不同的是，這篇更側重於事件的訪談，瀰漫了濃烈的火藥味。

該文的導語爲：

一部《烏鴉》惹起軒然大波。一些覺得情感受到傷害的人將「妓女作家」的帽子戴到作者九丹頭上。

九丹認爲自己沒錯，她寫了她看到和感受到的。

她認爲大陸女作家是一群虛僞的人。

她是不是又犯了「一竿子打翻一船人」的毛病？

她是不是在畸形地膨脹？

她什麼都不怕嗎？

文章一開頭是這樣的一段：九丹認爲她之所以讓人受不了，是因爲她撕破了虛榮的僞裝，暴露了赤裸裸的眞實。

「我不會脫了衣服炫耀自己的身體有多美，只想把我的傷口指給別人看，並且告訴他們，這些傷口首先是因爲我個人的罪惡，其次才是他人的罪惡。」她說。

人們顯然還是被這些看來猙獰的傷口嚇到了，當然，這也成就了她的名氣。這位女作家的新作《烏鴉》是目前華文世界最受爭議的作品，副題爲「我的另類留學生活」的這部小說在出版後激起衆多的批評和咒罵。在小說裡，中國赴新加坡留學的女學生被比喻爲鋪天蓋地的烏鴉，「我的烏鴉/你們從何方飛來/瀰擁於海天之際/頑強地生存，並令此地的人們不安」，在書的封面，一首意味深長的詩這麼寫道。

書中還說，新加坡把從中國來的女人都叫做「小龍女」。「小龍女是什麼人呢？小龍女就是妓女」。而《烏鴉》的兩個主角——中國大陸女子「海倫」和「芬」就是爲了生存和長期居留不擇手段，互相傾軋，甚至去賣淫，正印證了這一定義。

九丹強調她的作品浸透了「懺悔」意識，但這並不足以平息人們的憤怒。最爲氣憤的是那些在新加坡的中國人，咒罵《烏鴉》的人說，《烏鴉》譁衆取寵地將部分陰暗角落的東西，描繪成整個社會「一竿子打翻了一船人」，醜化了中國女性的形象。

比衛慧、棉棉更甚，九丹被罵爲「妓女作家」，而她最新的稱號是上海一位評論家送給的——「文化博彩的高手」。

文章分爲三個小標題：

1. 我就是想震一震文壇！

楊瑞春：「是什麼讓你開始寫作的？」

九丹：「我畢業後的那幾年裡看到了很多東西，這是一個變革的時代，有很多泡沫的東西存在，理想與現實差距很大，一個知識女性這方面的感受更是明顯，這種感受讓我很想寫作，希望以理想破滅的過程來表達一個女孩的成長，表現女性在這個時代的命運。從《情殤》到《漂泊女人》再到《烏鴉》，都是這一主題，只不過《烏鴉》是一個更加殘酷的特定環境，也能表達得更加淋漓盡致。這個主題在我的下兩部小說《鳳凰》和《喜鵲》裡面還會繼續。」

楊瑞春：「爲什麼取『九丹』這個筆名？『九丹』好像是一種中藥的名字。」

九丹：「因爲我覺得自己的命運挺坎坷的，這可能因爲我是一個很敏感的人，對別人不算什麼的事，對我來說可能就是傷害。所以我希望『九丹』這個名字給我一種力量，希望我的努力能夠有結果。九丹是經過多道煉製而成的，我也希望我的生活經歷，甚至理想破滅也都是一次次人生的煉製。」

楊瑞春：「你的理想經常破滅嗎？」

九丹：「我想很多女孩子都是如此，也許是我們渴望太多，失望是注定的。比如男人，我原來曾經打過比方——在我的前方閃爍著很多燈火，我向它們碰去，但是當我的手碰到它們的肩頭，它們就會熄滅，我一個一個碰去，燈火就一個一個熄滅……我幾年前去新加坡，也是這樣把它當作未知的希望去碰的，但是它也熄滅了。」

楊瑞春：「很多人把《烏鴉》的主角海倫的原型與你這個作者聯繫起來，這你原來想到過嗎？主角身上有你的影子嗎？」

九丹：「應該說在心靈體驗上有我的影子……和很多周圍人的體驗混雜在一起。而且，雖然這不是我的經歷，但它隨時隨地都可能發生。

很多人把文學和現實混爲一談，新加坡的一些記者甚至問我，能不能給他們介紹幾個做卡拉OK的女孩子，他們想採訪。我說我那裡認識？說實話，很多細節是我的一些男性朋友講給我聽的。

我寫書的時候，主角的身分本來是大學老師，可是長江文藝出版社讓我改成記者，這就很容易和我的經歷對應起來，但是當時為了出版，也顧不了太多了。我也沒想到會有這麼大的爭議，我當時的想法就是震一震文壇，因為沒有人像我這樣寫作，把時代的悲劇血淋淋地呈現出來，這和很多人閉門造車的寫作方式是完全拉開距離的。」

楊瑞春：「可是現在《烏鴉》已經有了妓女文學的稱號了。」

九丹：「我想，任何一個有人文精神的人看完都會說：『這那裡是妓女文學？』對此我心不虛，也無所謂。」

楊瑞春：「難道你對這個說法不難過嗎？」

九丹：「其實開始是接受不了，因為他們不僅說《烏鴉》是妓女文學，而且把你當作一個妓女作家來看待。但你能肯定人們更愛看淑女寫的東西嗎？淑女為了維持她的形象，肯定要謊話連篇。」

楊瑞春：「有關你和你書中主角的區別，你好像沒有太多去申辯。」

九丹：「因為我不想讓人認為我和我筆下的主角在劃清界限。他們是很骯髒，道德淪喪，但我沒覺得自己比他們好多少。」

楊瑞春：「在你的書裡面，海倫有一個說法，『彈鋼琴和做妓女沒有什麼區別，都是在賣……』如果是這個觀點的話，那麼你寫書賣書和他們不是也沒有區別嗎？」

九丹：「從某種意義上講，這都是交易。一個電視台的記者質問夜總會的小姐，你爲什麼要做這樣的事情？我想，你有什麼資格問別人？人要認清自己的罪惡，不要只責怪別人。如果能用這種意識來看待整個人類，並且能夠有懺悔的話，人類才會有亮點。」

楊瑞春：「你說到懺悔，但我在《烏鴉》裡面並沒有看到懺悔的痕跡。」

九丹：「《烏鴉》和《漂泊女人》很多都是對於自己的批判，海倫是沒有道德感，但這個女人還知道自己，而很多女人根本意識不到這一點，只知道譴責別人，譴責社會。」

2.「海倫的魅力」

楊瑞春：「你說你所追求的是把眞實展示給人看，但是恰恰很多人認爲《烏鴉》並不眞實，並不能代表新加坡的眞實社會，認爲你的作品是在醜化中國女人。」

九丹：「他們總說這不是新加坡的全部社會現實，我說我沒有要反映全部，我只是想透過一個側面來反映人性。任何一部文學作品都不可能反映社會的全貌，即使是周梅森的《人間正道》也不能。」

楊瑞春：「問題在於《烏鴉》的那種描寫似乎代表了整個群體，裡面所有的中國女孩都過著卑賤的生活，似乎除此之外看不到其他的更爲光明的生活方式。」

九丹：「那邊即使是能找到好工作的人，也逃脫不了被別人歧視的命運，我所說的就是中國人被歧

視的事實。不承認這個事實就是自我欺騙。」

楊瑞春：「報導說你是『在新加坡心靈慘遭蹂躪』，你覺得這種說法合適嗎？」

九丹：「這麼說讓我心裡很不舒服……但仔細品味一下，又覺得是合適的。當然，這個說法有些誇張。」

楊瑞春：「如果你的經歷和《烏鴉》裡面的主角類似，我看更多的不是『慘遭蹂躪』，而是『自甘墮落』。」

九丹：「是有自甘墮落的成分，因爲人性本來就有很多弱點，人性究竟是善是惡呢？哲學家都說不清楚。有時候，你不甘墮落又能怎麼樣呢？……要不你爲什麼要出國？人天生是有欲望的，很多人對其他國家、對西方是有一種嚮往的。」

楊瑞春：「這種嚮往並不一定就是罪惡的。」

九丹：「但是實現的過程中你無論是鳳凰還是烏鴉都會或多或少犯下一些罪的，那怕是一件事情，或是一個念頭，我覺得都是罪惡的東西。」

楊瑞春：「但我想實現理想的手段還是有光明和卑下的區別。」

九丹：「我覺得你所說的光明是很少的。」

楊瑞春：「你怎麼看待『海倫』這個人？」

九丹：「她應該是一個很有魅力的女人，這和她是否撒謊或者去做夜總會沒有關係。而且她也有其高貴之處：當海倫眞正愛上『柳』的時候，『柳』又去和『芬』好，當柳和芬都挽留她，讓她聽任現實、相安無事的時候，她毅然走了。對於她來說，也可以爲了錢，爲了簽證留下來，但她沒有，我覺得她高貴的地方在於此，就是她對於愛情的堅持，她那怕去賣身也沒有和『芬』去共同分享一個男人。」

楊瑞春：「問題是在事情的最開始，無論是『柳』或者是『私炎』這些男人，對『海倫』來說，交往的功利性都是非常強的，海倫幾乎是一個沒有道德感的人，在書裡面，甚至也根本看不到她內心的矛盾，對現實的屈從和她原來理想的矛盾。她甚至根本就沒有用正當的途徑努力過，就立刻墮落了。」

九丹：「她也曾經想和私炎結婚，雖然她並不愛他，那還算是比較正當的途徑吧。當然那也是一種留下來的手段，但是它沒有對任何人造成傷害啊。在那個地方，生存是第一位的。在沒有金錢的情況下，我們都可以談愛情，談友情，但金錢到來的時候，一切都沒有了。」

楊瑞春：「海倫撒謊成性，你呢？你也愛撒謊嗎？」

九丹：「對我來說，最重要的是寫作時不要撒謊。」

3. 她們都是一丘之貉！

楊瑞春：「你爲什麼總是急於把自己和其他女作家區分開，顯得比別人更高明嗎？」

九丹：「關心現實是我和其他女作家根本不同的地方，我覺得很多女作家是製造了一個塑膠女人站在路邊，給人看她塑膠的裸體，那不是眞的，那是麻木的。」

楊瑞春：「在你看來，什麼是眞的？」

九丹：「和我們的現實有聯繫，與我們這個時代的心靈有關係。」

楊瑞春：「難道她們的作品和現實沒有關係嗎？」

九丹：「我認爲沒有。我這次在香港的時候，衛慧寫了一篇文章罵我，有人讓我談對她的看法，我說她根本不值得我一談，但是我又一定要談她，因爲我要藉她談一談我對大陸女作家的看法，我說她們都是一丘之貉，都是從一個家族裡出來的，都是一群虛僞的人。比如說王安憶，她早期的作品還可以，但最近的作品，像《長恨歌》，看上去很大氣的東西，其實離一個現代女性的心靈是越來越遠了。」

楊瑞春：「你有沒有看《我愛比爾》？」

九丹：「沒有。」

楊瑞春：「如果你沒有看到一個作家的全貌，就這樣發表評論是不是不嚴謹的？」

九丹：「但她的代表作我大部分是看過的，她是寫出了一定的文化感，但我覺得她寫的東西男人也一樣能寫，沒有把一個女性的感覺完全貢獻出來。」

楊瑞春：「那麼池莉呢？她的作品難道也和現實無關嗎？」

九丹：「是與現實有關，但她的作品也是杜撰的東西。」

楊瑞春：「我不懂什麼是你說的杜撰，不以自身的經歷為基礎就是杜撰嗎？」

九丹：「不是眞實的經歷，我也不是以眞實的經歷……但是她沒有寫出這個時代的女人為什麼哭，為什麼笑……」

楊瑞春：「看來當代女作家沒有一個你看得上。」

九丹：「林白寫了《一個人的戰爭》，裡面有很多部分已經接近一個女人的內心和本質的東西，但是她馬上臉一抹又變得很文化，又給自己穿上了花衣裳。我現在又開始創作新的作品，如果我要去寫那些所謂的很文化、很體面的東西，我就會覺得自己挺不要臉的。」

楊瑞春：「你說話這麼放肆不害怕自絕於文壇嗎？」

九丹：「我不擔心，我自信自己能夠繼續寫出第二部、第三部比較優秀的作品。」

楊瑞春：「寫《烏鴉》的時候你的狀態怎樣？」

九丹：「寫《烏鴉》的時候，我的《漂泊女人》和出版社簽了合同，但一直沒有出來，那段時間我很痛苦，等待出書，也等待著被人認可。那段時間也正是衛慧、棉棉最炙手的時候，我也在想，現在寫嚴肅的東西是不是沒有人看了？」

楊瑞春：「當時看到別人出名氣得要命？」

九丹：「就是嘛，任何一個寫作的人都是好大喜功的。（笑）想大紅大紫，想拍電影。」

楊瑞春：「現在是不是一切都已經來臨了？」

九丹：「是啊，現在我想感謝一切讀過這本書的人，不管他們同意不同意我的觀點，但只要我的作品曾經觸動了他們的神經，讓他們能夠有所思考，我就非常感謝他們。」

從這篇充滿針鋒相對的訪談文章裡，我們看到了記者楊瑞春的機智，他的提問尖銳直率。但同時，我們也被九丹的言論又一次地震住了，的確，難道她什麼都不怕嗎？

無論九丹的回答是否聰明得體，這篇文章仍像一顆重磅炸彈投向了中國的文壇和中國的老百姓。僅僅八月份這一個月內，《烏鴉》一書就賣出八萬冊（我們無法統計盜版的數量）。

全國媒體蜂擁而上

因爲一本描寫留學新加坡的中國女人生活的小說《烏鴉》，九丹這個年輕貌美的女作家一夜之間出了名。儘管在此之前她已經寫作了兩本書：《情殤》和《漂泊女人》，但是那時似乎很少有人知道九丹這個像是一味中藥的名字。

——《新周刊》

自從《南方周末》那篇文章刊出後，全國關於這件事的採訪和報導，現已無法統計。幾乎全國所有的媒體都參與了對這件事的報導和評論。

《北京青年周刊》是該刊資深記者李眉的一篇採訪文章〈天空中飛翔的都是烏鴉——九丹專訪〉；二〇〇一年十月號的《名人》雜誌也以九丹作爲「本期聚焦」，題爲〈九丹：好一個赤裸作家〉，對這件事做了詳盡的報導。其中一篇和梁曉聲的對話值得一讀。

同情還是批判？——九丹應答梁曉聲

梁曉聲：「對你筆下的人物，你是持同情的態度還是批判的態度？」

九丹：「既有批判也有同情。總體說來，我覺得《烏鴉》最成功的地方不是在於批判，而是表達了比「批判」兩個字更爲豐富的情感，這包括同情、憐憫、關懷等。所以我覺得我在這裡顯露出更多的是一種同情，因爲人生來是有罪的。」

梁曉聲：「那麼你覺得福樓拜在寫《包法利夫人》最終是批判她的還是同情她的？」

九丹：「我認爲『包法利夫人』是光彩照人的，她身上散發出一種女人獨特的魅力，如果福樓拜單單是批判她，那麼我認爲他不僅僅是批判女人，也是在批判男人。因爲我們人天生就是有欲望的。而因爲欲望毀滅了自己的人類，又是値得同情的。」

梁曉聲：「當時也有很多人認爲他是抱著同情的態度來寫包法利夫人，當記者問到他是否是這樣的，他回答的是一句粗話。」

九丹：「那是他的觀點。」

梁曉聲：「其實你筆下的那類女性離我的現實並不是很遠，但是我覺得我們對她們是不應該有任何同情的。因爲她們的眼淚、她們的苦楚都是自找的。你的《烏鴉》裡面的女主角們，完全可以在國內待著，完全可以不出去呀？」

九丹：「可是有些事情你哭也沒有用。人就是有欲望的，就是有理想的。因爲有了種種理想，她們才開始了追求。你總不能說人有理想是有罪的吧，當然也可以把這稱爲罪惡，但這是原罪。她們的理想或是爲了生存，或是爲了活得更好一點，這個理想便成了她們背上的包袱，漸漸，這個包袱又成了她們背上的罪惡，成了她們身上永遠也卸不去的十字架。」

梁曉聲：「你是怎麼來看待女性這麼一個群體的？」

九丹：「想過好日子，想出名，想出國，有時候是盲目的，她們覺得那有亮光，於是就像是飛蛾撲

過去了，如果說有人要責怪她們，那麼就去責怪一個去撲火的飛蛾吧。這包括無論是被指爲道德淪喪的女人，還是情操高尚的女人。」

梁曉聲：「你所指的現實中的女性是不是包含了所有的女性？」

九丹：「我想我是這樣的。」

梁曉聲：「天那！你是不是把山溝裡的那些非常單純善良的女性也包含在你的筆下了？難道你把她們也說成是有罪惡的人了？」

九丹：「只要你把這些人放在一個特定的環境內，那麼人性中的種種弱點、種種惡的東西就會顯露出來。再說，你怎麼就會以爲山溝裡的那些女人一定很善良、一定在默默奉獻了呢？事實上，中國城鎮裡的那些夜總會、髮廊裡的那些所謂淪落的女孩有不少就是來自農村，來自偏遠的山區。在新加坡或是在美國等發達國家，我們中國女人就是他們眼中的村姑。」

還有，發自《華夏時報》的一篇訪談不妨也可以看看。

問：「你封面引用的詩中提到『你們令此地的人們不安』指的是什麼？是剝奪了他們生存的機會，還是給他們帶來了道德上的恐慌？」

九丹：「就像是富人家來了一幫窮親戚，使他們受到威脅嗎。或者是誰家來了小保母，又年輕又漂亮，當家的太太不免會感到恐慌的。在新加坡曾經有個太太團告到移民廳，請求不准再讓中國女人入境。實際上中國女孩能夠得逞搶了她們的丈夫的很少。男人在這時候不管是中國男人還是新加坡男人其實表現出的都是一種態度，那就是婚外戀該開始開始，該結束結束。我在新加坡版的後記裡這樣寫過：新加坡的女人們，你們不要去責怪中國的這些女孩子和你們爭老公。她們和你們爭老公，不僅僅是因爲中國窮而新加坡富，不僅僅是因爲你們是一個治理嚴明的國家，你們的每一寸國土都很乾淨，還不僅僅是因爲你們那兒的那些男人除了會說中國話以外還會英語。都不是這樣的，她們去新加坡，有時候是盲目的，她們覺得那有亮光，於是就像是飛蛾撲火一樣地衝過去了，如果說你要去責怪一個女人在你毫無防備的情況下跟人爭奪老公，你要是想責怪的話，就去責怪一個撲火的飛蛾吧。」

問：「你說此書寫的是你的留學生涯，那書中的故事就應該是你的一些經歷。很多人因此說你是『妓女作家』是不是由此而來；很多人從你書中的言論中感覺到了道德的危機，包括媒體的很多記者，他們的判斷依據是什麼？」

九丹：「對於你前面的問題，我覺得還不是那麼簡單。而且這也絕不是什麼留學生文學。儘管在國內版的《烏鴉》上打了副題：『我的另類留學生活』。我覺得我還是揭露了人性。從更深一層的文學意義上來，這是一部描寫人的罪惡以及懺悔的書。

書中的故事當然不是我的經歷，應該說是我的經驗。很多記者打破砂鍋問到底，問我是不是書中那

個的海倫。我一直都迴避這個問題，因而又有許多人說我是一個市場操作方面的高手，說是也說不是。那麼我今天的回答仍然一樣，我既是海倫又不是海倫。從經歷上來講，我去過新加坡，也留過學，這一點不可否認。但是我有沒有像海倫那樣去當過妓女？我沒法用簡單的是或不是來回答這個問題。因爲我即使沒有去過夜總會，也壓根沒有覺得我比海倫會乾淨多少，也壓根沒有覺得你或你的姐妹跟她有什麼不一樣。

女人和女人沒有多大差別，從哲學意義上來講，女人都是妓女。要乾淨一起乾淨，要骯髒一起骯髒，要卑鄙一起卑鄙。關於這個問題，我已經招來了很多辱罵，我不想和中國女人爭論，也不想和新加坡人爭論，我只想把這些主張表達出來。也許正因爲如此，我被媒體冠爲『妓女作家』。但是只要看了《烏鴉》這本小說的，只要這個人還算是個內心豐富的人他一定不會認爲這是『妓女文學』。但是我之所以沒有對這個稱號太反感，是因爲一個偉大的作家必定是個偉大的妓女。因爲他（她）知道自己是有罪的，知道自己的內心是有紅斑白斑黑斑的，因爲知道，所以他（她）才不會好意思去責怪別人。」

問：「你自認爲你的寫作接近了女性的本質，你撕破了那層虛僞的外衣。你又不承認是你的眞實生活，那你的體驗是從何而來？衛慧、林白都是通過自身的體驗來完成一個女性的心靈感受的，你爲什麼說她們不眞實呢？」

九丹：「回答這樣的問題我的心情有些複雜。一個人寫了一部作品，這部作品能夠打動讀者，是不是描述的就是作者完完全全的經歷呢？我剛才有說過這個問題。我現在想強調的是如果她是用自己完全的經歷去寫，她就永遠不可能變得有詩意，永遠不可能貫注進去一種非常複雜的情感。這一點請讀者們注意。經驗的獲得是要靠對於自己曾經歷過的生活的總體記憶的把握。所謂總體，很有可能是混跡於整個氛圍之中，通過在這個氛圍裡的生活去體驗、觀察、認識，有的時候是替自己哭泣，有的時候是替別人哭泣；有的時候是替別人高興，有的時候是替自己高興。因此，在這時，我覺得不管是我還是別的女人，又都是渾然一體的。

衛慧是一個女性的眞實感受嗎？你不覺得製造了一個塑膠女人把自己用塑膠做的私處給別人看嗎？那麼對林白，我認爲她比陳染、鐵凝、池莉等要優秀許多。至於王安憶，我已經在別的媒體上說過了，她是被中國文壇豢養出來的作家。早期時寫過一些與女性心靈相關的作品，後來的作品可以說很深刻、很博大、很文化，但是與人的心靈越來越遠，與『關愛』、與『悲憫』、與『人道』更是沒有關係。

很多朋友打電話跟我說，你爲什麼要罵王安憶，她又沒有招惹你？我說她是沒有招惹我，但是長期以來她們寫作的架勢招惹了我。因爲她們給讀者一個很大的誤導，以爲只有像她們那樣寫才是文學。或者說文學就是應該像她們那樣的。這實際上像王安憶這樣的人就是在犯罪。那麼今天有一個女人突然不像她們那樣去寫作，而是對一些所謂有罪的女人骯髒的女人給予了很深的溫情和理解，那麼這個女人好像就應該拉出去槍斃。」

問：「你說你寫作的動機就是要震一下文壇，這樣就會導致寫作的功利，難道這同樣不是一種姿態？」

九丹：「你說得沒錯啊，我就是挺功利的，我不認爲有誰不功利。但是對於我自己的任何一部作品，我都不會忘記去寫女人們的眞正的眼淚。我筆下的這些女人，難道比你們身邊的女人或是你熟悉的女人更壞嗎？不是的，女人就是女人，她們爲了生存，爲了能夠生活得好一些，於是有了理想，這個理想又要成了她們背上的包袱，漸漸地這個包袱成她們背上的罪惡，成了她們身上永遠也卸不下去的十字架。」

問：「你的小說出版後，在小說的技巧上沒有人注意，而是你小說的題材引發了很多的討論，是什麼原因？好像是罵聲大過其他，這是你最初想到過的嗎？」

九丹：「你說的挺對的，也更沒有在文學價値上有什麼更多的注意，而只是一味地被描述夜總會這樣的表象所迷惑。在大多數讀者認爲，那些自甘墜落的女人在經受種種挫敗之後，在她們走投無路之時，我應該用手親自去掐死她們，這樣他們就認爲你這個作家是有道德感的。其實我們人類是可悲的一種動物。至於罵聲，在我寫作時我只考慮應該眞實地描寫人的生存狀態。誰罵就罵去。其實這本書還是觸動了他們的心靈，儘管有許多人不承認。」

問：「你承認你是文化搏彩的高手？」

九丹：「『文化博彩』是一些評論家所提出來的。在今天，評論家這三個字就是指那些失去良心並且眞正喪失了道德感的這些人。他們有沒有好好讀過一部作品？沒有。他們永遠對已經蓋棺定論或者有了定論的人露出搖尾乞憐的媚相。由於這個時代的冷漠，由於這個時代的金錢化，這些人比作家比商人比律師比任何其他職業的人都更具有一種市儈的嘴臉。」

問：「很多人覺得你在丟中國人的臉，你怎麼看？」

九丹：「中國人的臉還要我丟嗎？」

問：「現在你的生活與以前有什麼變化？」

九丹：「現在好像成了所謂的名人，記者採訪不斷，以後的作品肯定也會賣得不錯。但是對於一個眞正意義上的作家來說，寫作是她的生活全部。這並不是說我整天在家裡面寫作，等我完成了我的三部曲，我還會操起我老本行，去一個雜誌謀一份職。」

問：「你覺得不論是出讓身體的器官還是其他都是賣，那你覺得你的寫作是什麼性質？」

九丹：「從某種意義上說就是一樣的啊，都是在賣。」

問：「在你寫作中有道德嗎？你怎麼看中國人的道德？」

九丹：「這個問題說起來又複雜了。什麼是道德？從古代時就開始探討了，都沒有一個結論。我覺得對於我來說，不是探尋所謂的產值道德，而是挖掘出眞正的人性，這樣寫出來的作品首先應該是眞實

的，而不是像她們那樣去製造塑膠女人。」

網路熱炒《烏鴉》

《烏鴉》是否醜化了在新加坡的中國女人，不能反映新加坡社會的眞實狀況？似乎是順理成章地，人們進而把懷疑指向作者九丹自身：她自己是否就做過「小龍女」（妓女）？主角海倫是否就是九丹本人？在熱熱鬧鬧的爭論中，沒有人追究這中間顯而易見的邏輯破綻。

——《新周刊》

不得不承認，在國內的「烏鴉風波」中，鬧得最「凶」的就是網路，無疑，網路在這裡起了巨大的推波助瀾的作用。

在中國網路是最早參與「烏鴉風波」的，早在新加坡的「烏鴉風波」炒熱的時候，中國的263網站於六月也開闢了專題，名爲〈「烏鴉風波」又起〉，至今，網友參與的討論已近百萬字。

七月以來，許多文化網站紛紛設立「烏鴉專題」。

八月，搜狐網站開闢名爲「九丹和《烏鴉》」的專題。

九月，新浪網文化頻道也特爲此策劃製作了〈文壇出了「黑紅幫」〉專題。

在這裡，値得一提的是新浪網的這個挺有創意的專題，該專題的導語如此云：

最近市面新出了一本書，說文壇存在「青紅幫」，我卻認爲如今文壇正崛起「黑紅幫」——書越「黑」，則人越紅。時下最具代表性的恐怕要屬九丹的《烏鴉》，該書描寫了一群中國女子在新加坡留學的另類「眞實」生活。性、罪惡、懺悔字樣充滿全書。書一上市頓時引來正義人士和大多數留學生的強烈不滿和炮轟，九丹也隨即做出回應。一時間引來衆人關注。

這讓人想起了「黑紅幫」裡其他火著或曾火著的成員們——和那些爲此做靶的被罵的書——於是就有了下面這個專題。

在這個專題中，九丹是代表人物，相關人物有衛慧、王朔、賈平，以及虹影等人。該專題還配發了一篇網站記者和九丹的一段採訪紀錄：

1.關於《烏鴉》：「我覺得大部分的人沒讀懂它」

九丹說《烏鴉》在社會上引起如此大的迴響是她始料不及的，同樣她也沒有想到有更多的人對《烏鴉》提出質疑和反對。她認爲大多數讀者是「沒有讀懂《烏鴉》這部小說」。

問：「在你收到的迴響中，你認爲有多少人讀懂了《烏鴉》？」

九丹：「大約有三分之一吧。其實它的涵義很深，他們應該抱著很嚴肅的態度仔細地品味書中的文字。這是一本滲透著血與淚的書。」

問：「在反對聲中，以什麼樣的人居多？」

九丹：「海外的留學生比較多。我認爲是我把他們的光環摘去了，暴露了他們不爲人知的眞實一面，所以反應特別強烈……我認爲它反應了大部分留學生的生活。

他們否認書中的事實，其實我只是說了眞話而已——每一個出去『留學』的人，不都是爲了能夠留在國外？從踏上飛機的那一刻起，他們就把自己交給了那個國家……。

他們說書中充滿著邪惡、懺悔，其實它是處處都表現著溫情——那種弱者和弱者之間的體諒與關照。在寫作時，我常常被他們感動。」

問：「反對的人一般是什麼意見？」

九丹：「……嗯，他們大多是說它（《烏鴉》裡的人物）自甘墮落，沒有道德和廉恥。（他們）甚至把我，就是九丹和書中人物聯繫在一起，認爲我就是怎樣的人。」

2.關於自己：「我承認自己從靈魂到肉體都是骯髒的」

問：「那可不可以說你把自己的很多親身感受和體驗加在了小說的主角身上？」

九丹：「yeah, 是的。她身上確實有我的影子。」

問：「你寫《烏鴉》的初衷是什麼？」

九丹：「你得承認現在這個社會仍是男權的社會，女人必須依附於男人才可能生存。《烏鴉》只是寫出了這種眞實。現在還有這麼多人在談寫這個（《烏鴉》）的正確與否，我認爲這是件很可笑的事。首先我承認自己從靈魂到肉體都是骯髒的，其實勇於承認自己的骯髒，並且把它呈現出來，也就是乾淨的。」

問：「創作過程是不是一個對曾經經歷和環境的一種痛苦的再現？」

九丹：「嗯，那是一個很痛苦的過程。家人也不理解，他們一直認爲我的出國是很榮耀的事，『怎麼能寫這些東西呢』。」

問：「你對現在外界把《烏鴉》年評價爲「妓女文學」怎麼看？」

九丹：「現在有不少人把我稱爲『美女作家』，我是非常反對這個詞的。稱我爲『美女作家』，我寧可做『妓女作家』。在我看來『美女作家』是鄉村式的，讓人覺得噁心；而『妓女作家』則是歐洲式的……」

3. 關於文壇：「我和中國文壇的人不同」

九丹：「我認為目前中國文壇的作家們都很虛偽，他們不關心現實，盲目地趕潮流，不去探求眞正的人性的眞實面目。」

問：「可是醜惡並不是人性的全部，反映現實也只是文學創作的一種方式？」

九丹：「……是，……可誰能說人性本身它就是美的？我只是認為現在的文壇沒有人反映社會的現實，他們總在訴說一種假象。」

問：「所有的作家都是這樣嗎？」

九丹：「我先前說過，我比較欣賞棉棉，她的一些小說反映了部分現實的東西，還有方方、林白他們也有一些作品……」

問：「你就這樣的觀點和他們溝通過嗎？」

九丹：「沒有。」

問：「看了《烏鴉》，還有最近一段時間對《烏鴉》和九丹的評論，很容易讓人想起當時的衛慧和《上海寶貝》，還有王朔和他的《看上去很美》；好像現在文壇有一個這樣的現象：書被外界「罵」得越凶，作者則炒得越火。你怎麼看《烏鴉》和他們的異同？」

九丹：「首先我認爲王朔和衛慧就不是在一個級別比較的，王朔的《看上去很美》是在比較高的角度評價現代文壇的一些現象；關於《上海寶貝》，我說過裡面的角色她只是一個塑膠美人；而《烏鴉》則和《上海寶貝》完全不同——它說的是一群海外的留學生的屈辱生活。」

第八章　九丹：偉大的作家還是妓女？

一場「烏鴉風波」，使九丹的名字一夜之間家喻戶曉。

不管你承認也好不承認也好，一個有趣的現象就是，在這場風波中，人們對九丹本人比對其作品更表現出了強烈的好奇心：

這個叫九丹的女人到底是誰？

《烏鴉》之前的九默默無聞，在她自己的感覺裡一直是個失敗者。她曾有過許許多多的夢想，卻一次次地破滅。一九九五年，她對於新加坡的夢想在現實的魔影面前又一次被砸成了粉碎。

每當到了無路可走的時候，文學便會成爲九丹暫時的歸宿。《烏鴉》便是她這一次夢想破裂的結果。

其實，人的命運非常有趣，你拼力去做，甚至爲此賠上性命，也未必成功。你什麼都不想了，滿不在乎了，竟意外地大獲成功。這部在九丹心目中的份量並不比得上她的前兩部作品的《烏鴉》，便是這樣的一個「意外」事例。

既然之前，九丹還出版過長篇小說《愛殤》和《漂泊女人》。但現在看來，《烏鴉》這部作品無疑是她生命中的一塊碑石——也許是紀念碑，也許是墓碑。

九丹之路

我只是沒想到一個醉心寫作的人會有這麼富於交際的外表——一件翠綠底色的外衣，上面鋪著黃色的花朵，黑色緊身褲，腰部纏著絲絲累累的金屬鏈，一絲肉色隨著身體的起伏隱隱露出。頭髮是那種做成麥芒狀的直發，一直披過肩頭，時時遮住臉頰兩側——一張不失美麗的臉蛋，一個不失美麗的女人……。

——《北京青年周刊》

在許多人眼裡，九丹是一個頗具傳奇和神秘色彩的女人。

當然，當她的傳奇和神秘具體到《華西都市報》的記者劉朗筆下時，似乎只有寥寥數千字。

前一陣子，一本名叫《烏鴉》的長篇小說，像一顆重磅炸彈，在廣大讀者中引起了巨大的迴響，一時間，毀譽參半，沸沸揚揚。就在讀者仍在為《烏鴉》的得失爭論不休時，該書的作者九丹又推出了她的另一部長篇《漂泊女人》，把她對生活的感悟和人生的思考都展示得淋漓盡致。離經叛道似的文學觀

念、令人驚訝的故事情節、極具震撼力的表現手法，使九丹和她的書一樣，一出道就成了人們強烈關注的對象。

二〇〇一年十一月八日，記者在四川駐京辦事處，對新銳女作家九丹進行了獨家專訪。都說文如其人，記者眼前的九丹，就像她的那些作品一樣，特立獨行，新潮得幾近另類，又特別有思想。

1. 履歷表

在沒有見到九丹之前，記者曾根據以往的經驗，爲她畫過一幅像，以爲她也像那些所謂的另類女作家一樣，抽煙、喝酒、罵娘，而且有些故意做出來的孤傲和瘋狂。乍一見面，我才發現自己錯了。眼前的九丹，除了打扮新潮一點以外，既不抽煙，也不張狂，跟尋常人家那些懂事聽話的女孩一樣，她用怯怯的眼光看人、用輕輕的聲音說話，簡直就是一副小鳥依人的模樣。

但九丹就是九丹，一談起人生和文學，立刻就顯出了她另類的本相。當然，我所說的另類，是指她的觀念和思想。

像我所見到的女作家一樣，九丹對自己的女性身分似乎特別在意。她說，如果不是生爲女人，她可能不會搞創作。寫作之於她，就像說話一樣，是一種表達方式。有人說她寫的書調子太低沉。她說，她其實是在爲女人吶喊、在與不公平的世俗觀念對抗。她說，她寫作只是爲了給久經壓抑的心靈多透點兒

亮光。

我告訴九丹，她顯得比照片上要年輕，也更漂亮。九丹淡然一笑，沒有說啥。可聽我說她總是給人一種「包」得太緊、老是有點讓人看不透的感覺時，她卻忍不住輕輕地歎了一口氣。她說，她其實並不是在作秀，只是過去受到的傷害太多，輕易不敢把「眞我」示人而已。她還不無狡猾地開了一句玩笑：「說不定你現在看到的，也不是眞實的我……」

這麼說著，我們就談起了她所走過的路。

九丹本名朱子屛，出身於揚州，十四歲那年又隨父母一起去了鹽城。九丹的父母都在稅務部門工作。九丹有點兒少年早慧。她曾在《漂泊女人》的前言裡，寫到了她七歲那年的一段經歷。那年，小鎭附近的一個養豬場發生了一場大火，七歲的九丹跟在大人們身後去看熱鬧。當她看到圈裡的豬們拼著老命地要翻過圈牆往外逃命時，感到自己一下子長大了、懂事了。那天她一邊放聲大哭，一邊就想了很多很多。命運弄人，小小的九丹已窺視到了生命的渺小。

一九八三年秋天，九丹考上了重慶的一所大學。那時節，拼命地讀書，成了她最喜歡的一種生活。大學畢業後，她被分到了廣西一個地級市的機關報社當了記者。就因爲是女人，而且是個外來的漂亮小女人，她一進單位就成了一些人眼裡的異類。儘管她拼命地工作，也沒能給自己換來一個較爲寬鬆的精神環境，結果，在單位掙扎了一年之後，她不得不選擇了逃避。九丹說，從廣西到北京的火車上，

老是在放著那支題為《戀曲1990》的歌，她則是一個人一路哭著熬過來的。

也就是從那時起，九丹自動放棄了「公家人」的身分，踏上了獨自漂泊的人生長路……

在北京，九丹先是在一家所謂的影視文化公司做了一陣子。就因為看不慣老闆把所有的女員工都看成了他的「後宮佳麗」，她又辭掉了那份在別人看來很不錯的工作。後來，她跟人合夥開發過文化專案，也賺了些錢，就因為一段說不清道不明的感情糾葛，她又悄悄地撤了出來。

這之後，自感有話要說又總是找不到可靠的傾聽對象的她，悄悄地把自己關在一間小房子裡，用一年時間寫出了她的第一部長篇小說《愛殤》。她用這本書，為她的一段傾心之戀，點了一把祭奠的大火……

「寫完《愛殤》你就去新加坡了？」

九丹苦笑著點了點頭。她說，或許她天生就不是一個安分的女人，總是在掙扎，總想掙脫點什麼、找到點什麼，到頭來卻又不知道自己究竟要掙脫什麼、得到什麼。「比如當初，我簡直就把新加坡當成我心中的天堂了，可是等我好不容易置身於其中時，才發現，它根本不是我心中的那個新加坡……」

「新加坡其實是很美的呀！」

「我知道，可它畢竟不是我嚮往中的那個地方！」

2. 新加坡

實實在在講來，因爲手上有些積蓄，也因爲智慧過人，九丹在新加坡過得還算不錯，幾乎算得上是在新加坡的中國女孩中很優秀的一個了。她先學了一段語言，很快就在一個朋友的公司找到了一份做宣傳的工作。如果她後來不是主動回國的話，說不定今天已經過了很不錯的生活。時過境遷，說起往事，九丹已有了一種超然之感。她坦然地說，當年她之所以難以融入那個社會，問題主要出在她的心理上。置身於一個地方，你總是覺得寄人籬下、總是心存戒備，又怎麼可能眞正融入其中？

說起新加坡，九丹最不能忘記的是那些跟她一樣懷著夢想到那裡去圓夢的中國女孩，其中一些女孩的遭遇，總是讓她一想起來就感到臉紅心痛。就爲了一個所謂的夢，就爲了一張所謂的綠卡，甚至就爲了一個所謂的面子，就不惜以犧牲青春和人格爲代價，去左衝右突、投機鑽營直至互相拆台、彼此傾壓……這一切都是怎麼造成的？是什麼東西讓她們丟掉了大國子民的那份矜持，甚至連女孩最看重的貞潔都不要了？每當夜深人靜、輾轉難眠時，九丹的眼前總要浮現出「小龍女」們那一張張焦灼、虛幻的臉，她彷彿聽到了嚴酷的現實對她們人格嘎嘎作響的擠壓。她悲傷、她憤怒，於是就覺得有責任站出來，用手中這支桀驁不馴的筆，戳破那個「國外即天堂」的神話。

經過一番認眞的思考，九丹在北京郊區找了一套房子，開始了她嘔心瀝血般的創作。

聽說九丹要把在新加坡的見聞和感受用小說的形式寫出來，很多人都持反對態度。一位在新加坡時跟九丹走得很近的女孩，就曾給她打過一個電話，勸她千萬不要再去揭開那個痛苦難言的傷疤。其實，九丹可以不寫，也完全可以像某些從國外回來的人那樣，裝出一副「衣錦還鄉」的樣子，在朋友場上炫耀一下在國外的軼聞趣事，藉以活躍活躍氣氛，順便也不動聲色地抬高一下自己。但是，九丹就是九丹，她的良心和責任感讓她不可能把自己扮成一個旁觀者。於是，她面對電腦，飽蘸著自己的感情和「小龍女」們的血淚，不顧地寫了起來。

九丹坦言她寫《烏鴉》這本書寫得很苦。

《烏鴉》的創作開始於一九九八年早春時節，五月份寫完初稿，十月份修改完畢。中間這大半年時間裡，她拔掉了電話、關掉了手機，切斷了自己和外界的一切聯繫。每天，她八點開始工作，中午餓了就隨便找點東西塡塡肚子，接著再寫，這樣直到下午五點多鐘，感到實在累得不行了，這才關上電腦，點火生灶好好地做頓飯慰勞慰勞自己。吃過飯，洗洗衣服，再聽聽音樂看看書，就開始上床睡覺。大半年時間，她就是這麼看似枯燥無味地熬過來的。由於長期沉浸在書中的氛圍裡，她把自己搞得很累，結果等書寫完時，整個人都瘦了一圈，就像大病了一場似的。以致於大半年沒見她的朋友，一見面都問她，你本來就不胖，減個那門子的肥呀？

爲了追求一種感同身受的現場感，給讀者一種切膚之痛，九丹在《烏鴉》中用了第一人稱的寫法，

小說中的「我」，作爲「小龍女」中的一員，貫穿始終。「我」掙扎、沉淪、哭喊，幾乎成了「小龍女」們的化身和代言人。九丹怎麼也沒有想到，小說出版之後，這個本屬虛構的人物，竟成了一些人罵她的藉口。有人甚至拿「我」作依據，說：你看你看吧，其實九丹本人就不是什麼好貨色！還有小說的書題和文中不斷出現的那種叫烏鴉的鳥，好像也犯了什麼大忌似的，遭來了臭罵。弄得九丹有口難辯，又哭笑不得。

好在九丹不在乎。她說，多年來聽的罵聲太多了，都習慣了。再說，寫不寫是她的權利，罵不罵娘是人家的權利，她已經能做到不急也不躁。

「你當初爲什麼就沒想著給自己的書起個好聽的標題，比如什麼寶貝之類的，既好聽，又叫座，那多好！還有這烏鴉，明明知道讀者不喜歡，爲什麼還讓它一次次地出現？不寫它不可以？」

九丹一聽這話，竟笑了起來。她說，當初出書時，正是「寶貝」們風行的時候，還眞有人叫她不妨趕回時髦，她沒做：「我寫的是一本很嚴肅的書，去趕那個時髦不是把自己給糟賤了？還有這烏鴉，何罪之有？我爲什麼就不能把它寫進小說？再說，它在我的小說裡根本就不是什麼可有可無的道具，它是一種象徵，眞正懂點文學的人，應該一眼就可以看出來。如果連這一點都不能堅持，那我還是九丹嗎？」

九丹說，其實《烏鴉》的出版也是費了一番周折的。她先是帶著書稿在北京的幾家出版社轉了一大

圈，不少人都說是本很好的作品，就是嫌另類了些，不敢出。一個很偶然的機會，讓她見到了湖北的一位編輯，這才柳暗花明，總算給《烏鴉》找到了一個面對廣大讀者的機會。事實證明，那位編輯沒有看走眼，《烏鴉》一經問世，就在讀者和文學界掀起了一輪強勁的衝擊波，叫好者說它為讀者提供了一個全新的欣賞範本，批評者則罵得它一無是處……一時間，九丹和她的《烏鴉》都成了熱點話題，讓很多人為之爭論不休。

但是，熱鬧是人家的，九丹自己卻非常冷靜。在不得不參加了幾個活動之後，她很快就從公衆場合神秘地消失了，給一些人的捕風捉影留下了又一個玄機。於是，有人說九丹被抓了起來，有人說她又出國了，幾個月後，等九丹帶著她的另一本長篇小說《漂泊女人》重新出現在讀者面前時，各種流言才不攻自破。就連極個別曾罵九丹是在「用身體寫作」的人，也不得不對她刮目相看了。

作為作家，九丹成功了，沒有太多羈絆、太多奢望，她一出手，就達到了一種境界。

3. 寫作

其實，九丹是個很理性的女孩。

《漂泊女人》出版之後，北京的一些部門曾給她發過邀請，讓她去參加一些文學創作討論會，九丹都沒去。她說，她之所以暫時拒絕進入所謂的文壇，其實是不想過早地讓一些所謂的主流批評家左右自

己的文學觀念。「我知道《烏鴉》在一些批評家眼裡，到底是一本怎樣的書。因爲我破壞了傳統的文學秩序，他們肯定受不了。在這種前提下，我自動送上門去，不是自己找罵嗎？」她說，她要始終以非常坦白的態度去面對一切，包括讀者，也包括媒體。她甚至坦言，爲了生計，她也曾說過謊，但那只是相對一個或幾個人而言。媒體是面向大衆的，她不敢也不願欺騙讀者。

「那麼，在你自己看來，《烏鴉》和《漂泊女人》到底是怎樣兩本書？」

「兩本用市場化的表現手法寫成的很嚴肅的書。在書裡，我寫了理想和現實的對抗，展示了人生的一種脆弱，寫了現實對人性的擠壓，也寫了人對自己的深刻反思。更何況我在寫這些的過程中，始終持的是一種非常認眞、非常負責的態度。」九丹毫不隱晦地說。她說，《烏鴉》等書的寫作和出版，應算是她人生最得意的一件事。「到今天爲止，我依然以爲自己是很幸運的。我眞的很感激今天的市場和今天的讀者，沒有他們，就沒有現在的九丹。」九丹還說，不管今後如何，她都不會辜負她的讀者，「我可能會很在乎市場，但絕對不會爲了賣點而寫作！」

「那麼，你會不會就把寫作當成了你的終身職業？」

「我想不會。寫作只是我與世界對話的一種方式。假如有一天，我覺得我已經沒有了激情，或者是我找到了更好的對話方式，肯定會悄悄從文壇自動走開的！」九丹還透露，時下，她正在寫一本新書，但不是小說，是一本信馬由韁似的散記。她說，在這本書裡，她會把自己的靈魂眞眞切切地坦露給讀

者。

九丹不喜歡人家稱她「美女作家」，但很在意自己的衣著。她喜歡把自己打扮得前衛一些，喜歡用黑色調，冷冷的，又有點兒野野的，以致於站在人堆裡，你也一眼就能把她給認出來。這可能就是人們常說的「另類」吧。但九丹自己卻不認爲這有什麼「另類」，她只是喜歡這樣打扮就這樣打扮了，就像一朵花，喜歡這麼開就這麼開了，根本不管別人會怎樣評說。

九丹在她的作品中寫了許多如火如荼的愛情故事，甚至還煞有介事地寫到了性。一些讀者就產生了好奇：不知九丹自己擁有的，是怎樣一個感情世界？九丹理解讀者的好意，至今依然待字閨中的她，卻坦言早就有了意中人，而且對他愛得死去活來。只可惜她永遠都不可能爲他穿上婚紗了，因爲他們之間隔著幾十年時間，隔著一個永遠無法橫渡的大海。九丹所說的夢中情人，叫郁達夫。那個偉大的男人，早在九丹出世之前，就去了另一個世界……

這就是九丹，一個嚴肅得令人震撼、另類得令人吃驚的作家，一個夢一般的女子。她把她的生命和她的書，都非常信任地交到了讀者手中，並且在每一頁都寫上了四個字：渴望理解！

九丹印象

九丹是一個非常女性化的女人，是女人中的女人，說話的聲音嬌滴滴，很嗲很嗲。九丹的裝扮並不會很前衛暴露，平日的打扮其實並不怎樣。不過，她很騷，而她的騷，是從骨子裡透出來的。

——《聯合晚報》

男人：溫柔的陷井

1. 柔情似水的女人

我認識的九丹是妖豔的、溫柔的、很女性化的、極容易受到傷害卻無力反擊。她說話的語速極慢，似乎在竊竊私語，柔情似水，猶勝於「溫柔」不知多少倍。

九丹跟一般女人不同的地方在於，她可以在該複雜的時候很單純，甚至於幼稚。例如，對很多人都很相信，包括男人、某些社會現象。但在某些方面卻很老練，像跟一些男性掌權者打交道，她顯示出聰慧的一面，對於打擊對手毫不羞澀，張牙舞爪。她的出格其實是所有女性都有的欲望，希望衆星拱月。

九丹的柔弱掩蓋在另一面的強悍當中。

九丹很能吸引男人。她給我印象最深的是一種表情，一種在她沒反應過來，對她不利的事情發生了，讓她感到羞辱，她那種低頭委屈的表情，十分惹人憐愛。她不一定適合當妻子，因爲她不是任勞任怨的勞作女人，但她會是一個很好的知己。我最欣賞她與人爲善，衛慧就肯定比她精。

可以肯定的是，她絕對不是妓女作家。她不理會別人的攻擊，只是覺得女性作家有義務把女人眞實的想法勇敢地拿出來，她常常爲自己這種勇氣感到驕傲。

（沙林　中國作協會員、《中國青年報》主任記者）

2. 如果是我姐妹我會難受

我跟九丹是同鄉，認識好幾年了。那會兒，她剛從新加坡回來，抱著一堆書到公司找我一起吃飯，我覺得她好學，愛思考，同時又柔弱漂亮，走在大街上需要一個堅強的男性扶著的那種女孩，但內心堅強奮爭。

最近我比較忙，沒有時間聯繫她，也有點刻意迴避，因爲這個社會的一些做法讓我不舒服。他們僅是關注九丹這部作品背後的東西，我作爲朋友有種說不出味道的感覺。她本人並不是人們以爲有心計、有陰暗面的一類，而是健康、要強、透明、美麗的。但這裡面有不確定的因素，在這些議論中，九丹本

人是否處理得適當就不得而知。

好壞是相對的。例如，一個裸女走在大街上，非常漂亮，我會很欣賞地看她。但是，如果這是自己的姐妹，我會覺得非常難受，因爲跟她有感情。

妓女是什麼？女人看來，沒當過的帶著反叛心理想去嘗試，在生理上，那是旺盛生命力的表現。但於男人，妓女只是他們認爲較容易占有的異性。認識世界是件痛苦的事情，以文學反應世界也是個痛苦的歷程。九丹在她所處的環境走過，寫出的作品也是來源於生活的積累。

（何建明《中國作家》雜誌副主編）

3.男人的陷阱

如果不是九丹的朋友，我不會看《烏鴉》。我對女作家的東西很反感，因爲總是有太多私人化的東西。中國的女作家大多很神秘，愛寫內心的成長，心理的變化。人說，作家寫什麼就因爲他們沒什麼，男的一般文如其人，女的卻喜愛以寫作來替代某些東西。

儘管我沒見過九丹，但在電話裡我能感覺到她是個成熟禮貌周全的女性。此前見過她的照片，覺得她有性感的紅唇，風韻猶存。在熱情的外表下，她的內心應該很冷漠，似乎看透了男人的弱點，她很孤獨，守住內心深處不與人分享。看上去比較可怕，很危險，明擺著是男人的陷阱。我不會喜歡這樣的

人，女作家病態的太多。即便是壞女人都是有殺傷力的，讓人欲拒還迎。我倒是挺欣賞九丹的大氣，她說：「你們覺得我是妓女，那我就是妓女。」有時候，你傷害了一些人，他們必定扔給你匕首。像王朔、劉曉慶這些大衆玩偶，大家只有玩你才愉快。所以作爲公衆人物，一個作家無法預期，既然面對就是作秀也得上場，積極迎戰吧。

（邱華棟《中華工商時報》編輯、作家）

女友：騷在骨子裡

據《聯合晚報》記者劉麗清報導：

九丹的一名女性朋友形容，九丹是個非常有女人味的女人，是一個騷在骨子裡的女人。

《烏鴉》的報導刊出後，不僅引起讀者的熱烈迴響，紛紛發表自己的看法，九丹留學獅城期間的一名女性朋友，也接受了記者的訪問，大談對九丹的印象。

九丹這名不願透露姓名的友人在受訪時透露，九丹是一個非常女性化的女人，是女人中的女人，說話的聲音嬌滴滴，很嗲很嗲。

她說，九丹的裝扮並不會很前衛暴露，平日的打扮其實並不怎樣。不過，她很騷，而她的騷，是從骨子裡透出來的。

她也聲稱，九丹一見到男人就頭低低的，一副好像很害羞的樣子，不過她卻喜歡用眼睛斜斜兜兜地去瞄男人。

她認爲，九丹是一個很有男人緣的女人，也相信很多男人會喜歡九丹這類型的女子。在她眼裡，九丹稱不上是一名美女，身材也不那麼傲人，不過，她卻擁有一種魅力。

這名友人表示，九丹是在市區內的一家語言學院學英文。至於九丹是否有用功念書，她表示自己並沒有多加留意。

她說，其實她曾經聽說過有關九丹私生活的一些事情，不過她表示，她不想，也不願透露聽到的到底是什麼。

她坦言，與九丹初次見面時，對她的第一印象其實非常不好，感覺這個女人有點怪。

「她的那把頭髮，把她的臉都遮去了一半，讓人看了不太舒服……」

她透露，她是在一九九五年九丹來新加坡時，在朋友的介紹下認識對方。

一緣之人：相當文靜

另據劉麗清報導：

與九丹有過一「飯」之緣的前報人受訪，印象中九丹不多言，相當文靜。

一名前報人受訪時透露，數年前，他曾經在一次與老朋友的飯局中，與九丹見過面。當時，是一名朋友帶著九丹出席，九丹的打扮相當得體。

不過他說，除了普通寒暄之外，席間九丹很少說話，他還是從她說話的口音猜出她是中國人。而那次飯局之後，也沒有再見過九丹。「直到她出書之後，我才想起來曾經見過她，還赫然發現她原來是記者，而且還是一個作家。」

前報人表示，所以在他的記憶中，九丹只是一個和他朋友一同出席的女人，印象不深刻。這名前報人說，他不覺得九丹特別美、聲音特別嬌滴滴。

《聯合晚報》

名家：極有才氣

1. 李陀：九丹是中國最有才氣也最有希望的女作家

大約在三、四年前，九丹的第一部小說《愛殤》出來時，她送了一本給一位叫李陀的人看。李陀曾是余華、蘇童、格非等人的「伯樂」，一位很有影響的評論家。第二天下午，九丹打電話告訴我說，李陀已經連夜看完了她的小說，約她晚上見面談一談。那晚是我陪著九丹一起去的，是在李陀家附近的一

個酒吧。李陀顯得很激動，他說了許多。印象最深的是，他對九丹說，中國的作家大多數只是一個工匠，而你卻是一個藝術家，儘管你做的櫃子因爲沒有經驗也許會比例失調，但你的東西絕對是一個藝術品。最後，他鼓勵她一定要堅持寫下去，他說，中國所有的女作家都可以不寫，但你必須要寫下去，因爲你是中國最有才氣也最有希望的女作家之一，你天生就是一個作家。

2. 王朔：九丹才是真正意義上的女作家

去年夏天的某個下午，我因爲採訪一事打電話給王朔，直到晚上他才回了電話。採訪的事被他斷然拒絕，一副愛理不理的嘴臉，但我們卻聊起了文學這個話題。在兩個多小時的電話聊天裡，他把中國當代文壇上所有的作家（包括人們所尊敬的老作家）幾乎都罵了一遍，語言極其尖銳、刻薄，他用的最多的字眼就是「僞君子」，甚至用上了「不要臉的」這個惡毒的字眼。但我發現，王朔的罵不是毫無道理的罵，每個作家他都能說出他早期的作品，後來的作品和現在的作品是什麼，風格前後有何不同等等。後來我提到了九丹，問他有沒有看過她的作品，沒想到這時王朔倒出乎意料地誇起她來，他說他看過她寫的《漂泊女人》，倒是一點都不寒滄，接著他分析九丹的作品，他說她的文風很規矩，很保守，不是那種新潮、另類的那種，有點類似於劉恆的文風，但她寫作的感覺相當好，是一個很有才氣的女作家。他還告訴我，前不久有個《人民日報》的記者採訪他時提到了九丹，他當時就跟那記者說，九丹這位作

家才是眞正意義上的女作家，你們媒體應該多多宣傳這樣的作家才是。

3.范曾：《烏鴉》是極具價值的

在《烏鴉》這本書中，首頁便是中國繪畫大師范曾的題詞：詩贈九丹。而詩中內容又恰恰是針對《烏鴉》這本書的。

有人爲了能得到范曾一幅字，出鉅資，但一一被范曾拒絕。范曾卻又爲何爲《烏鴉》這本書贈詩寫字？范曾說，對於這個問題，我認爲詩中有兩句講得很清楚：「天涯女子多情筆，不欲依雲寫鳳鸞。」

范曾先生和九丹沒有故交，過去他也從未聽說有這麼個女作家，他和她認識是在今年初的一個文學交流會上，九丹給范曾先生送了一本書，就是《烏鴉》。

范曾先生說：「我很快就看完了，我認爲作者寫得太精彩了，無論從語言還是結構到它所包含的社會內容，都是極其有價值的。《烏鴉》這本書，也許很多人沒有看懂，所以才會招致那麼多非議。」

（《名人》雜誌記者末末）

同事：柔情萬丈

作爲曾和九丹一起在《衛視周刊》共事的同事們對九丹有著更眞切的瞭解。在他們看來，九丹並不

是那種樂於或善於隱藏自己的人。所以，同事們心目中的九丹，感覺是最眞實、最自然的。

1. 九丹的四大「柔情主義」

一大「柔情主義」：九丹很愛美。每次在辦公室看到她的時候，我就敢肯定她一定在家裡花費了大量的時間精心裝扮自己，然後再配上一頂帽子——這是她最喜歡的飾物，卻總能把她映襯得恰到好處，至少在我眼裡是這樣的，不知道在那些所謂有「品味」的男人眼裡是不是也會如此？畢竟女爲悅己者容，在這一點上，九丹絕不是個例外。

二大「柔情主義」：講話悄悄的。不禮貌地講（因爲只有實話實說，才能突出此特點），第一次接聽九丹的電話時，我有點心顫。她的言語輕得像是從遠遠的地方飄過來的，正巧當時是在晚上，整個辦公室就我一個人，聽她的聲音從聽筒一頭慢悠悠地飄進我的耳膜裡：「你是誰呀？我是九丹……」單聽這最後一個「丹」字，絕對會讓你記憶深刻地繞樑三日。後來逐漸發現，九丹就是這樣一個講話輕柔、語氣輕飄的女人。而根據一般規律，這種女人講話時所形成的磁場非常強大，不由你不去注意她。

三大「柔情主義」：極會呵護人。這一點，我有切身體驗。在和她的友誼漸漸加深了之後，我會和她說一些悄悄話，這個時候她總會耐心地聽著，然後給我指點迷津，話不多，但句句深刻，比起那些長篇大論式的說教，我更願意聽她講「女人就要活得像個女人。」她不是那種愛主動和人聯繫的人，但每

次接到她的電話，我都感覺心裡很溫暖，而她也總是第一句就問：「最近過得開心嗎？」

四大「柔情主義」：九丹很直率。似乎「直率」和「柔情」有點不搭，但我要講的「直率」，恰恰是因為她心底深處的那種毫無掩飾的溫柔才能夠塑造出這種「柔中帶剛」的個性來。我很佩服她的敢說敢做，畢竟女人到了這個年齡是不太容易再被人發現「閃光」之處的了，但是她的《烏鴉》卻駁斥了這個常理。《烏鴉》出版之後看到了太多辱罵她的話，但她依然我行我素，一副「懶得解釋」！實在逼急了，就乾脆說：「就是『妓女』心態的創作！」又怎麼樣呢？無聊的人實在太多，也許單憑九丹的「直率」恐怕也難抵可畏的「世道」！

不喜歡或不能接受九丹的人也有不少，因為九丹並不是那種你能按照常理所想像的女人。她的另類、她的叛逆、她的不苟合、她的孤傲讓我生存得很是疲憊，但幸好，畢竟還是有像我這樣的朋友會始終關注她和在意她的。

（同事：蕭慧）

2.九丹其人靜悄悄

九丹的眼皮不是雙的也不是單的，而是很多層堆疊著，彷彿看多了人間悲憤的不滿與無奈，她的笑卻是輕描淡寫的，靜而低啞的，她把激情都藏在黑色的披肩裡，開會時來得晚了，她把自己掩在大披肩

裡，悄悄地坐在角落裡，只有報選題時，她才讓自己的水域小心地盪起點點浪花，很快便又恢復平靜了。

九丹的女性角色深入骨髓，她嫵媚而嬌弱，悄悄地勾起男人的注意與愛憐，等到終於得逞，她詭秘地笑笑，悄悄地走開了，絕對是張愛玲裡面的「紅玫瑰」，是天生具有那種本事又不會浪費它的女人。

時間久了，我忘記了《烏鴉》，九丹成了一個普通的女人，她的個性、她的悲苦隱在她悄而靜的笑容裡與我們日日廝守，常常想，她不是傳奇誰是傳奇呢？她高得不能再高的涼鞋，她的燙成老玉米的頭髮，她的詭秘的微笑，這已經是傳奇的全部，當然了還有她的流言蜚語、她的桃色新聞。

九丹說她夜夜失眠，我教她各種辦法，她說她都試過，只是仍舊失眠，這是她自己選擇的。科學家說「聰明的老鼠容易痛」，我想九丹肯定是那隻聰明的耗子，她是因爲聰明所以無眠，所以會痛會寫文字，字字都是記憶的痛。

九丹是放縱而激情的，是被壓抑過的激情與放縱。表現出來便尤爲驚心動魄，頗具戲劇色彩，這是她小說裡女人的狂野，也是對過往歲月的發洩。

那天，九丹說她又要出書了，名字叫《喜鵲》，是講一個男人嘰嘰喳喳哄騙一個女人去新加坡定居的故事。大家都說九丹要出鳥類叢書了，下本書該叫《麻雀》了，哈哈……

從《烏鴉》到《喜鵲》，我們看到九丹的聲音變得明朗而輕快了，即便她仍是失眠的，這些人的聲

音也可沖淡記憶的苦痛。對於黑夜，九丹是笑而面對的，她仍舊經歷著，書寫著，揭露著，人性的惡與悲，你認同也罷，反對也罷，那是她的方式，她的客觀，我們只有拭目以待，下一次，她指給我們看的是那一塊傷疤。

不知道，一個人的黑夜裡，九丹是不是怕黑的女人，希望她筆端流淌的不再是苦難的呻吟，而是久違的人世的歡笑，然而我又怕那已不是眞的九丹。

（同事：陶夢清）

3. 說不清楚的九丹

九丹比我先來《衛視周刊》。初識九丹，一種感覺非常強烈：這女子溫柔得不一樣。

對著你說話時，不論距離遠近，一律輕聲細語；若是接到她的電話，往往會嚇你一跳，因爲那聲音彷彿是天邊飄來的，忽悠忽悠的，待到她報上名來：「我是九丹啊，聽不出來嗎？」你也才從天邊飄回來。與九丹聊天，聊著聊著，你會發現自己突然說不下去了，因爲九丹正拿她那雙「含情脈脈」的眼溫柔地注視著你，還微笑著，心想：再沒見過如此招人喜歡的聽衆了。由此想到九丹的文章，包括我在內的許多同事都納悶，九丹的採訪對象憑什麼初次見面，就能不辨好歹地把自己最隱秘的情感積蓄交予九丹？初戀、婚姻、婚外情……要是我，肯定不給，就是給也未必好意思直截了當，肯定得拐好幾個彎。

九丹詭秘地溫柔地一笑：這是有技巧的，在顧左右而言他時讓這人與你產生共鳴，必要時也會把自己先拋出去。

九丹愛美，是個很女性的女人。髮型、衣著、化妝，每天一定是修飾過的，還不時地、不放心地問問大家：今天我是不是臉色很不好，昨晚寫稿又一晚上沒睡。溫柔的九丹一定給了讀者不少錯覺，以爲九丹天天以淑女狀面市，但九丹喜穿酷裝，黑色的、牛仔的、皮革的、有拋光亮澤的。她的這種裝扮我們已經習慣，若那天她穿了一條特淑女的長裙，肯定有人會不習慣了。

近期，九丹出了兩本書，賣得還挺火，很多媒體爭相報導，九丹終於成了名女人。但九丹老說自己笨，反應慢，經常糊里糊塗的，尤其不會算數。事物都是複雜的，也許人也有兩面，甚至多面。九丹也是這樣，說不清楚的一個女人。喜愛她的人可以耐心地去慢慢瞭解，這也是九丹喜歡的一種狀態。

（同事：笑冬）

九丹行動

九丹的小說，有她的野心，她想顛覆既有的女性形象和關於女性的觀念，而在這一過程中，她自然就可以成爲代言人和旗手。

——《世界日報》

九丹反擊

衆所周知，《烏鴉》所引發的風波，不僅來自於作品本身的爭議，而且還在於九丹在這場風波中所表現出的一副鬥士般的姿態。

在新加坡「烏鴉風波」異常熱鬧的時候，九丹除了接受新加坡媒體的採訪外，她本人也撰寫過幾篇文章。

讓我們先看一篇她在六月二十五日發表在《聯合早報》的文章。

1. 不要把我當妓女

《烏鴉》在新加坡出版以後，評論像潮水一樣湧過來。在此，我對於一些喜歡《烏鴉》的人表示我的感激，你們隨著我共同地走了一段路程，這段路程有心靈的反思，有良心的懺悔，有對於所有那些中國女人在新加坡的生活或者某一類生活表示出的關注和透出的溫情。同時我也對那些在報紙上充滿仇恨的罵《烏鴉》以及罵我本人的人表示感激，因爲你們和喜歡《烏鴉》的人一樣共同經歷了那麼一段時間。如果我們把這個時間也稱作一段過程的話，你們即使不懺悔，你們即使不反思，你們即使是不願意像我一樣的經常去分析自己的內心世界，去探討自己心靈裡面的黑斑、白斑、紅斑及黃斑，那麼我也會感激你們，因為我對你們要求不高，生活對你們的要求也不高，你們就這樣活下去吧，但願你們永遠是快樂的。

2. 美麗的島國

在一些評論中，我發現有些文章裡面充斥著這樣一些字眼，這些字眼使我興奮，使我覺得有點莫名其妙的辛酸，使我覺得人間的的確確充滿著非常豐富的色彩，使我覺得漢語或華文的辭彙眞是太豐富了：濫、骯髒、沾汙、汙糟、妓女、壞、偷竊、訛詐……當所有這些豔麗的言詞像雪片一樣從新加坡這個從來沒有冬天的地方被南風吹到北京的時候，我突然發現新加坡是個非常可愛的地方，那兒儘管很小，儘管只有四百萬人口，儘管沒有四季之分，但實在是太美麗了。它突然勾起了我對於新加坡許多美麗事物的回憶，使我突然意識到也許有一天當我以《烏鴉》的方式再寫上三、四部小說以後，我說不定會以一種唯美的方式去寫一部關於新加坡的長篇小說。在這部長篇小說裡，新加坡沒有冬天，可是夏天不太炎熱；新加坡的陽光終日照著溫暖的海面，在海面上飛著的是海鷗，而不是烏鴉。新加坡多好啊，新加坡甚至於連夜總會都沒有。新加坡像是回到了浪漫的法國，回到了三、四〇年代的美國，又像是回

到了上個世紀末在梅勒美．瓦爾德筆下所描寫的歐洲……如此，我眞應該好好寫一篇這樣的關於新加坡的文章，我會寫的。因爲文學從來就是多樣的。當你今天面對這個世界，你畫出了一幅畫而人們稱它爲雜色的時候，你明天仍然可以畫一幅畫，它是充滿著大海一樣的蔚藍。

然而讓人們覺得十分可惜，也讓我覺得十分可惜的是，《烏鴉》竟然不是一幅蔚藍色的畫，但《烏鴉》的色彩也不是黑色的，它是豐富的，它是充滿著複雜的混雜著的各種顏色的一幅畫，我不知道它是畫好了，還是畫糟了。當人們給予《烏鴉》讚語的時候，我尤其覺得誠惶誠恐，我不知道他們面對《烏鴉》所說的好話是不是發自內心，他們看《烏鴉》究竟看到了什麼程度。然而當我看到了那些對《烏鴉》表示出了極端憤怒的人，他們在罵我的文章裡堆滿了那樣一些辭彙的時候，我突然意識到了《烏鴉》是眞的成功了。

3.終生愛一個男人

在我創作這部《烏鴉》，我的眼前常浮現出一個男人的形象，這是一個我終生都想嫁給他的人，我很愛他，我因爲愛他而對於許許多多的事情不再感興趣。這個男人是誰？在我告訴你們之前，我知道我永遠沒有辦法嫁給這個男人。因爲儘管我愛他，但是他不愛我。這個男人的名字叫郁達夫。

郁達夫寫過一篇非常著名的小說叫《沉淪》。在《沉淪》中，他寫了中國留學生在日本。這個留學生在日本快活不下去的時候，他做了許許多多污穢的事情，然而他站在海邊，突然說我多麼希望在我的身後有強大的祖國啊。而那些我筆下的姐姐妹妹們同樣站在海邊上，卻沒有能力像郁達夫那樣希望她們的國家能夠強大。然而我和郁達夫是一樣有這種能力的人，我和郁達夫一樣地離開了自己的國土，他去日本，我去新加坡。儘管我們的年齡幾乎相差了快一個世紀，但是我發現我們心靈相通，我們所共同擁有的不僅僅是一種體驗，最重要的我們共同擁有的是一種精神，是一種非常深刻的思想。因此，我懇求那些罵我是妓女的人，我希望你們把我看作你們的親人，不要隨隨便便地讓這樣兩個字湧出你們美麗的嘴唇。

如果說你們罵了我，罵了《烏鴉》，那就等於你們罵了許許多多在《烏鴉》裡面所描寫過的女人。當你們這樣去罵一些渾身上下都有傷口，並且內心裡在不斷地懺悔的女人的時候，我認爲你們罵了人類中的女性。這和你們指責我玷污了全世界的女人是同一個道理。若說我睜開眼就看到污濁所以有這樣的小說，那和尊貴的你們一睜開眼就看到天堂，就吶喊沒這回事是同一個道理。若罵我只看到地獄就寫地獄，那和出身天堂的你們只看到天堂而斥罵我寫地獄，污染了天堂也是同一個道理。其實，你們不告訴我天堂，我也知道有天堂，但我的小說人物是活在地獄。你們的叫罵聲，使我想起長輩記憶中那種典型的文化大革命式街頭批判。

《烏鴉》只是一本反映大時代裡某個黑暗層面的小說，它不是傳記，不是遊記，不是新聞報導，更

不是哲學理論，所以，請不要再因憤恨而對小說細節和我的生活哲學作無謂的挑剔，這只能反映你們的小器、民族性恐慌和對現實的逃避。如果我將紅色計程車改爲藍色的、把吃螃蟹改爲吃醉蝦，就能消除我所暴露的社會現象，那我願意這麼做。也請不要在辯論世界上是否有烏鴉，是否有鳳凰。不要再呼喊：「我們是鳳凰，你才是烏鴉」，也不需要昭告天下你在那裡看到或聽到鳳凰的故事。現實是現實，我並沒有抹殺現實，也沒有否認現實。如果大家都是能明辨事理的成熟人士，請不要再昧著良心說：「這只是寫她和她身邊幾個人的事。」如果眞這麼認爲，那請不要再吶喊：「她沾污了所有女人。」若指責我的小說是一種欺騙，那你們對小說和對我的謾罵是一種自欺。如果指責我的小說讓新加坡人對中國女人的印象糟透，那我要坦白說一句：那只是讓新加坡人與生俱來的優越感和帶有偏見的潛在性格有了新的出口和更堂皇的藉口。這種優越感和潛伏特性在《烏鴉》出現之前早已存在了，否則一些原本品行優良的中國女子就不會在新加坡活得那麼辛苦，一些原本對新加坡印象良好的中國人也不會在接觸新加坡人之後夢幻破滅。

你們首先應該看的就是《聖經》。在這部書裡，人們經常能體會到一種原罪。如此得出反思和懺悔的結論，你們還應該看到許許多多的那些歐洲的上一個世紀大師們筆下的作品，這些作品有的是用第一人稱寫的，有的是用第三人稱寫的。然而你們在看這樣的書的時候，尤其是看了用第一人稱寫的書之後，你們眞的認爲這就是作家本人完全的生活嗎？

4.請不要罵我是妓女

九丹——一個和你們一樣的女人，現在對你們說，在罵別人是妓女、在罵這個世界不好的時候，千萬不要僅僅想著自己的不滿和自己的委屈（自己的的確確是不滿的，自己也的的確確是委屈的）。你們應該學會一種《烏鴉》的精神，因爲《烏鴉》的精神裡面透出了一種《聖經》裡所教導我們的品質，就是一方面表達自己的不幸和不滿，另外一方面絲毫也不要降低對自己的分析和批評，因爲我即使是把別人犯的錯誤加在自己身上去批評，這也有助於人類靈魂的有益增長，對於人類智慧的發展也有很大好處。當《烏鴉》這樣一部已經過去了作品，並在許多人的頭腦中仍然呼喊著的時候，我又在寫我的另外一部長篇了。這部長篇仍然有很強烈的《烏鴉》意識和《烏鴉》的精神。我相信這部長篇你們仍然願意看，不管你們看了是喜歡還是不喜歡，但是我請求你們千萬不要再審判：我是妓女。

《聯合早報》

5.你們把我當妓女吧！如果……

文章的標題起得實在是驚人，三天後，九丹以同樣駭俗標題的文章又一次震住了新加坡人，〈九丹願意當妓女，如果……〉。〈《烏鴉》究竟是一部怎樣的書？〉

《聯合晚報》的導讀是這樣的：

若能使世人乾淨，九丹願當妓女。

爲了讓世人感到他們是「乾淨」的，並且能夠重新認識自己，九丹聲稱自己甘當妓女。

九丹說，全人類都因爲她寫了《烏鴉》，而把她當作骯髒的妓女。但是，如果這樣，大家才能都乾淨起來，精神也有了亮點，同時，中國女人也能開始分析自己及同情其他弱者，那麼，她認爲大家把她當妓女也沒有什麼不好。所以，她說：「我就當這個妓女了。」

就在「烏鴉風波」鬧得熱騰騰時，《烏鴉》作者九丹加入筆戰。以下是她的全文。

當《烏鴉》在中國引起關注的時候，我想起了我的另一部小說《漂泊女人》。在這裡面，我曾把我的生存環境比做豬圈，而我是一隻跳不出豬圈的豬。

隨著我人生閱歷的加深和知識面的擴大，我知道實際上人類作爲豬的命運是不可更改的，豬圈不光是指中國，也指新加坡、日本，或者是美國，而生活在其中的豬，是一切人類的命運，不管我們的文明已經多麼發達，也不管某個地方的教育達到了多麼高的程度，但是人類隨時隨地體會到的與生俱來的一種痛苦，是不會改變的，是無法逾越的。而如果我們看不到這點，那我們確實缺少一種很博大的精神。我們如果要說僅僅認爲別人是豬而自己不是豬，或者我們僅僅是認爲中國是一個豬圈，而新加坡不是，或者新加坡是而美國不是，那麼我們也還是缺少一種《聖經》般的關懷和人類的一種精神。當我們缺少

人文精神的話，我們何談文學，何談一些我們人生中確實存在的美麗、閃光的東西？

你們不要說「烏鴉」是這個國家的女人或者只是那個國家的女人，難道說美國的女人她們就不像《烏鴉》裡所描寫的那樣一種女人的命運嗎？難道說你在今天非常得勢，你在某一個公司受到了器重，或者你是一個政府的要員，或者說你在某一個學界裡做出重要貢獻，達到了衆星拱月的程度，當你面對別人在微笑時，難道你就忘了你做了很多違背自己心靈的東西，那怕你是做了一件，你怎麼把做了的這一件忘掉？那怕是僅僅一個念頭，你怎麼忘了自己的念頭？難道說你非要跑到夜總會你才承認自己是一個妓女嗎？如果是你因爲自己智力的低下的緣故，才沒有意識到自己的卑污，你又怎麼有權利去指責那些能夠全面認識人類本質的智力絕對超凡的人？

因此這個世界如果有一種公平的話，我們應該意識到《烏鴉》裡所描寫的這樣一些人，絕非是一個人的隱私或幾個人的隱私，也絕非是一般意義上的事情，它是一種非常深刻的描摹。它通過對於這個社會現實的描摹從而道出人類的非常深刻的一種悲劇性的意義，而悲劇命運不僅僅是幾隻豬在一個骯髒的豬圈裡，不僅僅是發生在一個落後的地區裡。

6. 寫的是全人類的命運

人類無法擺脫豬或者烏鴉的命運，因此從這個意義上說，《烏鴉》不僅僅是個女性題材，它更不是

寫新加坡留學的題材，全人類都會從這《烏鴉》裡面所描摹的幾個女性身上感受到自己的命運。當人們只有從這個意義上去閱讀《烏鴉》這本書的時候，那麼人類在精神上才不墮落，去表現眞正的高尚才會變得有希望，否則我們精神的亮點在什麼地方呢？如果說因爲我寫了《烏鴉》這本書，全人類的人都把我當作了骯髒的妓女，如果因爲你們把我當作妓女看，而使你們眞的乾淨了起來，使得你們的精神有了亮點，使新加坡的女人能夠開始分析自己從而對於一些其他的弱者，對於一些可憐人表現出眞正的同情，那麼你們全都把我當作妓女又有什麼不好呢，我就當這個妓女了。

你們看過《無名的裘得》嗎？在這部作品裡面，裘得非常悲慘地活在我們這個世界上，難道說裘得的悲慘僅僅是發生在他那個時代嗎？你們看過《安娜．卡列尼娜》嗎？安娜．卡列尼娜最後自殺了，難道是因爲她偷情活該嗎？不是這樣的，因爲人天生有自己的熱情，有自己的欲望和自己的弱點。

7. 你們讀書太少，太缺少智慧

我們再說《靜靜的頓河》中的阿克西尼亞。這樣一個女人，在生活裡面她和許多男人曾有過關係，最後在哈薩克人潰退的途中被打死了，難道在阿克西尼亞的悲劇中，你們還可以說她是個婊子嗎？人類已經進化了，在文學上無論是中外都已經進化到了像今天這樣的文明程度，恰恰還有人說《烏鴉》裡僅僅是寫了幾個婊子，這是多麼愚蠢，多麼缺少教養，多麼缺少知識。

還有人說《烏鴉》僅僅是九丹個人的經歷，說這種話的人不害躁嗎？難道說在大學裡邊沒有學過文學理論，沒有學過文學史？如果是忘了，你們難道就不能再回過頭去看看？你們去讀《靜靜的頓河》，去讀《安娜．卡列尼娜》，去讀托馬斯．哈代的《無名的裘得》，去讀雨果的《悲慘世界》，去讀福樓拜的《包法利夫人》吧，有那麼多偉大的作品擺在你們面前，你們還在說《烏鴉》僅僅是九丹個人的經歷，你們說這種話眞應該爲自己臉紅。因爲你們的的確確如果不是在撒謊，不是信口胡說，就是你們讀書太少，太缺少智慧。

女性朋友們，你們其實跟《烏鴉》裡的女人一樣，因此我的女性朋友們，僅僅是因爲你們對《烏鴉》所作出的一些不負責任的評價，你們都應該認眞分析一下自己的內心，你們的目的究竟是什麼？你們這樣毫無原則地罵《烏鴉》，罵我九丹這個人，你們在討好誰？是因爲使自己的生存更加容易嗎？還是因爲你們是想向世人去表現你們要比《烏鴉》裡面所寫的女人要乾淨？但是無論怎麼樣，你們其實跟《烏鴉》裡所描寫的女人一樣，你們是人類，你們是女人，都是帶有與生俱來的傷痛的人，你們彼此之間互相應該產生關愛。可是你們恰恰沒有這樣做，你們是多麼令人傷心啊。

記得有位評論家說，九丹是個炒作高手，看了上面這兩篇文章，我們不由地想起了一位媒體編輯的質疑：「一個女人怎麼能夠那麼理性地爲自己的『賣』找尋『紮實的的理論基礎』？」

在此，我們不妨再看一看她最早發表在《新明日報》的文章。

8.小龍女和你我他

在新加坡的幾年，在我的一生中僅是短短的一瞬間，但是我非常完整地或者是非常深刻地表達了這樣一段經歷。

如果在《烏鴉》裡有百分之六七十尊重了自己的良心的話，那麼我欣喜地發現，它撥動了新加坡的麻木的靈魂，這使我重新產生了疑問：原來我認爲小龍女在那裡跟蚊子跟老鼠跟蒼蠅一樣，人們除了厭惡她們以外，人們不會去眞正注意她們，事實上我在新加坡幾年的生活也讓我充分地發現了這一點。

然而一部《烏鴉》卻使這些得到了改變。新加坡人還是有靈魂的，當還有這樣一群人活在你們身邊，難道你們除了逗她們玩以外，不想跟她們對對話，去聽聽她們怎麼想你們的？難道說你們不能爲自己豎立另外一面鏡子，從這個鏡子裡面，你們看看自己平常究竟是一些什麼樣的人，你們的生活是什麼狀態？

如果《烏鴉》能使你們開始以另外一面鏡子照見自己，不管你們承不承認，不管那個鏡子是不是哈哈鏡，還是百分之幾十的失眞，但它畢竟是一個角度。

不管是今天還是明天，還會有相當多的中國女人們，仍然像是大片的烏鴉飛向新加坡。當她們到了新加坡以後，以好奇的眼光去看新加坡這個城市時，看了《烏鴉》的你們，對她們的態度也許會略微有些改善。這個改善有可能有利於她們的生存，也有可能更加不利於她們的生存。但是不管怎樣，這些女人還是要去的，去的目的也不會變。也許你們變本加厲地把她們看成是妓女。但是這些中國女人在去新加坡之前，也許並不是妓女，而且新加坡也並不像是我筆下所描寫的罪惡的新加坡。然而一旦把中國女人和新加坡聯繫在一起，那麼《烏鴉》裡所描寫的那些所有的女人，就突然比冬眠狀態中開始活動起來，而她們所面對的城市，就像一個沉沉的夜幕下的背景，也突然間有無數目光像燈光一樣照亮了它，像《烏鴉》裡所描寫的一樣。

因此，從這個意義上講，只要是把新加坡和中國女人聯繫在一起，《烏鴉》就是永恆的作品，只要是兩者併存於一個空間，那麼中國女人就是我筆下的中國女人，新加坡也就是我筆下的新加坡。

你們不要問我不是作品裡女主人，你們也不要去問我與什麼樣的人有關，文學永遠就是這樣的，它一定是來自於生活裡某些非常值得注意的東西。當概括，當提高了之後並引起了人們關注的時候，文學的生命就開始永存了。但是客觀上說，這還不夠公正，《烏鴉》的永存不是從新加坡或中國開始注意的時候永存的，而是我寫第一行字的開始，《烏鴉》就已經永存了。

九丹批判：我是九丹我怕誰？

「烏鴉風波」中，九丹發表的批判言論，擲地有聲，語驚四座，震驚中國文壇。

1.一批美女作家：全都是塑膠製品

九丹說，當下的女作家，從張潔、陳染、林白到現在所謂的美女作家，只關注個人體驗，熱衷寫自己的生活乃至大膽地抖露虛僞造作多於懺悔意識的自己的性體驗，人們因此就以爲她們眞的說出了老實話。實際上這是她們的虛僞，是女人愛炫耀和美化自己的通病，她們在無限地杜撰自己所根本沒有體會過的生活。像這樣的女作家，不管她們號稱自己是什麼代、是什麼新新人類，也不管她們說已經把所謂的另類生活表現得有多少了，但她們沒有很好地表達人本身所應有的東西，所以我認爲她們是不成功的，她們的作品根本不能稱爲小說。

九丹還說，美女作家本應是個很美好的詞，不管這個女人外貌是美是醜，但在寫作中，她的狀態都是美的。我也是一個女人，但是我要比那些所謂美女作家要坦誠一些，我沒有在所謂另類的招牌下拼命美化自己。在書中，對那些漂泊海外的女性，我表達了比批判現實更豐富的感情，那就是自我懺悔意識，而這正是衆多女作家們所欠缺的。

2.二批傳統女作家：她們都是一丘之貉

我不是文壇的，我驕傲

在《南方周末》、《中華讀書報》或是別的媒體上，我曾對當下的女作家們提出了嚴厲的批評。很多人不同意我的意見，也有很多人同意我的意見，但都不免為我捏一把汗：以後還想在文壇怎麼混？

今天我要說的是，我根本就不是你們所謂文壇中的人，只有王安憶才是文壇中的人，只有陳染、衛慧、張潔、張抗抗、池莉她們才是文壇裡的人。如果要以作品來區分的話，瑪格麗特．杜拉不是文壇中的人，林白有一半不算是文壇中的人，棉棉也不能算是文壇裡的人，方方也有一大部分不是文壇裡的人，而鐵凝、畢淑敏這些統統都是文壇裡的人。

首先我為我永遠不是文壇裡的人而驕傲，我為我不是中國作家協會會員而驕傲，我為我能夠在北京活下去而驕傲，我為我自己沒有等待著中國作家協會或是中國文聯的下屬機構為我發工資而驕傲，我為我始終是以女人的方式去表達一個女人的心靈而驕傲，我為我那麼深深地愛著郁達夫以及他的精神和很多作品而驕傲，我為我會寫出《烏鴉》、《鳳凰》、《喜鵲》三部曲而驕傲。

但是我最最為我不是文壇的人而驕傲。

我驕傲的幾點理由

像王安憶或者是所謂的這種女作家們，當中國開始流行所謂文化尋根的時候，她們就開始進入文化尋根的層次，當中國要進入所謂反思文學的時候，她們就開始反思，當一群無恥的理論家們開始說中國進入後現代的時候，她們又開始穿起了後現代的花衣裳。而當一些同樣無恥的評論家們開始說博大、開

始說風俗、開始說文化的時候，她們就開始把作品寫得越來越厚，我爲我沒有這樣去寫作而驕傲。

你們可以說我不夠文化，你們可以說我不是文壇中人，而且可以說今後文壇肯定是拒絕我的，你們可以因此就覺得我是無恥的，我爲你們這樣的人說我無恥而驕傲。

我爲我沒有得到天天跟在那樣一些女作家的屁股後面叫好的評論家們，對我同樣叫好而驕傲，我爲我終生都不可能得矛盾文學獎而驕傲。

當我說王安憶和衛慧是從一個娘胎裡出來的時候，許多人還都吃驚還都不信，但是如果你們仔細地把她們的作品加以比較，你們一定發現她們在精神深處有很多地方是相通的，那就是她們都是塑膠製品，可是當你們去把我寫的作品，無論是《漂泊女人》還是《烏鴉》，你們拿它們去跟王安憶的作品去作對照的時候，難道說你們能發現它們那怕是有一點點相類似的地方嗎？沒有。我爲我和她們完全不同而驕傲。

一　說王安憶

不要看衛慧和王安憶她們在年齡上相差了很多，在作品裡，衛慧好像寫了當前的這樣一代年輕人，她們所出沒的一些場所，所經歷的床好像跟王安憶所經歷的不太一樣，所吃的東西好像不太一樣，所睡過的男人好像不太一樣，然而王安憶和衛慧的精神實質卻有很多共同的東西。作爲一個女作家，她們都是閃閃爍爍地編織著她們塑膠的花環，編織著塑膠的身體，然後在這塑膠的身體上面，她們用絲綢、她們用純棉布、她們用亞麻然後又給這些布料上增加了各種各樣的色彩。她們在早晨醒來的時候，開始抖動絲綢；當太陽出來的時候，她們拿出了棉布的陽傘；傍晚的時候，她們又拿出了亞麻。然後她們又把絲綢、棉布、亞麻所做出的襯衣、內衣、外衣、大衣等一切都拿出來去招搖，然後文壇就激動了，然後評論家就激動了——他們說，絲綢表現了一個女人的細緻和中華文化的古老；棉布表現了我們土地裡的一種文化和一個民族非常豐厚的底蘊；亞麻卻又恰恰代表了新的時尚，代表了一種回歸。而當這幾樣東西都結合在一起的時候，他們又說，從這裡面看到了中西文化的碰撞。

你們這些人啊，你們永遠因爲你們的良心沒有了，於是你們開始說一些不痛不癢的話，你們從來沒有眞正關心過文學，你們自己設制了一個圈子互相捧場，互相幫忙，你們以爲這就是你們人性中的美好，你們還以爲這就是你們人文主義的精神。你們這樣做太無恥了，你們從來沒有把眼睛投入更廣闊的社會，或者很深刻地投向女人的內心和男人的內心，於是你們構制了一個由王安憶等等所組織起來的文壇，於是你們羅列了一批所謂女作家，然後就在這樣一些女作家的圈子裡面，大家共同唱起了歌，並且打開答錄機，伴隨著答錄機裡所播放的電子琴或者是小提琴演奏的不那麼準確的歐洲的作品，於是你們覺得找到了一個共同可以跳舞的空間。於是你們共同跳舞，你們共同歌唱，你們從二十年前大家就一起歌唱，直到現在雖然覺得自己受到冷落，發現自己在社會已經不是寵兒了，但是你們仍然手拉著手一起歌唱，一起跳舞，於是你們突然發現你們作爲女作家，只要這樣唱下去跳下去就夠了，因爲中國的廣大

的讀者的神經已經被你們餵養得失去了起碼的感覺，他們已經感受不到人生的眞正的滋味了。於是你們成功了，於是你們這樣一些女作家就可以永遠這樣活下去了。

二說王安憶

王安憶之流是伴隨著所謂中國當代文學歷史成長的，因此由這樣的女作家和這樣一些昧著良心的評論家共同製造了一個他們自己的社會，人們把這個社會稱作爲文壇，然而這是可悲的。因爲這個文壇離眞正的中國人的心靈很遠。這些猖獗的女作家們從來沒寫過自己的內心，因爲她們沒有深入地寫過自己的內心，所以她們永遠不可能進入在這個時代裡眞正女人的內心，這是在犯罪。因爲她們對中國廣大的讀者造成一個誤導，以爲文學就是她們那樣的，以爲女作家只能是像王安憶那樣去寫東西，如果一個女人不像她那樣去寫，那麼無疑就犯了更大的罪，這個女人就應該被槍斃，就應該被推出作家的行列。

再說王安憶

早期的王安憶，本身作爲一個還年輕的女人，她的內心是活躍的，是有感覺的，她憑著自己的本能寫出一些對於女人內心有一定層次的作品，對這個世界的男人也表露出了她那個年代的關心和溫情，然而最可悲的是她過早地進入了所謂文壇，於是她喪失了自己的思考，她喪失了自己的感覺，由於她的身體缺少感覺，由於她的內心變得麻木，就像是一個男人過早地割了包皮，使他的男性生殖器就變得麻木了一樣，或者就像一個人從小吃糖吃得過度，於是牙出現了問題，過早地把那個牙的神經殺死並且連根

拔了之後置上一個假牙，這個假牙儘管能吃東西，然而這個假牙已經缺少了眞正的神經了，已經缺少了疼痛或者是酸楚的感覺了。

王安憶就是在這樣一些評論家和文壇的包圍之中失去了感覺，她的內心不敏感了，於是她寫社會，這社會是龐大的，博大的；於是她思考，這思考也是充滿著深邃的，龐大的；她寫愛情，這愛情也是龐大的，王安憶所有的東西都變得龐大了起來。而且在這個龐大的周圍，有很多評論家都爲她增加了文化的色彩。而這種所謂文化究竟是什麼呢？不知道，但反正是他們共同營造出來的東西，那個東西只有他們自己能夠去品嘗，而跟中國的廣大讀者，特別是跟女人的內心沒有任何關係。

於是乎王安憶她就眞的變了，尤其令人可悲的是當她在作品中開始以一個女人的方式在說話的時候，我們發現這不是個女人。她究竟是什麼人？她是個殉道士？她不是殉道士；她是個宗教者？她不是宗教者；她是個思想者？她也不是思想者。總之，她是文壇中所製造出來的一個作家。她們有她們固定的說話方式，有固定的睡覺姿態，於是她們在這樣一個狀態下愈演愈烈，以至於她們就眞的以爲自己的作品是最深刻最博大的了。

你們可以說你們深刻，你們可以說你們博大，我全都不反對。但你們千千萬萬不要隨便說你們還具有人文精神，你們內心深處還抱有憐憫和同情，你們也千萬不要濫用「關愛」這個詞。

這些對於你們麻木的心靈來說，足夠了。

3.三批評論家：臉上沾滿了「奶水」

許多記者問我，爲什麼《烏鴉》出來這麼久並在世界上產生了那麼廣泛的影響，中國的評論界卻還保持沉默？我對他們說，這並不奇怪，由於這個時代的冷漠，由於這個時代的金錢化，其實這些評論家們比作家、比商人、比律師、比任何其他職業的人，都更具有一種市儈的嘴臉。他們只有面對所謂蓋棺定論的或者已經有定論的那幫作家們，才會露出搖尾乞憐的媚相。

於是中國的文壇開始遭殃了。新的作家永遠出不來，那怕是用自己的血和淚寫出的作品他們卻認爲是紀實文學，那怕無論在技術上或語言上顯得多麼成熟，他們都是嗤之以鼻，連看都不會多看。然而，假如說一個人把幾百塊錢的紅包塞在他們的口袋裡以後，他們馬上就會笑一笑，緊接著如果他們碰到的對象是一個小姑娘的話，他們渾身的汗毛都會興奮起來。於是在他們的微笑後面，流著長長的口水，吐出怪異的舌頭，他們的全部心思就是在小姑娘身上去吃吃奶。

這些評論家啊，他們一邊尋著心思想吃小姑娘身上的奶，一邊察顏觀色，在等待著，一旦社會開始對小姑娘有好的評價時，他們也跟著說幾句。緊接著會在深夜時給小姑娘打電話，話是怪怪的，聲音是綿綿的，不知道他們究竟要做什麼。隔了那麼遠他們又能做什麼呢？可是當他們發現實在是吃不上奶的時候，會氣極敗壞，從此以後不再理小姑娘，即使是小姑娘以後成了名寫出了優秀的作品，他們也會說

我沒看，我不認識。

當然他們想吃的奶還不光是小姑娘身上的，他們想吃很多人的奶，他們吃中國作家協會的奶，他們吃他們單位的奶，他們吃刊物的奶，他們吃報紙的奶，他們每當吃完了奶之後他們都會擦擦嘴，笑嘻嘻地說：文學是深刻的，文學又是美好的；文學是人性的，文學又是社會的；文學是反思的，是意識流的，文學又是後現代的。這幫評論家們，他們吃完了奶以後，滿嘴冒泡，他們把奶汁就像吹肥皂水一樣吹起一個一個大泡。那個奶汁所鼓漲起來的大泡淹蓋了他們的臉，當這個大泡終於「砰」破滅了以後，這個奶儘管沒有流進他們的肚子裡，還是沾滿了他們的臉。於是這些臉上沾滿了奶水的評論家們，還對全世界的人說：我是評論家，我是中國最偉大的評論家。

九丹現象亂彈

《烏鴉》這部作品首先是倫理的，其次是社會的，最後才是文學的。

《烏鴉》這部作品的問世，無疑是二〇〇一年中新兩地的一個重要的社會文化事件。我們對於這一事件的當事人、媒體，以及所有參與者的種種意見和情緒，都持以冷靜的觀察態度。也就是說，我們對

於這個事件造成的社會震盪的分析研究遠遠勝於對事件本身的研究。

《烏鴉》以及由它所引發的這一事件，在我們看來已經超越了一部文學作品的文本意義，在一定程度上，我們把由「烏鴉風波」所引發的社會各階層的不同反應，看作是這個時代各階層人們社會情緒的自然流露，我們試圖從各種情緒中捕捉當今時代的奇特資訊或觀察一種文化精神。

迄今爲止，我們還沒有發現有那一部作品像這部作品一樣，爲觀察和評價一個時代提供了較多方面的社會文化資訊——進步和落後、文明與愚昧、民族意識與人道主義、人權與教育、留學和移民等等。

在此，我們只想隨便提出兩點。

一是盜版的猖獗。記得「烏鴉風波」中，有篇文章在說：「烏鴉」！「烏鴉」！烏鴉家喻戶曉了，烏鴉的荷包漲了。烏鴉躲在枯枝上偷偷的笑了。它笑得多麼開心。它笑得多麼得意。看！那些新加坡人和中國人正在爲它做免費宣傳呢！在爲它爭得你死我活呢！

細算起來，在「烏鴉風波」中，笑得最開懷的當數國內的盜版商們。他們的嗅覺靈敏度遠遠超出國內的那些記者們。在新加坡「烏鴉風波」鬧起沒多久，盜版商們就開始忙碌了起來。他們似乎清楚地看到了這場風波背後的巨大的「利」字。

從七月份，盜版的《烏鴉》就如同新加坡天上飛翔的密密麻麻的烏鴉一樣，鋪滿了全國市場。正版書十八元一本，盜版書一本只需十元左右。到了九月份時，正版書除了在全國大的書店外，幾乎全被盜

版書擠了出去。《烏鴉》的是是非非對他們來說，正是賺錢的催化劑。你的風波鬧得越大，我的利潤就最大。

據悉，盜版書集中在沿海、廣東、廣西等地，橫行全國的三十餘個省市，並已進入新加坡和香港的圖書市場，最低估計也有一百五十萬冊。

不僅如此，九丹的《漂泊女人》也出現了盜版。

與此同時，七月份，署名爲九丹著的《寂寞女人》也在市場上出現（南方的媒體上甚至還登有該書的宣傳文章，實在令人眞假難分），它們均以長江文藝出版社的名義。作者、封面設計、圖書責任者等均完全抄襲《烏鴉》一書，內容胡拼亂湊，粗製濫造，庸俗不堪。

令人稱絕的是，到了十一月份，署名爲九丹的《鳳凰》和《喜鵲》也公然地在書攤上熱賣。眞可謂人有多大膽，地有多大產。或曰：沒有做不到的，只有想不到的。

二是中國評論界的沉默。這點正如《新周刊》所云：那些嚴肅的文學評論家對此保持沉默，到現在爲止，沒有一個人出來評論九丹已經發表的三部作品。他們無視了這樣的事實：在香港，《烏鴉》在幾天內就賣出了八九百本，還上了《亞洲周刊》的封面。藉助網路這一方便的途徑，針對《烏鴉》的大討論幾乎遍及國內和新加坡的華人圈。

中國評論界的沉默是因爲什麼？我們不得而知。

客觀地說，在這樣一個價值判斷多元化的年代，對《烏鴉》這部作品的價值判斷我們已無意於作出定論，有人說這是一部經典性的文學作品也好，有人說這是一個文字垃圾也好，無論如何，它出現了。

在此，不妨引用一句哲學名言：「存在就是合理。」

在這樣一個紛亂的年代裡，在人們忙碌得都無意去注意身邊發生的一般事情的時候，而《烏鴉》卻能夠構成一個話題並引起廣泛的注意，就從這個意義上來說，它早已不是一部一般意義上的暢銷書。

當你很深入地去閱讀《烏鴉》文本的時候，你會發現，它離人的本質離人性確實靠得很近很近，你喜歡它也好不喜歡也好，都會發現這裡面確實非常深刻地揭示了某一類人或者某一種人的本質，現實中的某一種現實，而且對於處於一種麻木狀態下的人可能是一種刺激，不管從那一種角度閱讀它，你都會獲得對於自己心靈的關照。

你覺得「烏鴉」高尚嗎？那麼你是從文學本身出發，你覺得它確實描摹了人的本質；你覺得「烏鴉」骯髒嗎？那麼你是覺得你的生活跟「烏鴉」完全不一樣，但是把這樣一種生活端到你們面前的時候，起碼「烏鴉」提供了一面鏡子，使你覺得在這個社會生活裡面，可能還有這樣一種生活，因此你遠離「烏鴉」的現實對你也有好處；你覺得「烏鴉」是充滿著一種眼淚的嗎？那麼希望你把更多的歡笑留給人間；你覺得「烏鴉」是一種黑色的，甚至於是幽默性的一種東西，它反映了我們現實中的某一種類型，

那麼希望你努力使「烏鴉」裡狀況不要繼續在我們的生活裡面發生。

因此，無論從那個意義上說，《烏鴉》的出版都是一種好事，無論從那個角度看，它都是一部成功的作品。

至於《烏鴉》給中國文學界帶來了什麼、對中國留學生史產生了什麼影響，以及九丹的懺悔精神給文學界的貢獻、九丹作品的歷史意義，在這裡，我們還沒有任何資格來下定論，這會在歷史的長河慢慢尋到結論。

但它所引發出來的風波在短時間內給新加坡、給全世界的華人華僑，以及留學和移民政策等方面帶來的強烈的衝擊，卻是我們至今就能感受到的。據說，新加坡有關方面已經開始反思自己的移民政策了。

在這篇文章行將結束的時候，我們想起了在新加坡召開的中新兩地專家學者的「烏鴉解讀會」。會上有新加坡人提出，《烏鴉》就其文學性而言不能算是部文學作品，當時在場的北京大學中文系教授王守仁便反問對方，那應該怎麼歸類？任何一部書總得有個歸類吧。王教授繼而說，《烏鴉》這部作品首先是倫理的，其次是社會的，最後才是文學的。

附錄一：如此酷評

酷評一：「寶貝」橫行，「烏鴉」亂飛，文學陷入了商業陰謀

有評論說，文學過去是身不由己、無可奈何地跌入商業陰謀，而現在則有人主動向商業招手，開始合謀了。

「炒」字這些年與文壇結下親緣，一本本水準平平的圖書，一經炒作，即可成爲「經典」之作、「傳世」之作。有人說近年文壇十分寂寥，其實並不確切，殊不見那些小說經急火猛攻，熱炒出爐，鬧得火爆一時。一會兒「寶貝」橫行，一會兒「烏鴉」亂飛。文壇的熱點一直不斷。

抓住「賣點」

這回，文壇「炒」的是一位從新加坡回國的女作家寫的長篇。小說描寫的是「一批中國女性爲了在異國生存並長期居留，不擇手段，相互傾軋，甚至不惜出賣肉體，但最終沒能，也沒指望實現綠卡之夢」的故事。看了這部作品之後，不由想起讀過的一篇文章中的一句話：「如果你既不痛苦也不無聊，戀愛經歷也比較單純，那說明你離寫作的境界還遠。」

依出版行話來說，知道一本書的「賣點」在何處，這是非常要緊的，抓住「賣點」狠炒一把，不怕不紅。上述這部小說在封底介紹中寫道：「作品較多地涉及到性。但在作家筆下，它是這群女子謀生的一種手段，如同吃飯穿衣，是生活的一部分，無所謂淫穢、罪惡或純潔崇高。」這就是抓住了「性」的賣點，以它爲標籤，招徠讀者。女作家說得眞切：「我就是想震一震文壇。」

名利雙收

要炒紅一部作品，方法很多。出版社和媒體配合，弄出一些讚揚的評論已是老套。反其道而行之，製造一些爭論，甚至咒罵，現在成了常用的方法。這是摸準了讀者的心理：「你說好我未必動心；你說不好，我倒偏要看看。」再者，讓作家發表一些另類的評論也是一招。那位寫了兩部通俗故事，最近很火的女作家，就以戰鬥的姿態將中國的女作家一竿子打死，她說：「她們都是一丘之貉，都是從一個家族裡出來的，都是一群虛僞的女人。比如王安憶，她早期的作品還可以，但最近的作品，像《長恨歌》，看上去很大氣的作品，其實離現代女性的心靈是越來越遠了。」，「我認爲，我比她們中的任何一位都成功。」這話確實有些驚人，但細想之下，這底氣不足的嚷嚷，無非是為了引起人們的注意罷了。

互相開罵

還有一個最新發明，不可謂不高明，就是讓作家之間開罵，你罵我是「身體派」，我罵你是「妓女作家」。馬路上有人吵架，常會引起圍觀，看客衆多。與此相同，文壇相罵也會吸引許多人關注，甚至還有路見不平者加入。不是就有評論家後悔，入了某作家的圈套，把她罵得越來越紅火嗎？如此一來，書的發行量上去了，出版商賺了錢。不論好壞，作家也算是出了名了，錢包也鼓起來了，目的也達到了。文學也就這樣陷入了商業的陰謀。有評論說，文學過去是身不由己、無可奈何地跌入商業陰謀，而現在則有人主動向商業招手，開始合謀了。合謀的目的是爲了名利，歸根到底還是利。趙長天喟歎：「現在的文壇沒有了標準，已經不知道什麼是好，什麼是差了！」

當今社會，「市場」是每個人都要面對的。作家、出版社都無例外。但我們能不能少一些對市場低層次的迎合，拿出一些眞正的好東西來「炒」一「炒」。要知道，讀者的趣味也是需要引導的。

（項瑋　《新民晚報》）

酷評二：我「瘋」故我在

現在，新出爐的文學名人九丹在「成熟」的王朔大叔的吆喝聲中走到了前台，一出口就語驚四座，這便難怪要讓我們感歎「長江後浪推前浪，世上新人催舊人」了。

如今，想在文學圈裡混出點名堂來似乎變得容易了：只要你能寫出幾篇彷彿頗為「出格」的文章，接著在一些媒體上「認眞地撒幾次野」，保你用不了多久，名氣即可立即上漲；一旦有了名氣，你就可以撒更大的野。王朔的「罵」、衛慧的「脫」和韓寒的「狂」，都是屬於此類撒野的套路。「我瘋故我在」，誰「瘋」得很，誰就自然「在」得結實。一些文人看準了這條出名的捷徑，紛紛仿效，於是，眼下就有了所謂「美婦作家」（後美女作家）九丹、尹麗川等人的連篇瘋話。

近幾年嶄露頭角的幾位「美婦作家」，都是一些被輿論稱作「用下半身寫作」的高手。對於她們的作品，我不想發表什麼意見，我在這篇短文中，只想就她們當中的代表人物九丹發表的一篇談話發一點議論。九丹是今年四月在接受南方某報記者採訪時說這番話的：「女人和女人都是一樣的，從哲學意義上說，女人都是妓女……」

「女人都是妓女」，啊啊，這句話實在有點兒「驚世駭俗」，前人所謂「語不驚人死不休」的功夫，

終於在九丹這裡達到了極致，我們這些凡夫俗子總算又被認眞地醍醐灌頂了一回。「女人都是妓女」，多新鮮的一個命題啊，以前確乎聞所未聞。我想，天下很少有人會對這樣的話語無動於衷。你記住了這句話，也就自然地記住了說這話的人，於是，我們就把一個叫做「九丹」的女人記住了。記住了九丹，當然就要找她的書來讀，於是，一本叫作《烏鴉》的書開始暢銷了。——名利在這時發生了交彙，一個新的文化名人誕生了。

我不相信在九丹的心裡，就壓根兒認定天下所有的女人無一例外都是妓女，她心裡也許明鏡兒似的，十分清楚自己是在胡說八道。但不要緊，而今的文化圈裡興這個，興說瘋話，誰能把瘋話往狠裡說，誰就是英雄，不說白不說。既然不說白不說，誰還會吝惜選擇大膽地說、往狠裡說？

前幾年，王朔公開聲稱「我是流氓我怕誰」時，當時大家都認爲這廝的膽子大得了得，可現在回過頭來看，王朔那膽子還算膽子嗎？「流氓」算什麼？人家衛慧，寫和德國的情人在廁所裡站著交媾，早將自己比喻成是掛在牆上的一隻醜陋的猴子了，瞧這成色！現在，九丹更勝一籌，不僅聲明自己是妓女，而且還把天下所有的女人都拉過來墊背，這副膽量，眞是令王朔那小子無地自容了。

但王朔畢竟是聰明人，他沒有去自宮，而是大膽地站出來爲九丹喝彩。於是，九丹因爲王朔的支援而底氣更足，而王朔自己，也因爲對九丹的吹捧而越發顯眼。這一回，王朔巧藉女人的膽子一用，倒也有了些許新的斬獲，這一著，似乎比他自己站到前台去直接罵人更有成效，難怪圈內的人都說：「王朔

成熟了。」

現在，新出爐的文學名人九丹在「成熟」的王朔大叔的吆喝聲中走到了前台，一出口就語驚四座，這便難怪要讓我們感歎「長江後浪推前浪，世上新人催舊人」了。但我也便同時疑心：假如咱們中國的文壇最終都要靠這樣的新人去「催」，它的發展走向又當伊於何底？

（怡濤 《齊魯晚報》）

酷評三：女人就是這樣用身體寫作

看來，魯迅說的「捧殺」和「棒殺」還不太全面，還有「棒活」甚至「棒紅」的，比如這個九丹……可是，連性描寫都寫不好，套句話說，那就不叫某某，只能叫九丹了。

最初知道一個叫九丹的女人寫了本《烏鴉》，大概是在《中華讀書報》上看見了一個小簡訊，十分標準簡練的語言句式如同小時候歸納的中心思想：這本作品以某某某某爲線索，通過某某某某，展現了某某某某，說明了某某某某……這樣的介紹自然是讓人的眼光一掃而過，不留痕跡。所以如果不是在《南方周末》上又看到了那篇叫做〈看，這個叫九丹的女人〉的訪談，我還眞記不得這回事了。自私狂妄前後矛盾的九丹，犀利獨立頭腦敏銳的記者，這篇不太長的訪談錄的字裡行間瀰漫著濃濃的火藥味。我很快好奇地偷偷地找到了這本書要看一看媒體所謂的「妓女文學」與九丹所說的現代女性眞實的聲音是什麼樣的。後來發現我們的同學錄上也及時地貼出了這篇訪談並有人詢問誰看過這本書怎麼樣，還有人回應說在某個站點可以看到，才知道原來關心《烏鴉》的不止我一個人。——看來，魯迅說的「捧殺」和「棒殺」還不太全面，還有「棒活」甚至「棒紅」的，比如這個九丹。

關於身體寫作，九丹有一段名言。有人問，你是不是也像那些標榜用身體寫作的女人那樣用身體寫作？九丹說，什麼叫身體寫作？是指跟男人睡覺之後把跟男人睡覺的事情寫出來，然後又透過跟另外一些叫做編輯的男人睡覺的方式把它發表出來？如果你們所說的用身體寫作是指這樣的一種東西的話，那麼，我告訴你們，不是，絕對不是。說的多好啊，把身體寫作的理論又推進了革命性的一步。

……

我記得我寫這篇文章的初衷是要對《烏鴉》說些什麼的，可是寫到這裡已經索然寡味，不想說什麼了。不過還是簡單地表明一下看法吧。

首先，作爲一部文學作品，它的文學性是第一考慮要素。一個在語言技巧各方面都乏善可陳勉強可說是普通的東西，卻偏要把自己抬高，純粹是無稽之談。從這一點上，《烏鴉》只是通俗故事罷了。儘管九丹強調說自己並沒有把文字當成第一要素，「關鍵是文學觀念。……我不喜歡在文字上『鬧來鬧去』

……」（見〈九丹有話要說〉，《中華讀書報》，二〇〇一年八月二十二日）——言下之意是藝術性不好，是她不想而不是她不能，可是文學觀念並不與文字的「鬧來鬧去」衝突，語言是一個基本素質問題。

其次，說說思想吧。《烏鴉》的內容是以第一人稱的形式描寫了一群在新加坡留學的中國女性互相傾軋、不惜賣身的遭遇。九丹被稱作「妓女作家」絕不是因爲這樣的題材——王安憶也寫過《我愛比爾》、《米尼》——而是因爲她的態度。這個主角毫無技能，毫無準備地就要透過經紀人去新加坡，在給經紀人打電話，要求對方去機場接機時居然不知道告訴對方自己的航班，這點幼稚和愚蠢眞讓人懷疑這個在國內是記者的主角的智商（眞令在新聞這行混飯的我覺得丟人）——或者應該懷疑安排這種情節的作者的智商。她一下飛機，或者說還沒下飛機就開始撒謊，到處聲稱自己來自高幹家庭，偷走了房東的漂亮裙子還敢穿出去參加宴會，從第一眼看見某個男人開始就勾引對方並把同住的女孩視爲敵人處處嫁禍……單單這些也無所謂，即使我們不理解這樣的人也不能就此說世界上沒有這樣的人存在，文學完全可以描寫這些現象。

由於是第一人稱，作者沒有任何譴責的態度和傾向，這也無所謂，儘管我個人認爲文學還要承擔一定的人文精神，可不承擔的話，我也給予尊重；況且作者說了，「如果把寫作比作脫衣服，我不想展示美麗的身體，只想展示自己的傷口和罪惡。」她還很冠冕堂皇似乎很有懺悔意識地說，不是歸結於社會和他人，而首先是因為自己的罪惡。可是，實際上，當九丹在舌戰中以偏蓋全地說這是所有人的罪惡的時候，她還是在變相地為自己主角的罪惡開脫：瞧，不是說我一個人是這樣的，所有的人都是這樣的。法不責衆，人性就是這樣的。可縱然人性本惡，人總該有一些自主的、向上的意願和努力吧？這裡絲毫沒有。是毫無理由的墮落。不，不叫墮落。從高層往下墜落才叫墮落，這裡本來就是毫無廉恥的。

還有一點要說的。關於性。（經過這麼漫長的胡說八道之後，對於這一點你們是不是很感興趣啊？不過SORRY，我替九丹說一句，讓你們失望了。）《烏鴉》的簡介中說：儘管有些大膽的性描寫，但是作品本身的需要云云。實際上，與《上海寶貝》相比，那裡有什麼性描寫啊！甚至覺得作者對這點十分陌生笨拙，只有一些下流的葷段子罷了，比我們通常說的要低級多了。唉，語言不好，技巧不好，故事不好，思想不好都可以原諒，畢竟我們不能拿我們通常評價作家的標準來要求九丹。可是，連性描寫都寫不好，套句話說，那就不叫某某，只能叫九丹了。

（心堯《江南時報》）

酷評四：九丹的錯誤

一個女人沿著讀者視聽極限的外弧漫步，還那麼姿態從容，令人由衷的欽佩。

合上《烏鴉》，我在想：裡面有多少是作者的經歷，又有多少屬於藝術的虛構？由於這部書有著較強的震撼力，讀後能夠讓人思考點什麼，所以我相信後者居多。九丹接受記者採訪時所說的話，我理解爲是一種炒作，一個女人沿著讀者視聽極限的外弧漫步，還那麼姿態從容，令人由衷地欽佩。但這卻是她的第一個錯誤：過於執著的個性和追求功利的迫切，使她有點失去控制，讓許多僞君子看了笑話。

可以絕對地說，就《烏鴉》而言，作者在文壇還無法取得一席之地。比如，海倫和柳的形象就很矛盾也很模糊，芬和私炎也是，其他次要人物就不必說了。矛盾是指人物隨情節的發展經常偏離常軌，而此書自始至終在寫實，與變形和魔幻手法毫不沾邊，柳因生理缺陷引起的心理上的微妙變化，在九丹筆下竟成了一個不可理喻的瘋子；模糊是指個性，比如芬，你無法判斷她是屬於那一種個性的女性，這與刻畫心理的複雜性關聯不大，是作者雕刻人物情感世界輪廓的筆力尙欠火候使然，書中沒那個人物有著鮮明的立體感。這又引出九丹的第二個錯誤，即不該傲視整個文壇，不該把所有人不放在眼裡。

九丹說：「這些傷口首先是因爲我個人的罪惡，其次才是他人的罪惡。」這話使我覺得這個女人有一種願爲藝術而犧牲的精神，坦蕩、感人，中國建國五十多年來沒有誰敢這麼評價自己。恰恰這一點，構成了她的第三個錯誤，即將她自己從一個群體中無端地分離出去了，使這種「罪惡」成了無本之木、無源之水。基於此，作品裡那幾個人物給人的感覺始終是獨立地遊蕩於社會的一角，沒有「觸鬚」感，沒有「背景」感，有違創作基本規則。

還有一個錯誤，即「我」——海倫開篇的自白：「有些女人變壞是被社會壓的……而我們從一生下來就是壞女人、糟女人……」這話讓人感到了徹骨的悲哀，這又是作品的基調，這就決定了它無法攀至作者期望達到的高度，而陷入自我迷亂的泥潭不可自拔。九丹顯然想揭示人類在經歷了高度進化之後的動物性與現代化帶來的惰性、性別懸差造成的利益傾斜，以及追求自身能力以外的享受所混雜出的深層罪惡現象，可惜她寫得有點偏，或者說沒寫透。她的探索精神可以給予肯定，但我們永遠無法接受其中某些照搬式的描寫，這種笨拙的照搬對該書深刻內涵的影響是不可估量的。

另外，著名評論家李陀對該書「很有可能作爲一部經典而存留於中國的文學史中」的評價，我認爲他是酒後說了胡話。九丹確實有些才氣和膽氣，但理性的翅膀還不夠硬朗，還缺乏力透紙背的功力，藝術視角還需要調整，如果評論家瞎起哄，對她有害無益。不過九丹有一點很對，她看不起衛慧和棉棉，她當然比她們強。我是指思想性和使命感。至於錯誤，我們有理由希望她糾正。作家需要眞實的心理體驗，更需要理智、控制和思辨，去僞存眞。

（韓步華《江淮晨報》）

酷評五：橫向的中國女人

及至中文報上，讀到〈才女披露流落新加坡姐妹的罪與悔〉，方知「橫向謀生」進入了嶄新發展階段。

「橫」與「立」，本是兩個平凡的動詞。

可你略一回憶，就發現中文只有「橫」財，絕對沒有「立」財——那是留給「立身處世」、「立地成佛」這一類古老廢話的。

「橫」與「立」，也是兩種生存方式。

譚嗣同《獄中題壁》：「我自橫刀向天笑，去留肝膽兩崑崙」，何等雄烈，鬼神欽敬。然而說起女同胞來，眞教人喪氣：從芙蓉帳暖楊貴妃，一直到深宵敲導演門，爭當主角的女明星；女流之輩，難道眞要橫向，方能發展？「玉體橫陳」，現代人很少記得是司馬相如之句了。可是中國上至官員下至小吏，嫖客總是因爲三陪小姐躺著，才肯大灑公款的吧？

那天讀十九世紀末歐洲風月史，學到一個新字，爲之噴飯。猜猜法國人叫「半上流社會」交際花做什麼？grandes horizontales！別以爲它源出英法文「地平線」，必作田土測量「水平線」解。不，這只是一群靠橫臥姿勢吃飯的名詞而已。

及至中文報上，讀到〈才女披露流落新加坡姐妹的罪與悔〉，方知「橫向謀生」進入了嶄新發展階段。如果《烏鴉》一書中並無虛言；那麼恭喜了！大規模出國潮的橫陳娘子們，學歷比今屆香港小姐佳麗不知高出多少——「夜總會、地下室裡，每間屋子都有年輕中國女人，而且全是大學生」。

武漢來的、成都來的中國女孩，在新加坡被稱「小龍女」，同義詞是妓女。拿學生簽證，一下飛機就奔夜總會。「語言班」女生，一天比一天少。上海人被移民局抓住驅逐後，西安的大學女老師也被遣回。爲什麼成千上萬女人要出國？想改變命運，躋入上流社會？捱不了苦，身子一攤；出錢包你的上流男人會瞧得起你？

有人大罵九丹損害中國女同胞形象，把她們比作鋪天蓋地飛臨外國的烏鴉。是耶非耶？我們只知道從前學生們熟讀革命烈士事跡，「寧願站著死，不願躺著生」現在怕是徹底顛覆了。

（高潔《大公報》）

酷評六：何必輕言懺悔

這種「一竹竿打翻一船人」的招數頗具開脫罪惡之功，彷彿在說：既然大家都是這個德性，那就

滾進黑暗放縱自己吧，反正可以懺悔。「懺悔」於是就被消解。

懺悔，是多年來文壇一直熱衷談論的話題。記得「二余」相爭時，小余揪住老余不放的，就是「你為何不懺悔」，老余反擊小余的，是「你有什麼權力叫我懺悔」，結果是一筆糊塗帳。最近一部描寫大陸女子在新加坡「留學」生活的長篇小說《烏鴉》引起爭議，又牽涉到了這個話題。這本書的作者在作品的序言和各種媒體的採訪中，一再強調這部小說具有中國女作家少有的「懺悔」意識，並將此視作自己藝術上的「成功」。而向來以「不正經」著稱、曾經被正統文學界目為「痞子文學家」的王朔，也大加讚賞這部作品的「坦誠」頗給人耳目一新的感覺。

懺悔離不開罪惡，但罪惡不一定導致懺悔，好比犯人招供不等於悔過一樣。《烏鴉》寫一群被當地人稱作「小龍女」的中國女子，為了達到在富饒的星島永久居住、成為上等人的目的，寡廉鮮恥，不擇手段，最後走向毀滅的道路，可以說寫足了罪惡。然而坦率地說，它未能給人留下什麼懺悔的印象——那種類似讀《復活》和《罪與罰》的感覺，倒是讓人感到一種令人悚然的道德麻木與迷亂。《烏鴉》出版後，在新加坡華人界引起一片憤怒的聲討，《聯合早報》的副刊編輯、女作家余雲評價這部小說「除了污穢還是污穢，除了邪惡還是邪惡」，「作者毫無懺悔之心，更無想要獲得救贖之意」，與作者的懺悔自詡和王朔的贊許針鋒相對。這種反應儘管比較情緒化和非文學化，卻足以證明：《烏鴉》不是一部有

道德品味的作品。

面對這種批評聲浪，作者的反擊並不高明。在接受傳媒採訪時作者如此放言：批評她的那些人，是因爲被她「脫光」了衣服，赤裸裸地呈現在世人面前，所以才會不同意她的看法。——很難相信，一個有懺悔之心的人會說這樣的話。聽那口氣，好像這滿世界都是男盜女娼，沒有幾個潔身自好的。事情當然不會是這樣，否則，天下豈不大亂？整個人類的精神與道德生態平衡又將如何維持？

眞是那壺不開偏提那壺，作者如果不提什麼懺悔，事情也許還好一點，讓人覺得至少還有幾分坦誠，一提懺悔，破綻就沒法收拾了。看來作者並不懂得什麼叫懺悔，所以才會如此輕易地談論。要知道，懺悔首先是一種信仰，一種操守，持有這種信仰和操守的人對於罪惡是不肯姑息的，一點小小的過失，就會使他們寢食不寧，引起無盡的自責與悔恨，並以實際行動洗滌。這種眞正的懺悔，《烏鴉》顯然不具備。作者的所謂「懺悔」，僅僅是招供和坦白，從客觀效果看有某種威懾作用，告訴人們此路危險，但由於缺乏道德自律，它對罪惡沒有眞正的約束力，倒有縱容和庇護的傾向。這一點作者說得很明白：「我壓根也沒覺得我要比我筆下的主角、那個叫海倫的女孩子乾淨多少，也壓根沒有覺得，你或者你的姐姐你的妹妹，跟海倫有什麼不一樣。無論我們的經歷和海倫有多麼不一樣，我們也沒有權力去鄙視那些倒楣的女人，也沒有權力去鄙視那些犯了罪的女人。」，「這種『一竹竿打翻一船人』的招數頗具開脫罪惡之功，彷彿在說：既然大家都是這個德性，那就滾進黑暗放縱自己吧，反正可以懺悔。「懺悔」

於是就被消解。

當然，在這一點上我們根本沒有理由苛求《烏鴉》的作者。懺悔本來就不是一件容易的事，中國文化中缺乏這樣的傳統，加上過去幾十年無神論的革命，近十幾年來物質主義的氾濫，它離我們就更遙遠了。這些年來，文壇一個勁地談論懺悔，呼喚懺悔，眞正擔當得起的作品鳳毛麟角，僞劣品倒是出了不少。這眞是莫大的諷刺！我以爲，既然做不到，乾脆就不輕易談論，以免玷污這個詞，使它在不知不覺中變形變質。要知道，懺悔並不屬於那種與時俱進、可以隨便降低成色的東西，正因爲它堅固不移，才能支撐歐洲兩千年精神文明的大廈。這塊他山之石，還是好好保存起來吧。

（李兆忠《北京日報》）

酷評七：說說九丹的《烏鴉》和李敖的《上山．下山．愛》

對於像《烏鴉》這樣表明是反映「我的另類留學生活」的小說，自應用「另類」的眼光來審度，而不必自尋煩惱地去「對號入座」。

最近有兩本比較特別，又很引起人們好奇的小說，即一本是一位年輕的女性寫我國一些同樣年輕的女性在新加坡求學謀生而終於墮入賣身求榮的種種不堪遭遇的小說《烏鴉》，一本是一位年逾花甲的台灣「狂人」寫的「我」在同一座山上、同一間屋子、同一張床上與同是二十歲生日的母女二人先後發生性愛關係的小說《上山．下山．愛》。當看到書刊上對這兩本書的有些說法與我一貫所信奉的「文學原理」格格不入時，便忍不住要發點議論來「以正視聽」了。

這第一種說法叫做「一竿子打翻一船人」。這是針對《烏鴉》的作者九丹說的。據說這本「關於罪惡的書」一發表，就在它所描寫的國度的華人界引起軒然大波，招來了一片罵聲：什麼「譁衆取寵地將部分陰暗角落的東西，描繪成整個社會」啦，什麼「將毒汁噴向所有女人，要將所有女人拖下污水」啦，什麼對自己的國家和民族「沒有起碼的一點維護之心，爲何書中對中國女子的好處一字不提」啦……如此等等。

我覺得從文學鑑賞和批評的遊戲規則來看，以上這些責罵和義憤之詞，對於書中某些過於自然主義的骯髒的性暴力的揭露來說，也許事出有因；但由此便認定它將所有女人都拖下水，是「一竿子打翻一船人」，則是於理不公的。

第一，小說中描寫了污穢的、邪惡的東西，是不是小說的審美傾向和審美效果也就一定是污穢的、邪惡的了呢？換句話說，就是作者寫了「一本關於罪惡的書」，那麼這本書的審美價值也就一定是罪惡的呢？這顯然是一種誤解。判斷一個作品的思想傾向和審美價值主要不是看他「寫什麼」，而是看他

「怎麼寫」——是揭露、懺悔，還是宣揚、辯護。例如，就拿《烏鴉》中描寫海倫和妓女們被性強暴的那幾處使淑女們最不能容忍的場景來說吧，雖然確是十分污穢邪惡、不堪入目，但也並不是什麼宣揚性放縱、性虐待的色情文學，而是「眞實得讓人詛咒」的揭露和控訴。如果我們不懷偏見，是不難從作品的人物命運和情感傾向中感受到一種自在的救贖意識和懺悔精神的。正像作者自己所說：「我不是脫了衣服炫耀自己的身體有多美，只想把我的傷口指給別人看。」所以當有人一再盤問她小說中所寫的人物事件「究竟有多少成分」是她自己的「眞實經歷」時，她都坦承她雖然不是海倫，但「壓根也沒覺得我要比我筆下的主角乾淨多少」，並一再聲稱，她在小說中所控訴的罪惡「首先是因爲我個人的罪惡，其次才是他人的罪惡」。這實際上已經回答了有些人的責問：爲什麼有許多女性能「憑自己的耐力、智慧，在新加坡開創一片自己的天地」，而她們則會「淪爲烏鴉」的原因。

第二，小說寫了從中國到新加坡去留學的某一女性群體中的某些女性的生存境遇和醜陋行爲，是不是就一定會玷污了「自己的國家」和醜化了整個來新加坡學習的「中國女性」了呢？對此，大家總不會忘記想當年中國的文藝作品常常因爲寫了某些工農兵的缺點錯誤而被打成污蔑整個工農兵的「大毒草」的極左時代了吧。其實從文藝的審美特徵來說，文學創作是作家通過對現實的心靈和情感的感悟想像虛構創造出來的一種「虛的實體」，與現實世界並不具有什麼直接對應的關係，更不用說要求每一部作品都要反映生活的總體和社會的全貌了。因此對於像《烏鴉》這樣表明是反映「我的另類留學生活」的小說，自應用「另類」的眼光來審度，而不必自尋煩惱地去「對號入座」。

不過話雖如此，作者按照「原罪說」演繹出來的那種人生理念和創作傾向有些地方還是很值得商榷的。例如，她認爲：「人自己由於天生的弱點，只要他存在，他就要對社會或對別人構成一種傷害，你承認也好不承認也好，你只要爲獲得你自己的利益去掙扎去努力去流淚的時候，就已經對人相應地構成了傷害，這就是你所犯下的罪惡。」從這種「必然傷害論」出發，她便認爲凡是沒有像她那樣去看待人生描寫人生，而只是「去寫一些風情，去寫一點所謂小鎭上的歷史，去寫一點男人和女人的故事」的大陸女作家「都是一丘之貉」，「都是一群虛僞的人」……這倒眞是要「一竿子打翻一船人」了。俗話說，林子大了什麼鳥兒都有。你的「烏鴉」可以是一般黑，但天下的鳥兒並非都和烏鴉一樣的顏色，人家寫出了別樣鳥兒的別樣色彩和天性，自然是理所必然的，而且未必就不如你的可愛和更有意味。這就像我國過去文藝界曾經長期爭論不休的是「歌頌」好還是「暴露」好那樣，其實只是一種偏執和狹隘。

另一個使我感興趣的話題是李敖先生在他的長篇小說《上山．下山．愛》的扉頁上的題詞：「清者閱之以成聖，濁者見之以爲淫」，即所謂「讀責」自負，莫謂言之不預也。當然，對此我們一般只能看著是一種充滿機智的廣告語，而不能當眞；而即使當眞，也不能說是完全沒有道理的，譬如當我們平時看到聽到那種讀了《牡丹亭》就抱怨移了性情，看了美國大片就想著去搶銀行等言行時，就不能不在一定程度上認同小說作者的這種防範策略了。

但是防範歸防範，文責歸文責。聖耶淫耶儘管「一百個讀者就有一百個哈姆雷特」，而對於哈姆雷特的總的人物性格和審美意味還是可以評說的。說到這裡，我得趕緊聲明，我的這篇隨感式的短文既無意、也無力對這本據說是「涉及的重要主題上百個」的「必成絕響」的奇書進行什麼全面的鑑賞和評析的，而只是想就作者在小說〈自序〉中曾提到的關於如何評判文藝作品的「色情與淫穢」、「淫與非淫」的問題，結合小說的審美實際談點即興的觀感而已。

（《新聞晚報》）

酷評八：沒有羽毛的醜陋烏鴉

這樣的小說故事，不是像書上寫著什麼揭露罪惡，只是把整個中國女人的自尊都剝了，當成坡幣做遮羞布。其實遮羞布都大可不必，自尊和廉恥可以當成眼影口紅來掩一掩給新加坡男人打出來臉上的傷痕，那麼就光著身好了，這樣亦不比這本小說的存在有多少不得體。

烏鴉沒有了羽毛，就像寫字為生的人，筆下沒有了廉恥和自尊。你說，有多少中國女人，會在異國，因為遭遇了情變，就去當妓女？有多少中國女人，為了混一個長期居留的證，又打算去殺人？此外，貌美年輕的中國女郎，剛剛混到一張長期的飯票，攀上了一個年長有錢的主兒的當兒，卻又急不可待地向先前的男人以懷孕爲名詐錢並自取其辱。少有殺人大案的新加坡，最終接連出了兩個殺人的案子，原來都是年輕的中國女人幹的，大開眼界。原來那小說是現實的誇張，只是誇張得讓人辛酸而憤怒。這行情，怎麼會是世人眼裡，號稱勤勞善良，忍耐自尊的中國女人形象！我們且收斂起作爲中國人的那點自尊，看看這本王朔稱爲「用絕對的坦誠寫作」成就的壯舉下，究竟有著些怎樣動人的情致和感傷。

來來去去的兩個新加坡男人，圍著一大群中國女人在鬧著玩兒，卻也沒有玩出花樣來，最通常的約會方式是吃飯，大多數吃的是螃蟹，你若是想在書裡看出點獅城的風味和別樣的馬來風情，那是白搭。眼裡除認得錢就是居留的女主角，吃飯的心思都想著如何和當地的男人結婚。而且，吃的時候，若不是男人的結髮老婆跑出來露一露臉，就是一大群姑娘圍著一個老頭吃，這飯，怎麼會有好味道。浪漫的場景不是沒有，骨子裡頭叫人憐愛的中國姑娘總是穿了她中國的長裙子在海邊打轉轉，那海是什麼顏色，不知道，只是記得裸體在海裡的姑娘感覺很冷，那個六十出頭的新加坡老頭，會不會浪漫到和情人到海裡一絲不掛並且自得其樂？當然這也很難說。只是這《烏鴉》身上，怎麼就沒有一片好好的像樣的羽毛，可以看出點異國遊子的心境？不管是芬還是「我」，過往歲月，只是了無蹤影的雲煙，傷心往事，按住不提。芬據說是來自上海，你最終看出來謊話連篇的「我」像是來自豪爽的北京嗎？北京上海的女

孩子既是都跑到新加坡遮遮掩掩賣身騙錢，中國還有什麼地方的女人，能夠有更好的生計？這樣的小說故事，不是像書上寫著什麼揭露罪惡，只是把整個中國女人的自尊都剝了，當成坡幣做遮羞布。其實遮羞布都大可不必，自尊和廉恥可以當成眼影口紅來掩一掩給新加坡男人打出來臉上的傷痕，那麼就光著身好了，這樣亦不比這本小說的存在又多少不得體。

一個男人，六十多歲的男人，臉白細得像絲綢，是什麼感覺？《烏鴉》審美是不是出了問題？兩個中國女人，眉眼都不甚明瞭，CHANEL香水的玫瑰和梔子混合香味，是那一款？看來同是作爲年輕貌美女作家一員的九丹，是一個品牌的菜鳥，《上海寶貝》的衛慧雖然孩子氣的可以，情調都比《烏鴉》要會調和些。兩個美女作家，顯然都是有賣淫情節的。衛慧說寫著寫著都和書裡的人分不清彼此，還坦誠一些，自傲的九丹，自視衛慧不値一提，王安憶越寫越沒勁，那麼她自己呢？怎麼看不出半分的才氣？《烏鴉》滿紙，是故意寫就的那個「我」道德的淪喪，她唯一的好處是用著一些文人特有的逗人話語來表達自己依然魅力十足。小說裡「我」被打了三次以上，一次新加坡男人的暴打，兩個新加坡女人的耳光，都只是幾無還手之力。讀這本書的中國女人，尤其是在異國特別是在新加坡的女人，是什麼感覺？會不會莫名奇妙地陪著挨打？好像只有「我」在挨打的時候才顯得稍微可愛一些，因爲她那會兒不是爲了錢而且堅持著她自己的意思，這是什麼話呢，眞正的賤命。

小說的序裡面說了，李陀是很著名也非常挑剔的一位文學評論家。看了這部長篇以後特別感動，他認爲這部小說代表了全人類的作爲弱勢群體的女性向整個男權社會和金錢社會發出的一聲吶喊，而且他也認為這部小說很有可能作為一部經典而存留於中國的文學史中。等我看完了整篇小說，才知道這意味著出了名的通俗文學作品，已經走到了怎樣一個狹隘窘迫的境地，只是因為全書編著法子寫中國女人的壞和墮落，因此一鳴驚人！標榜為「一本關於罪惡的書」，令人髮指的罪行並沒有展現多少，而人性的陰暗和寫就的中國女人人格的低落在書裡一覽無遺，中國女人，在書裡，是默認般地被認為低人一頭，自相殘殺，在新加坡男人和女人面前。沒有居留權；沒有和新加坡男人結婚的中國女人，彷彿是紅樓裡面的丫頭，任是再美貌無雙，仍舊是擺脫不了巨大的生存壓力，當第三者，賣身，是她們唯一的出路。最後的章節裡，「我」在同是中國來的男人面前，說自己的賣身，也是出於生活的無奈，這樣的寫作，有多少真實性可言？又有多少思想性呢？這樣的書，給了讀書的人，多少思考的空間和反省的餘地？罷罷，讀了《烏鴉》，我只是感到滿胸的憤懣，這至少也是九丹所認為的，打動人的一種感覺。只是她所標榜的，比別的女作家成功的地方，即對於女人內心巨大的分析，她做到了嗎？她回答什麼了嗎？沒有，真的很可惜。

該想一想的是文壇。九丹的《烏鴉》本意是揭露那些硬纏著要留在它國的中國女人們，她們勾心鬥角，心地陰暗。只是她的手法太拙劣，故事也太不可靠。她把自己甚至整個民族的尊嚴，當成成名的幌子，這樣的人，應該是會擔罵名的。

（徐瀟欽）

附錄二：民間聲音

聲音一：「烏鴉」的尖叫

近二十年來，讓文學在誠實的道路上眞正前進了幾步的都是這個圈子以外的人，如「痞子」王朔、理工科出身的自由撰稿人王小波加上今天的「妓女」作家九丹。

「一座城市就是一個欲望工廠。」三年前，一位不知名的詩人在他的小說裡寫道。三年後，一位「妓女」作家以女人特有的極端與犀利釋放出「烏鴉」的一聲尖叫，這是欲望的尖叫，是我們這個時代的殘酷眞相。出於女人的另一種虛僞，她把罪惡的原點指稱爲「理想」，這容易導致一種誤讀。在這一點上，還是那位詩人來得坦率，「這是一個消滅精神家園的時刻」，他斷言。是的，在這個時代，一切精神形態的夢和囈語已在物質主義的追剿下無路可逃，唯物論在剝去了不合時宜的形而上外衣後，終於露出了形而下的欲望本相。《烏鴉》中的「小龍女」（妓女）不要愛情不要尊嚴不要貞操當然更不要

臉，這些虛無的人文符號在這個時代已失去了重量；「小龍女」只要貨幣綠卡這樣的實在之物，即使以性為籌碼換取物質女人的幸福天堂也在所不惜。金錢等於格調，忠誠等於背叛，他人等於地獄，愛情等於性，人性之惡正在這個時代熠熠發光，成為最神奇的致命力量。

然而，在眞善美形而上話語系統的全面包裝下，眞相穿上了夢的花衣裳，我們一直過著能指與所指分裂、欲望與理想錯位的幸福雙重生活，直到「烏鴉」的這一聲尖叫將我們刺穿，眞相的顯影才使我們感覺到了疼痛。因為我們發現，在將靈魂抵押給欲望之魔的交易中，我們早已失去了所有底線，我們每一個人的內心其實也有一個「小龍女」正靠著我們血液的澆灌茁壯成長。這就是眞相。曾經以為我們自己是純潔而無辜的，而「烏鴉」的這一聲尖叫卻讓我們看清了自己的手上同樣沾著他人淋漓的血，這是隨波逐流、與時代握手言歡的我們無法洗濯的罪惡。我們需要的是懺悔，但我們已病入膏肓，無藥可救。我們的心已被恐懼攫取，我們的嘴正被仇恨鼓舞，我們操起了形而上的語言之棍，我們發射咒罵與口水。

在這個不沉默的大多數憤怒恣肆、激情蕩漾的道德大合唱中，我聽到幾聲來自文壇的高音，這是其中最神聖也是最無恥的聲音。這個一會兒自作多情地要擁抱什麼，一會兒又自以為是地要遠離什麼的小圈子，始終脫不了戲子的作派，他們不願明白也無法明白文人最起碼的道德標準其實與販夫走卒無異，這就是必須誠實。因此，近二十年來，讓文學在誠實的道路上眞正前進了幾步的都是這個圈子以外的

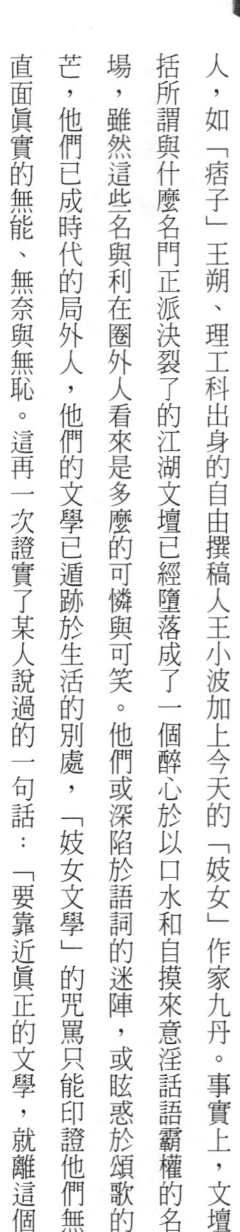

人，如「痞子」王朔、理工科出身的自由撰稿人王小波加上今天的「妓女」作家九丹。事實上，文壇包括所謂與什麼名門正派決裂了的江湖文壇已經墮落成了一個醉心於以口水和自摸來意淫話語霸權的名利場，雖然這些名與利在圈外人看來是多麼的可憐與可笑。他們或深陷於語詞的迷陣，或眩惑於頌歌的光芒，他們已成時代的局外人，他們的文學已遁跡於生活的別處，「妓女文學」的咒罵只能印證他們無法直面眞實的無能、無奈與無恥。這再一次證實了某人說過的一句話：「要靠近眞正的文學，就離這個文學的圈子遠些再遠些。」

（草人）

聲音二：女人，形象完美或是淫邪的誘惑

當人們面對《烏鴉》這本寫妓女的書時，如此的翔實和如此的生動，以及作爲作者的打扮的另類的和對於性話題的不加掩飾的態度，就會讓人生出不少的疑問來，是女性的年青的有幾分姿色的女人的個人的自傳。

我們現代人說實在的眞的不如古代的人，那時候的文人雅士在沒有謀取功名時，大概也能像那些高官得坐的官人一樣也能得到青樓女人的喜愛，而且這些已經落魄的文人的情感之眞和殷勤之切會遠遠地

高於那些身不由己的官人。大學問家甚至不惜花大力氣爲妓女作傳，而且也會成爲一個流傳甚廣的美談，而現在不行了，現在的人們已經把性與愛分離了，所謂的性就直接地一步到位地與女性的生殖器打交道，也不需要那麼多的纏綿。

而女人的感覺就是唯一的數錢的興奮，當然也會有一些連嫖妓也會報銷的有特權的人的幾分得意。於是，當人們面對《烏鴉》這本寫妓女的書時，如此的翔實和如此的生動，以及作爲作者的打扮的另類的和對於性話題的不加掩飾的態度，就會讓人生出不少的疑問來，是女性的年輕的有幾分姿色的女人的自傳。但是，有消息說九丹自己就說了她即使是妓女又如何呢？

也許這就是我們國人的毛病（或是不能說城市毛病的一種特點吧），好像女人一旦和妓女聯繫在了一起，那一切就會是另外的一種樣子，而且，你還活該，誰讓你幹過妓女呢？其實，在那些描寫妓女的當代作品中這類作品並不少，但是眞正讓妓女的形象成爲一種人性化的人物的，按照謝有順的說法好像《只有一個人戰爭》、《我愛比爾》等爲數不多的作品在描寫性愛的時候是完美的，其他的好像是不能夠達到這位年輕的評論家的要求。而當我們在重溫那些裸體協作的女性作家的時候，我們也得知了有不少的男性作家也需要裸露才可以寫作，但是這是不是說當作家在寫作那些性愛的場面的時候一定要有切身的體會才行呢？有許多描寫性愛的成功的作品，所描寫妓女的形象是成功的，而其他就只是把女人的高潮、呻吟、叫床、口交或是不斷地體位變化所得到的作愛感受等等的女性高潮再渲染一番罷了。就成爲

偉大的作品了。顯然這種認識是膚淺的而會遭到文學史家的嘲笑。就像我們所看到的孫紹先教授的那本《英雄之死與美人遲暮》所說的那樣，「今天，從形勢上看女性已經擁有了支配自己身體的權利，許多女性便以爲『美』已經回歸自我。」其實，實際上女人的這種感覺，依然沒有能夠逃脫男性的主宰。而其他把什麼性愛的自由也歸屬於女人也是要以取悅男人爲己任。因爲今天的男人仍然在骨子裡相信，女人是要賣的。新民諺有「一等女人賣俏，二等女人賣臉，三等女人賣身。四等女人賣X（指女性的性器官）」。在這種情況下，女人的所爲的可愛其實眞正的能夠爲之評價只有男人，而非女性的自我欣賞所能決定的。

把性愛看成是沒有情感的交流的僅僅是爲了維持個人生計所必須要出賣的，也許能夠和一個民族的偉大性質有聯繫，也許不會有這麼深刻的哲學意義，因爲這種沒有愛情的性愛是一種虛無的東西，感情早就讓位了。因此當九丹對這是她「在新加坡心靈慘遭蹂躪」的宣洩的說法，她自己也並沒有反駁，而是很贊成。因爲女性的自甘墮落，有時是事出有因，而不能因此就對女人生命的全部意義就否定了。不然，何苦有這麼多的男性作家關心一個女性的和她的生殖器官有如此密切聯繫的小說呢？說她博彩文化也好，說她是代表了高貴與沉淪的矛盾的糾葛也好，是她要擔負起表現女性悲慘的命運也好。沉淪中的高貴總是讓人感到了一種巨大的反差。女人已經不再具有打造語言本身魅力的能力，而是要寫自己的肉體的時候，因爲那些裸體寫作的作家，最終對她的認可依然是作品本身，而不在於她的寫作是否是在裸體的時候寫成的。同樣對於九丹也是如此，是不是一個人的——就是她自己的妓女的親歷或是不少同樣妓女命運本身的集合已經不再重要。直接面對生活中的性，並且完成當代的女性所不敢面對和完成的對於自身性問題的解剖，這難道不是九丹可貴和大膽之舉嗎？九丹自己都說了，她所在乎的是對自己內心世界的仔細分析，對自己命運的理解，對於活在我們之間的，那些卑污的，甚至是有罪的女人充滿同情和憐憫。我們國家那些所謂的女作家們，何曾有一個人能寫出私人生活、個人體驗與這個時代許多人的心靈深處是如何相關嗎？九丹又說現在的所謂的女性作家其實是些自戀傾向的女人，她們在撫摸著自己柔滑的絲綢般柔嫩的軀體在自戀，而且還要同時得到男性的性愛愛撫，這難道是一個民族的紙醉金迷所能容忍的一種感覺嗎？從這個意義上來說，她不僅僅是寫了一個敏感的題材。

有人就說過如果是這樣的女人，來寫這種體驗和經歷的小說，假如沒有一定的認識或是體驗是不能寫得如此逼眞的，因此這樣的寫性放縱或是性冷淡的感覺的女人，本身就有一些自戀的傾向，其實說到女人的自戀也許這是從另外的一個方面說明了性欲一種發洩渠道，因此有人就會說那些寫給別人看的女人本身，就是一些具有細膩情感的人，這樣的男人和那些以粗俗的方式從女人身上得到快感的人一樣，都是在玩味屬於男人才能消遣的感覺。而現在九丹在對男人的消遣女人的問題上突然感悟到了這個層次，也許不是什麼壞事。

當年，在男人們金榜提名的時候，他唯一要做的除了要儘快地告訴家人高堂之外，他們在外的過爲之舉是無須擔心受到譴責的，而且就連那些沒有取得功名的人，都可以通過「隈紅伊翠」而得到安慰，因此這也能感覺到男人們在遇到不順心事情的時候，最好的解愁的方式就是在女人的溫柔鄉裡得到慰藉。從這個角度說男人是世間最不能經歷大難的人。

而且在這方面，古人的態度要比現在開放和意味著不在乎社會道德的底線的全面崩潰。反而會有許多的關於與妓家迎合酬唱的紀載流行於世。看看柳永的詞我們就能感到他在女人堆裡的才華，得到了盡情地發揮。

是的，九丹自己都說了，即使眞得把她當做妓女又有什麼關係呢？我就是做過了妓女又和他人有什麼關係嗎？九丹的原話是這樣說的「我想說而命運說的就是，如果寫了《烏鴉》這本書，我被你們當做妓女，但把我看作是妓女能使你們的精神有了亮點，使你們眞正乾淨起來，如果是這樣，你們把我當做妓女又有什麼不好呢？」

這是一個曾經有滄桑感的女人的話，爲什麼我們不這樣面對這個話題，讓它具有深刻的社會學意義的內涵，而只是說什麼寫了妓女自身的賣身經歷那樣才會感興趣呢？

是誰的格調高呢？

其實當走出了這個封閉的感覺，我們就會發現那些眞正地想把自己的感覺和妓女的感覺聯繫在一起的女人是不存在的，而即使女人會讓自己的感情眞的在與嫖客的關係中發展成情人關係時，這也沒有什麼不好，因爲過去的文學形象和人物中妓女的形象就是和有才學的男人在一起共度春宵愛河的。而且大都是金榜題名的社會上的好男人呀。

所以當商業社會的男人在做這樣的性交易的時候，女人的情感的市場化概念已經強烈起來的時候，所有的消費女人的人，和那些包攬此生意的男人都擁有大筆的佣金，已經爲從事風月的女子所認可的了。沒有這樣的經歷一定不會寫得這麼深刻，所以這女人一定是做過妓女的。因此當這些把持文壇的男人在對這部小說進行評價的時候，其實在他的內心深處一定會說，女人你爲什麼不把如何賣肉的經歷寫得再精彩一些和再如實的紀錄呢？不然的話，你管人家做沒有做妓女做什麼。

也許這是一種思潮，已經有不少的妓女在做這樣的事情，已經有不少的從事過高級應召女郎的女人在反省自己的經歷，但是她們都不是用道學的觀念來反省自己身處罪孽的，而是說這個社會多了些欲望的發洩和這種發洩的無法替代，於是就這樣誕生了出現了妓女。

有用啥的，就有做啥的。這就是供需關係，妓女和嫖客的關係就是這樣的一種買賣關係，而作爲一部小說，或許不會是這樣簡單的，假如認爲這不是小說，而是文學的渣滓，認爲是文字的垃圾和糟粕，那麼就應該把它消滅在萌芽狀態，何況在它出籠之後在滅菌呢？不讓它出籠是最好的方式，把「不健康的東西消滅的萌芽狀態」。

這是最有效的經驗之談。

要麼就是女人形象的力求完美包括魅力女人的性愛但願都是這樣，而對於那些已經沉淪的女人，她們的那些藏匿在淫邪中的美好的亮點，我們已經忽略不計了，這樣就能用「自甘墮落」來作結嗎？恐怕不會這樣簡單。

九丹在接受《南方周末》的記者採訪時說了這樣一句話，很有意味：「現在我要感謝一切讀過這本書的人，不管他們同意不同意我的觀點，但只要我的作品曾經觸動了神經，讓她們有所思考，我就非常感謝他們。」

（濟南 李華新）

聲音三：剝開自己心靈的皮

對於長篇，九丹能寫得這麼精彩，老實說，在文壇中並不多見。這在時下的文壇更是不多見的。《烏鴉》這部作品我說好，有的人未必承認。我在這裡主要不是說她的文筆怎樣，而在於作者的一顆眞實的有懺悔意識的寫作心胸。

作爲書業中人，算我孤陋寡聞，當我讀到《烏鴉》這本書，才知道有一個叫九丹的作家，她的書給

我一個很好的印象，以致我留意了她的經歷。九丹中國新聞學院畢業後在廣西一家報社做記者，後來辭職來到北京，沒待多久又遠赴新加坡留學，在異域學習、生活了五年後，又回到了北京做起了她的老本行。我沒猜錯，她的這本書和她在海外浪跡了五年的時光有著直接而本質的關係。

「文學創作一定是她生活與情感的表露，以前我對寫作從沒這麼徹底思考過，在新加坡的五年給我有更多的想說想寫的勇氣，回國後我就斷斷續續地把這段生活寫了出來，生的願望是做個最好的作家，儘管寫作在我的事業裡屬於第二職業。」九丹如是說。

對於長篇，九丹能寫得這麼精彩，老實說，在文壇中並不多見。這在時下的文壇更是不多見的。《烏鴉》這部作品我說好，有的人未必承認。我在這裡主要不是說她的文筆怎樣，而在於作者的一顆眞實的有懺悔意識的寫作心胸。小說講述的一群懷著綠卡之夢的中國女人在新加坡爲了生存，長期居留而屢經磨難，飽受屈辱，甚至不惜出賣肉體，但最終卻沒能實現綠卡之夢的故事，這在我們以往所讀到的留學生文學作品中並不少見，但在這裡透過九丹之筆，小說的寫作明顯的和其他許多講述中國人在異國他鄉歷盡艱辛而終獲成功的類型化小說有所不同，《烏鴉》首先是留學題材中的「另類」小說，她沒有遮掩和粉飾女人在複雜的社會面前所表現出來的種種心理特徵、行爲特徵，從這一點上說，它更符合當代讀者的閱讀趣味。對於這一點，評論家李陀認爲這本書是作者以自己作爲弱勢群體的女性視角向整個男權社會和金錢社會發出的可貴吶喊，作爲讀者，我也讀出了同感。

《烏鴉》這本書，我們單從書名上看，也會產生另類的想法。在生活中，烏鴉被我們認爲是一種不祥的鳥，用這麼一種不祥的鳥來做書名，我認爲吻合了小說灰色的基調，《烏鴉》在這種陰霾的氣氛裡寫盡了女人與這個社會的罪惡。九丹說她面對她的許多在國外生活過的人所寫的東西時內心是很難過的，她們好像把自己所做方方面面的事情忘得一乾二淨了，她們的東西給讀者展示的幾乎都是一些被美化的東西。當面對自己有過的在內心裡深深地影響了自己一段生活時，九丹說：「我寫它時一定要真實地表達，把許多人竭力迴避和百般美化的生活眞相揭示出來！」

要本眞地表現、揭示留學生活的眞相，就需要一種懺悔意識。《烏鴉》的難能可貴就在於這種懺悔意識，一如她講過的「我的傷口首先是因爲我個人的罪惡，其次才是他人的罪惡」。九丹在接受訪談時認爲中國人向來缺少一種基督的懺悔精神，尤其在中國的女人身上更是缺少，她們不願懺悔，不願正視自己的內心，表現在她們的文字裡的都是虛僞，她們無限地投入在自己杜撰的生活裡，根本沒有把人生最有價值的東西表現出來，我與她們不同的是，我在努力寫出一個女人最本質的東西和最眞實的體驗。

想去海外留學的朋友，我們所嚮往的留學生活並不都是可人的，看看《烏鴉》吧，在這部與這個時代許多人心靈深深相通的作品裡，九丹作爲過來人，她已經剝開了自己心靈的皮，告訴你在這個世界上並不存在天堂，存在的只是你通向那並不存在的天堂的掙扎。

（蔡誠）

聲音四：赤裸的女人——九丹

《烏鴉》中就多次提到了主角的眼淚，也許九丹標榜的只是女人的脆弱。而文字中折射的卻是人類的膽怯和男人壓抑的驚悸。

「如果把寫作比做脫衣服，那麼脫了衣服之後，我不會炫耀自己的乳房多麼美，而只想把我的傷口指給別人看，並且告訴他們這些傷口首先是因爲自己的罪惡，其次才是他人的罪惡。」這就是九丹，一個不迴避欲望和罪惡的磊落女人。

我用了兩天兩夜的時間讀完了《烏鴉》，並繼續讀了《漂泊女人》。《烏鴉》被炒紅了，可我卻覺得，九丹的魂魄依然眞實的藏匿在《漂泊女人》中。無疑，《烏鴉》的面世觸痛了某些人的神經，而這痛引來的是沸沸揚揚的譴責。其實，不難想像很多人早以習慣了把陰暗的自我隱藏起來，甚至讓自己也相信它們是不存在的。而九丹卻用犀利的筆刺穿了遮醜的黑幕，令刺目的陽光肆無忌憚地照進來，怎能不讓那個隱藏的自我感到疼痛！清亮的光點在紙張上跳躍著不能琢磨，似乎每一個字都令我膽戰心驚，我不斷審視自己，越是揭露，人性的虛僞與醜陋就越是明晰地坦露在面前，像敞開了一個血淋淋的傷口，令人不忍卒讀。

九丹是有些膽魄的，她利用這類似懺悔錄的作品並透過自己的生活經驗和體驗完成了對女人、人、

人類的一種基本生存狀態的思索與描寫。九丹也是偏激的「所有的女人都是妓女」，「彈鋼琴和做妓女都是賣」。不管它是在經濟學的領域還是倫理的境界，九丹就用這樣的筆觸讓讀者感受到了人的掙扎和矛盾。

《漂泊女人》處處積蓄了作者的力量，被比做豬的人類和比做豬圈的生活，在這樣的狀態下的女人都是怎樣的？也許就如九丹說的：這些漂泊的女人，本不是安分的女人。她們嚮往光明，喜歡亮的地方，她們以爲所有的好事情都與光在一起，只有在這種地方才能聽到音樂會，才能看見那些與海水氣息完全不同的男人。誰能夠去譴責一個只不過嚮往光明的卑微生命呢？儘管她是縱身跳進地獄，誰又能挺身阻止她的沉淪呢？她們小心翼翼地觀望著自己嚮往的幸福，就像飛蛾嚮往溫暖的燈火。如果你要譴責，就去譴責那些撲火的飛蛾，譴責那些渺小的激盪著的靈魂吧。走在九丹製造的旋渦裡，我看不到光明，女人，難道就眞的不能逃脫作爲一個女人的命運？我瑟縮著感受著九丹，感受著那在字裡行間流淌跳動的微薰的喘息和殘忍。觸摸這些文字，像觸摸到了九丹滄桑的皮膚和淚水。

《烏鴉》中就多次提到了主角的眼淚，也許九丹標榜的只是女人的脆弱。而文字中折射的卻是人類的膽怯和男人壓抑的驚悸。

九丹，一個歷盡滄桑的女人，品味著絕望的心情，像一個醫術高明的醫生。就這樣面帶微笑，在人類體膚上生長的毒瘤上割下一刀，又一刀……

（蝶蘭）

附錄三：評論界面面觀

也談《烏鴉》及有關爭論

作者由《烏鴉》一作表現出的文學才情，也是不容置疑的。她的語言準確而靈動，尤其是狀寫女性多變而微妙的心理活動，常常寥寥數筆，畫龍點睛。作品在敘事過程中，或由小笑話的插敘，或由敘述者的反諷，頻頻流露出一種內在而苦澀的幽默感，而這在女性作家那裡也是比較難得的。

我以為《烏鴉》雖不能算當代文學中的佳構力作，卻也是留學生文學中，題材比較悲愴，而品味比較獨特的一部小說，也是近期值得關注的作品之一。

有意味的是，這部作品眞的引起了廣泛關注，甚至掀起了軒然大波。據我瀏覽有關爭論的情形看，說壞的比說好的多，而且有些批評溢出了文學範疇，更多地引向對作者的指責以及對新加坡的評說。我以為，《烏鴉》是一部小說，小說是想像與虛構的產物。因而，既不能把《烏鴉》當成是作者在新加坡留學的經歷紀實和個人自傳，把作者與作品人物畫上等號；更不能像看待報導、照相等實錄作品那樣，把作品人物與生活中人物，把小說中的新加坡與現實的的新加坡一一等同起來。那樣的話，就會完全背離作品的內容，陷入毫無意義的爭論。另外，對一部文學作品，感覺好壞，見仁見智，都屬正常。但一定要在文學的範圍內，並以理性的批評發表見解，不要流於情緒化的謾罵乃至攻訐，如此的意見表達與感情發洩不僅說明不了任何問題，反而容易把水攪渾，於事無補。看來，如何品評作品尤其是自己不喜歡的作品，仍是許多讀者需要解決的問題。

抽空讀了九丹的長篇小說《烏鴉》一遍，感覺不好也不壞，但作品抑鬱的氣息與主角矯情的性格給我留下深刻的印象，許久揮之不去。近期又讀了一遍《烏鴉》，上述印象又進而得以印證。

如果要作題材分類，《烏鴉》當屬於留學生文學。與此類題材已有的作品比較，《烏鴉》應當算文學性比較好的一部。而且其女主角在追求夢想中最終身陷泥淖的故事，也與同類作品著意寫留學生的坎坷與奮進不同，很有「陰暗面」的味道。但即使如此，只在「另類留學生活」的意義上看待《烏鴉》還是不夠的。

《烏鴉》一作故事算不上繁雜，它所寫的王瑤——海倫出國到新加坡留學，原因出於在國內丟了房子又失去男友，過程主要是一邊上學、一邊「化緣」，為先求生存、再求「簽證」的不大不小的理想苦苦奮鬥，不知不覺就走上了賣身之路。作者在敘說王瑤——海倫的人生淪落時，依流平進、細針密縷。

好像都是從極其正常的想法出發，鬼使神差地就走向了極不正常的結局。比如，她無力付房租，為了能暫居麥太太家，便編造父親是某某高幹的謊言；而當這個謊言被戳穿，她又只好離開麥太太家，到有錢的老男人柳道那裡棲身。說到底，她的滿含酸楚的妓女之路，是她自己一步步走過來的。這裡雖然不無種種客觀的因素，但主觀方面卻是最為根本的原因，這就是她的極度的好虛榮與愛妒忌。她在初識麥太太握手時，就覺得麥太太「中指和無名指分別戴著鑽戒和紅寶石戒的」手，「充滿了光彩和支配力量」，「彷彿那兒集中了我的日後的渴望與夢想」；而在麥太太家見到先她而來的女留學生芬時，為她煥發出的「奇異的夢幻一般的光彩」所驚訝，當即在心裡問自己：「當我和她在一起時，男人會先看誰呢？」

她就是懷著這種滿是虛榮與妒忌的心理，開始她的新加坡之旅的。正是這種虛榮與妒忌的暗中作祟，使她走向了柳老頭，又走向了紅燈區，走向了身心俱損的人生悲劇。但她也並非是心安理得地去墮落，從開始到最後，她幾乎是一步一回頭，既想找到返身的「稻草」，又想找到下滑的理由；而她對自己一再撒謊的不斷自責，對柳道無從享受性愛的深深同情，卻又在良心未泯中顯現出一種女性特有的良善。

作者在描寫王瑤——海倫這個人物時，既寫她的自傲，又寫她的自卑，爾後又寫她的自悔。總體來看，人物是一個多種矛盾因素相互糾結從而具有一定人性深度的複雜形象，作者也在這個形象身上表現

了一種自審與自醒的精神。也就是說，經由這個人物的心理與行狀，人們看到鑄成她的悲劇的元兇，不僅有她所置身的環境，還有她自己本身。而《烏鴉》眞率而獨到地寫出這樣一點，正是它的眞正的價值所在。

作者由《烏鴉》一作表現出的文學才情，也是不容置疑的。她的語言準確而靈動，尤其是狀寫女性多變而微妙的心理活動，常常寥寥數筆，畫龍點睛。作品在敘事過程中，或由小笑話的插敘，或由敘述者的反諷，頻頻流露出一種內在而苦澀的幽默感，而這在女性作家那裡也是比較難得的。

（白燁　中國社科院文學評論家）

認識這個世界是多麼痛苦

在我看來，九丹的目的何止僅於要幫助大家提示一個認識世界的痛苦景象，她藉「小龍女」在新加坡的經歷，想完成一次透過體驗這個「心靈的地獄」的世界，去努力實現一次個人的或者是創作上的「心靈的昇華」。

女作家九丹用她心和心靈之血寫出的《烏鴉》這部長篇小說，是我近幾年讀到的爲數極多的有關

「留學生題材作品」中有限的幾部好作品之一。直率地講，《烏鴉》深深打動我的地方並不是文體本身，而是作者藉以主角在新加坡的生活歷程，向我們提供了一個絕對經典式的人生哲學定義，那就是：認識這個世界是件多麼痛苦的事。

對多數不幸的人來說，他們談論起現實時，總願意用「心靈的地獄」來描繪這個世界。《烏鴉》中的中國女留學生即那些「小龍女」的命運，可以說是一群滿懷對這個世界或者說滿懷對新加坡這個花園式般的國家的那份眞誠與嚮往，背井離鄉，踩足異國。她們中有不少人在中國國內本來生活得非常優越，甚至是特權階層，然而正是「小龍女」們不甘安逸這種已有的優越，才來到她們認爲相對「放心」、具有同一種東方文化土壤的且又有豐富西方文明的國度。她們以爲在這塊土地上可以獲得生命的重新體驗和人生價值觀的再次確立。於是她們越海過境，非常大膽地主動放棄在中國不缺吃不愁穿也沒有多少煩惱卻是顯得比較乏味的生活，來到一個新的國度。她們那裡會想到，在這個世界上沒有一樣東西在不屬於自己的情況下可以傳說般地獲取，即使再美麗如畫、再詩意濃烈，再豐富多采，那畢竟是別人的。

就像我們面對一個公園一樣，你是參觀者，你是過客，你可以出很少的門票進去後盡情觀賞和享受。因爲你是過客，你是參觀者，你用不著去注意那些長著鮮花底下的圃地是什麼樣，也不用注意撫養和培育這些花卉需要付出何等艱辛的汗水？《烏鴉》之中的「小龍女」們則不一樣，她們現在不是花園的參觀者和過路客，她們進入的角色是這個花園的主人。於是她們突然發現在那景致萬分迷人的後花園內是一片烏鴉喧嘩的泥濘和沼澤地，而且在這泥濘和沼澤地裡充滿了糞渣臭與瀰漫的毒蟲。單純和天眞的「小龍女」們忽然感到原來的花園其實並不是先前感覺的那麼美麗，那麼柔情，那麼溫馨，那麼富有，相反她們領悟和體驗的是那麼多人與人之間的狡詐，那麼多物與欲之間的交易和虛僞，那麼多嚮往中的虛幻與現實的殘酷性。她們因此兩手空空而來，又兩手空空而去地結束了對新加坡——其實是對整個憧憬的世界的失望與怨情，重新回到故土那活脫脫的屬於她們自己可以左右其行爲的現實之中。

「烏鴉」是九丹給這些獨闖新加坡的「小龍女」們的一種比喻和象徵。但其實我的直覺是，作者筆下的主角海倫在新加坡的經歷，演繹的不單單的是幾聲烏鴉叫，因爲烏鴉畢竟飛不高，它的叫聲對有東方文化背景的人聽來，簡單是一種災難的先兆。我想主角海倫在新加坡獲得的一種眞實生活體驗，倒猶如進行了一次多半帶著茫然理想信念的高空太空旅行，她在虛幻和驚險中嘗盡了懸吊在空中的花園與樓閣的那種好看卻不好觸的景象，她曾經試圖跳出太空艙，用全身心的努力與眞情去澆灌和採摘那麼美麗花卉，甚至用全身心的努力和眞情去爲空中樓閣添磚加瓦，企圖爭取一席棲身之地，但最終發現自己所有的努力與眞情都是無爲的，所能得到的只有遍體鱗傷，連同心靈一起血跡斑斑。在嚴酷的現實面前，「烏鴉」失聲了，帶著某種忿恨與積怨，作出了與罪惡一起同歸大海的最後抉擇。

這就是讀者從《烏鴉》一書中所看到的一幅認識這個世界的痛苦的景象。

在我看來，九丹的目的何止僅此要幫助大家認識世界的痛苦景象，她藉「小龍女」在新加坡的經歷，想完成一次透過體驗這個「心靈的地獄」的世界，去努力實現一次個人的或者是創作上的「心靈的昇華」。這種心靈上的昇華就是警示人們，在對待生活和現實時不要太天眞，天眞不屬於這個現實世界。而眞情也同樣，眞情只屬於自己對自己。

因此，任何表層的閱讀與理解《烏鴉》一書的人，只能說明他還沒有讀到位。從近期一些媒體獲知，在中國和新加坡的讀者常常在一邊讀《烏鴉》時，一邊在詢問一個答案：即作品中的「小龍女」與作者之間的關係，特別是更有一些媒體記者們熱衷於這樣的「追問」：作者本人是不是就是《烏鴉》中的「我」，而且據說不惜一切手段在「編造」作者的「眞實身分」。我覺得實在有些可笑，因爲讓一個作家爲自己小說裡的「我」中找出與生活中的「我」的相關、相近「事實」，這只能是那些根本不知小說爲何物的平庸者的平庸之解。我感到這樣的讀者很可悲。如果有人心懷惡意想從小說中那些痛苦的「小龍女」的悲慘命運中尋取幾分色欲心態下的幸災樂禍，那麼最好現在就停止看《烏鴉》，因爲《烏鴉》作者眞正提供讀者的是具有崇高文學價值和社會價值的東西，你既然看不懂或者就根本不想看的話，又何必對那些臆想性的東西那麼感興趣呢？

（何建明　《中國作家》常務副主編）

九丹：被歪曲與誤讀的嚴肅作家

《烏鴉》是以一種畸形的形式暢銷的。大家所關心的，並不是作家要表達的東西，而是將作品的內容與作家本人的私生活攪和在一起，滿足著某種窺視的欲望。

九丹也許是今年最出風頭的作家了，如果我們肯承認她是作家的話。且不說她在東南亞及全球華語圈刮起了一股「《烏鴉》旋風」，小說被譯英、法等多種文字發行到多個國家，僅僅在大陸市場，她的《烏鴉》就銷售十幾萬冊，這還不算難以計數的盜版。連冒用九丹與長江文藝出版社名義的所謂《烏鴉》續集也在地攤上大行其道。

但悲哀的是，《烏鴉》卻是以一種畸形的形式暢銷的。大家所關心的，並不是作家要表達的東西，而是將作品的內容與作家本人的私生活攪和在一起，滿足著某種窺視的欲望。九丹一時間似乎成了街頭的「娛樂明星」，被冠之以「妓女作家」，作品也被貶爲「妓女文學」，而批評者則認爲讀者們是中了「作家與出版社合謀的圈套」。縱有王朔、李陀等的讚譽之辭，也淹沒在一片憤激的唾沫之中了。

普通讀者出於情感與道德的義憤而發出的批評乃至謾罵，當然可以理解。但一部引起廣泛關注與熱烈討論的作品，評論界幾乎一直保持著沉默，卻讓人惴惴不安。是怕沾上了「妓女文學」的晦氣嗎？是不願落入所謂「市場炒作」的圈套與陰謀嗎？抑或對這類「暢銷文學」壓根就瞧不上眼？

這不能不讓人感慨：作爲文學新人，即使有一定實力，要想嶄露頭角，也是多麼困難！

當我閱讀九丹的另一部作品《漂泊女人》時，這種感慨更深了一層。

該書創作和出版於《烏鴉》之前，但卻是一部更出色的作品。據說曾有某著名文摘的編輯讀過該書後徹夜難眠，並爲九丹發了一個專訪。

九丹的作品當然還稱不上完美，她筆下灰色的人物與故事恐怕也很難引起讀者的同情，其反理想主義、反英雄主義的情緒與色彩使我們不得不將其歸爲另類。但毫無疑問，九丹是一位作家，一位嚴肅的、有著悲觀、孤獨與絕望傾向的作家。也許正是這一點，使她顯得與衆不同甚至怪異，但也因此比其他許多她曾批評爲「虛僞」、「撒謊」、「不肯老老實實地面對自己的心靈」的同性作家深刻。而「做個最好的作家」一直是作家的願望，「這種願望甚於我小時候面對一個彈鋼琴的美麗的少女的幻想，這種願望使我常常爲之哭泣，這種願望使我感到生命的疼痛與無奈，這種願望又使我知道自己是多麼的渺小。」（《漂泊女人》後記）

「漂泊」是作家筆下人物行爲的基本特徵。無論是《烏鴉》中留學於新加坡的「我」（海倫）或芬，還是《漂泊女人》中在國內漂泊的「我」（姚萍），「我」們這群「漂泊女人」毫無道德感地掙扎於生存的邊緣，奮鬥在社會的底層，在希望與絕望的波間浪谷跌打，「我」們的理想是那麼卑微，是那樣缺乏人性美的理想光彩。爲了活著（或更好地活著），「我」們狗苟蠅營，在受到傷害、糟蹋著自己的同時也傷害著別人，給這個世界帶來的只有罪惡與眼淚，不配有更好的命運。當然，「我」們的生活與命運也許只是少數和另類，不足以代表所有人。但作家正是企圖通過「所謂的私人生活與個人體驗」來表達「我們這個時代許多人的心靈深處的東西」（《漂泊女人》後記）。在作家眼裡，「漂泊」顯然不僅僅是「我」個人或「我」們這群少數人的命運，而且也是所有不安分的人的共同命運——而人從本性上就是「不安分」的。因此「漂泊」似乎也是作家對我們人類靈魂與肉體共同存在狀態的一種悲劇性概括。

在《漂泊女人》中，「我」在七歲的時候，便「第一次感覺到了老」：「那是一個冬天的上午，我雙腳站在泥濘地裡，站在一排失火的豬圈旁。我看見幾十隻白滾滾的豬前擁後擠，有的被同伴撞倒，有的情不自禁跪下雙腿。可幾乎所有的豬都竭力把自己的雙腿搭在牆壁上」。「它們要跳出去，然而牆壁對於它們太高了。」，「烈火在屋樑轟鳴。這些垂死的豬拼命叫著，那叫喊聲如同一條條兇猛的蛇游動在火焰和煙霧之中。」死亡那麼忽然，那麼具體和慘烈，幼小的「我」忽然之間頓悟了「我」（實際上也是整個人類）在無常面前的無所逃遁，「此後我走過很多春天。每當我經歷一些悲慘的場面，我都會想起豬圈裡的豬。因爲我覺得我的命運和它們一樣。」而「東面河裡淹死的一個女人常常在夜間漂在河面上，露出她蒼白如屍骨的臉。」現實與傳說、目擊與想像，在「我」的腦海中構成了一幅關於「死亡」

的恐怖畫面，「這個浮動在河水裡的那個女人，在此後悠久的歲月裡，她一直尾隨著我。」剛生下便被溺死的小妹在泥土下的「哭聲」，年輕的父親在對生命的無限留戀中的絕望的死，使「我」感到生命是那樣的輕賤與虛飄，死亡無處不在。

伴隨著「我」的不僅是死神的恐懼，還有寒冷、孤獨與飢餓的追逐與壓迫。苦難扭曲了「我」幼小的心靈，「我」敏感、脆弱、自卑，學會了欺騙、撒謊甚至偷竊。但貧困而缺乏關愛的生活卻不能泯滅「我」對於美好事物的憧憬。一本小畫書上「在一彎初升的新月下彈鋼琴，風鼓滿了她的裙紗」的少女形象成了「我」心中永遠的夢想與渴望。長大後，「我心裡發誓這一輩子不像母親那樣貧窮和低賤。我要走出這片土地，從衆多的女人中脫離出來。」「我」走出家鄉，從一座城市到另一座城市，從國內到海外，「像海水一樣綿綿地流動，像風一樣到處漂泊。」漂泊、尋找、掙扎，和一個又一個男人睡覺，「不是爲了寂寞或身上的寒冷，而是要找一種依託。」但是「我」的顛沛流離卻無法改變「我」的命運，「我突然意識到我和母親一樣，我從未走出她的命運。唯一的區別是她是完整的，而我已經支離破碎。」「我」最終無法擺脫「漂泊」的宿命，從肉體到精神。

九丹筆下的另類生活，她通過敘述「我」的苦難，從而對人類的存在狀態作出的悲劇性概括，可能會給讀者造成某種衝擊與壓力。但顯然，九丹不是什麼「妓女作家」，她的小說是我們這個時代許多女性苦難與血淚的凝結。由於評論界的缺席，九丹被嚴重誤讀了，儘管這種誤讀可能使九丹引起了更多的

關注。

評論一個有爭議的，沒有得到普遍認可的年輕作家也許是危險的，但卻更有價值，至少比只關注某某名家新出爐的又一個漢堡包有價值得多。

（韓敏　文學碩士，《烏鴉》責任編輯）

事情並不像你想像的那麼簡單

如果說，《烏鴉》有所發現的話，那就是九丹幫助我們在新加坡這塊熱土上發現了一種人性存在的新模式。

近一時期，一本由中國作者九丹創作的小說《烏鴉》引起中國、新加坡兩地媒體讀者的熱烈討論。關於這場論爭，雖然塵埃尚未落定，但各方人馬也都一一亮相，各述其志。原本只想作壁上觀，然而，冷眼觀瞧之下，不覺蠢蠢欲動，心中也有幾句話想說。

《烏鴉》討論的所得

小說的情節基於一種生存情境的設定：一個人（或一類人）已經沒有退路，必須達到目的；但行動之後不但沒有達到目的，就是基本的生存都成爲問題，怎麼辦？去努力，去掙扎，不擇手段；他隨即感到恥辱，但全然徒勞，一切都已經失控，最後有瘋狂和毀滅。

具體說，在《烏鴉》中這個角色設置成一個中國女學生，她爲了要達到變成新加坡人的目的而想盡辦法。然而，不要說居留權，她就是爲了基本的食宿問題都得拼命掙扎，於是她欺騙、偷竊、賣淫，同時感到痛苦、懺悔，但終究不能如意，只好殺人、自戕。

小說在本地一面世，輿論便一片譁然。看到《烏鴉》的書名，有人驚呼：「我們是鳳凰，你才是烏鴉」；面對書中小龍女的學生身分，有人呼籲政府應重新檢討中國留學生的入學標準；看到中國女孩子介人別人家庭，又有人怒喊中國女孩與新加坡女人爭老公；此時，更有熱心人士站出來勸慰：朋友們，讀了《烏鴉》，別讓我們情緒失控，更千萬別因此傷了中新兩國的友誼……

大家都在爲這個故事本身而爭吵。不錯，小說確實告訴了我們這樣一個故事，然而，小說難道僅僅告訴了我們這個簡單明瞭的故事嗎？

米蘭．昆德拉認爲：「每一部小說都對它的讀者說：『事情並不像你想的那麼簡單。』這是小說的永恆眞諦。」如何從簡單的事件中看出「不簡單」則反映了讀者不同的審美趣味。

美國當代著名思想家肯恩．威爾伯認爲，一個作品的創作，首先源於作者的心念，而這個心念與其所處的無形文化背景，如語言、內涵、群體審美趣味等相關，這些文化背景又架構在一個有形的社會背景，如政治、經濟、科技、種族、制度之上。同時，作者的行爲模式、創作技巧是可以被客觀理解與觀察的。至於一個欣賞者的觀點與藝術主題的互動也可以通過此四方面的相互作用來理解。由於此四方面又各自具有不同的層次。因此，要全面評論一個作品並不是一件容易的事。

如果按照威爾伯的觀點，審視這次的論爭，我們不難看出，諸如移民、情色、地方色彩等本次論爭的「熱點」問題，雖然洋洋大觀，但不出威爾伯所說的第三方面——僅從有形的社會背景出發分析《烏鴉》，而其他三個方面則較少論述，尤其是在體味作者與讀者心態，把握無形文化背景方面更是鮮有涉及。

有意味的是，我們注意到中國彼岸的一些讀者對《烏鴉》的解讀卻與此大異其趣。

在《烏鴉》沸沸揚揚的爭論聲中，中國作家王朔爲《烏鴉》中主角透露出濃濃的懺悔意識所震撼。他說：「我確實爲這本書感動。的確，中國人缺少一種基督精神，缺少宗教裡面所應有的一種懺悔，尤其是中國的女人。九丹使我改變了這種看法，雖然她這樣的作家在中國是少數，但畢竟有了。」另一方面，中國學者李陀則從女性弱勢群體的抗爭角度給予了《烏鴉》更高的評價。他認爲《烏鴉》不同於中國以往任何作家寫的書籍，它代表了全人類的作爲弱勢群體的女性向男權社會和金錢社會發出的一聲吶喊，僅憑這聲吶喊，這部小說很有可能作爲一部經典而留存於中國的文學史中。

無論是否認同他們的結論，不可否認的是，他們兩人都觸及文學評論的重要方面，即作者的創作心理和社會文化對作品的潛在影響，而從此二者出發便打開了作爲小說這一文學樣式的又一度的審美空間，因爲「小說的精神就是複雜精神，小說的世界是相對多意的世界。小說人物不是對生活的活生生地模擬。它是一種想像中的存在，一個實驗性的自我（昆德拉語）。」

由此看來，單一的眞理的現實世界於小說的相對多意的世界自然是不相容的。忽視了這一根本前提，而對一部小說僅僅當作一個曾經聽說過的故事、一個發生在我們周圍的新聞事件來做社會的、道德的、種族的分析，結論當然是簡單明瞭的，是毋庸置疑的。然而，這樣做卻恰恰淺嘗輒止，堵住了通向審美認識的另一扇大門。

事實正是如此，在本地的論爭中，包括編者和論者在內，都很樂意使用如下方式開始話題：「稍有文學欣賞水平的讀者，心裡應該明白……」，「我們可以輕易地看出……」，「明眼人都該清楚……」，「毫無疑問，我們都知道……」諸如此類的表述使人不禁疑惑：既然是和尚頭上的虱子一一明擺著的事兒，爲什麼還爭論得那麼起勁兒呢？海德格說過：「現代社會使人類生活簡化成眞社會功能，使一個人的歷史簡化成一連串微不足道的事件，而事件本身又簡化成一種傾向性的解釋。」這一段話用來作爲本地《烏鴉》論爭的評語實在恰當不過。

《烏鴉》討論的缺失

透過（而非拋棄）外在的單一性的社會功利、道德價值的審判，深入作者和讀者自己內心世界，藉助讀者身居其中的整個種群文化的涵養，嘗試從生命存在和生命體驗的角度進入《烏鴉》描繪的世界，我們是否可以從中感悟到一個可能存在的蘊涵著多意、複雜的審美空間呢？

一位學者說過，一個高明的作家，不應該只注意說了什麼，而應該是幫助人們發現了什麼。昆德拉也認爲，小說的作用就在於探索人性無限存在的可能性。以上論述旨在強調，小說的作者應該在小說中努力融入自己對生命儘可能獨特的體悟和感受，從而幫助讀者發現一個充滿魅力的人性世界。相應地，也只有豐富的、慈悲的心靈才能夠在醜惡和苦難的人物形象中發現人性的慈悲和豐富。

如果說，《烏鴉》有所發現的話，那就是九丹幫助我們在新加坡這塊熱土上發現了一種人性存在的新模式。它讓我們每個人更切身地反思我們周圍、我們自己內心深處或許可能蘊有、或許可能欠缺的某種特質。試想，我們每個人是否曾有過飛蛾撲火的激情、驚恐和茫然無助？我們是否曾有過壯士一去不復返兮的悲壯和之後的失望以至絕望？《烏鴉》中的「海倫們」如飛蛾般一次次構想著自己心中的夢境，一次次衝向貌似安然實則兇險的烈焰，然後焚身自毀，獨自在暗夜裡哭泣，接著來不及撫平自己的創傷又衝向另一個亮光……因爲，她們已經無路可退。一個無休止掙扎、無休止懺悔、無休止自憐的心

靈難道不令人悲傷嗎？

如果說小說中把烏鴉比喻成人，它絕對不僅僅是女人，它也包括男人，包括全人類；如果說小說的地方色彩不鮮明，那恰恰說明，這樣的故事可能在任何地方發生，不同的只是它如何發生；如果說《烏鴉》污辱了作者自己，那恰恰說明作者對自己豐富的心靈懷有深沉的敬畏和無限的虔誠。

在討論中，一心質疑《烏鴉》道德取向和作者道德品味的人正是站在外在社會共同道德和秩序的角度解析《烏鴉》，而迴避或者無視內在生命存在的尊嚴和價值。

當然，注重外在社會效應，主張「文以載道」自古就是中國傳統文學觀念的主流。但這在中外文學史上畢竟不是唯一的文學觀，尤其是在小說發展史上。

在《烏鴉》中，與其說作者關注的是一個女學生不斷屈服的故事，不如說是關注一個生命不斷抗爭的故事；與其說作者關注的是一個女學主墮落的故事，不如說是講述一個人不斷懺悔的故事。在小說中，作者並不關注眞、善、美，更不關注中新兩國情，因爲，「小說家既不是歷史學家也不是道德家和先知，而是存在的探險家。」（昆德拉）渡邊純一也說過，一部好的文學作品不應該只寫出道德，而更應該寫出思想。

事實上，在九丹回應本地讀者時，她一直在含蓄而執著地提醒讀者：《烏鴉》只是一本反映大時代裡某個黑暗層面的小說，它不是傳紀，不是遊紀，不是新聞報導，更不是哲學理論。

而這一點卻始終沒有得到讀者的回應，致使公衆都在一邊興致勃勃地圍觀和參與討論，一邊又義憤塡膺地阻止和咒罵著這場討論。正如論爭者所言，這樣熱鬧的討論除了產生了一點「促進溝通、刺激消費」的作用，不過徒然增加一些茶餘飯後的話題，宣洩一下鬱結心中的憤恨罷了。

《烏鴉》討論的後記

在此次的討論中，有兩點引起了筆者的注意。一是本地各大媒體關於《烏鴉》的討論均有長篇的報導，爭論話題廣泛而熱烈，然而，這其中卻鮮見從作家的主體意識和作爲哲學存在的人性角度去解讀（雖然「哲學」一詞頻頻輕易地出現在每個人的言論中），自然談不到在此領域的深入交鋒。由此看來，九丹的回應自然難免有自我賣弄、顧影自憐之嫌，雞同鴨講的局面由此形成並貫穿始終。

二是對比中新兩地對《烏鴉》解讀的巨大落差，我們本應期待本地作家的加入，將討論引向深入，然而，他們卻鮮有出場。是無暇？是認同？亦或是不屑？如果是無暇，在公衆需要審美引導和審美評價之時，本地作家、學者的缺席不能不說是一種遺憾，如果是認同亦或是不屑，那麼，九丹對此做了如下的回應：「你們應該學會一種《烏鴉》的精神，因爲《烏鴉》的精神裡面透露出一種《聖經》裡教導我們的品質，就是一方面表達自己的不幸和不滿，另一方面絲毫也不要降低對自己的分析和批評。」

對自己分析什麼？批評什麼？此論似乎不知所云。直到有一天，筆者在翻閱《聯合早報》時，一段

話突然映入眼簾：「沒有戰爭，沒有政治波動，沒有社會動盪，只有日甚一日高度的勞動與濃郁的幸福，這會造成靈魂的單純，思想的平靜，會使人習慣以一種簡單化的詩意的目光看待世界。」

這是美好生活的副作用嗎？是啊，人們有誰願意爲了靈魂的豐富而刻意尋求苦難、體會貧窮呢？在一個能夠自由思想的環境中，又有誰能夠自信地說：「我已完全具備了自由思想的能力呢？」

聽說本地政府正在組織大規模消滅烏鴉的活動。對於是否能在很短時間內消滅新加坡的所有烏鴉，我想政府說得到一定能夠做得到。不過，果若有那麼一天烏鴉從此在新加坡消失，我倒擔心，國人眞的從此不再能體會「月落烏啼霜滿天」的詩意了。

嗚呼，喜矣？悲矣？

（亦華　新加坡國立大學中文系研究生）

國家圖書館出版品預行編目資料

新加坡情人= Singapore lover / 九丹著. –
初版. -- 臺北市：生智, 2003[民 92]
面；公分

ISBN 957-818-470-0（平裝）

857.7　　　　　　　　91022700

新加坡情人

著　　者／九丹
出 版 者／生智文化事業有限公司
發 行 者／林新倫
登 記 證／局版北市業字第 677 號
地　　址／台北市新生南路三段 88 號 5 樓之 6
電　　話／（02）23660309
傳　　真／（02）23660310
網　　址／http://www.ycrc.com.tw
E-mail／book3@ycrc.com.tw
印　　刷／鼎易印刷事業股份有限公司
法律顧問／北辰著作權事務所　蕭雄淋律師
郵政劃撥／19735365　户名：葉忠賢
初版一刷／2003 年 4 月
定　　價／新臺幣 250 元
ISBN／957-818-470-0

總　經　銷／揚智文化事業股份有限公司
地　　　址／台北市新生南路三段 88 號 5 樓之 6
電　　　話／（02）23660309
傳　　　真／（02）23660310